剣、花に殉ず

木下昌輝

角川書店

剣、花に殉ず

装幀　原田郁麻
装画　保光敏将

目次

一章　剣禍

一

〝うじい〟と呼びかけられた時点で、敵である公算が強かった。ほとんどの人が〝うんりんいん〟と読み違えるが、目の前の屈強の男たちはそうではない。

「雲林院《うじ》松軒《いしようけん》殿のご一行とみた」

雲林院と墨書された旗をもつ弥四郎《やしろう》に、鎧《よろい》を着込み手槍《てやり》や鉄砲を持った男たちが近づいてくる。一行も何も、今この場には雲林院弥四郎とその父の松軒しかいない。安芸《あき》国の街道には、鎧櫃《よろいびつ》を担ぐ牢人《ろうにん》が多く往来している。この男たちのように鎧を着込んではいない。石田《いしだ》三成《みつなり》が上方《かみがた》で反徳川《とくがわ》の兵をあげたのは、つい半月ほど前のことだ。戦に加わるためには、道中も鎧を着ていては間に合わない。とすれば、理由はひとつであろう。

「左様でございますが、何用でしょうか」

用事は察しがついていたが、あえて弥四郎は威儀をただす。

「我は、武村伝之助《たけむらでんのすけ》と申します。新当流一《しんとうりゆうひとつ》の太刀を伝授された松軒殿に、ぜひ一手、ご指南願いたい」

「否といえば」

ぽつりといったのは松軒だ。すでに六十に近い歳で髪も髭《ひげ》も真っ白だが、その剣腕に衰えはない。もとは伊勢《いせ》国雲林院村の出身で、動乱の世を剣一本で渡り歩いた。鹿島《かしま》新当流では五人といない一の太刀の伝承者である。かつての弟子には織田信長《おだのぶなが》の息、織田信孝《のぶたか》、九州《きゅうしゅう》覇者の大友宗《おおともそう》麟《りん》親子などがおり、剣名も天下に鳴り響いている。

「この武村が、松軒殿に勝ったと言いふらすまで。ああ、別に間違いではないでしょう。勝負をうけずに逃げたのですから」

「逃げはせんよ。そのために、姓を書きつけたこんな派手な旗を持っているのだからな。弥四郎、相手をしてあげなさい」

弥四郎は背におっていた旗を下ろし、素早く襷《たすき》掛けをする。

「我らは、松軒殿と手合わせを願いたいのだ」

「まあ、息子の弥四郎もそこそこできるゆえ、我慢してくれんか」

「ほう、我ら致命《ちめい》流では相手に不足といわれるか」

そんな流派は聞いたことがない。足の運びを見るに、影流《かげりゅう》あたりの門弟崩れだろう。

「まあよいさ。息子殿を倒せば、嫌でも松軒殿も戦わねばならぬであろう」

武村が、弥四郎に切っ先を向けた。やっと出番である。弥四郎は反りの少ない刀を抜きはなち、刃を己の顔にむけた。御剣《おんけん》の構えといって、鹿島新当流に伝わる邪念を払う儀式である。

「松軒が一子、雲林院弥四郎」

「致命流師範、武村伝之助」

武村は、刀を上段に構えた。相当な圧を感じさせる。一方の弥四郎は青眼で応じる。じわりと手ににじんだのは違和感だ。何かがちがう——齢《よわい》二十の雲林院弥四郎は常にそう思っていた。剣をにぎると、さらにその感が強くなる。

息をひとつ吐いて、邪念を消した。相手との間合いは遠い。きっと、新当流の攻めを警戒しているのだろう。戦場で練られた新当流は〝先の先〟をとる剣術だ。相手の剣を待っていたら、戦場では背後から刺される。息をつかせぬ攻めが真骨頂だが、弥四郎はあえて敵の剣を待つ。敵の土俵で戦ってこそ、力の差をわからせることができる。

弥四郎の余裕は、武村には臆《おく》していると映ったようだ。裂帛《れっぱく》の気合いとともに襲ってくる。敵に正対する刀を残したまま、弥四郎は横に一歩動く。すると、刀が肩の上へとあがり、敵の攻めを受け止めた。勢いを利して、円を描くように斬撃を武村の首筋に吸い込ませた。

——新当流の霞《かすみ》の型。敵の攻めを受け止め反撃する。

完璧に見える一刀だったが、やはり、何かがちがう。この技ではない。

「今のは浅い」

寸止めだったが、武村はまるで斬られていないかのように後ろへと飛んだ。さらに打ち込んでくる。うなじに峰打ちを見舞うと、相手はどうと倒れて気絶した。会心の一打ではあったが、やはり手の内には違和がこびりついている。

「致命流師範代、藤堂平左衛門《とうどうへいざえもん》。師の仇《かたき》、とらせていただく」

斬撃が襲ってくる。あえて今度は大きく横によけざまに、小手を峰で打った。骨が折れる音とともに、藤堂は倒れこんだ。さらに、左右からふたりの男が襲いかかる。

「せめて名乗られよ」

刃をよけつつ、ひとりの男の脛《すね》を砕き、もうひとりはこめかみを打ち昏倒《こんとう》させた。うっすらと汗をかくころ、立っている敵はいなくなった。気絶しているのが半分、骨を折られ悶絶《もんぜつ》しているものが半分。

「惜しいかな、弥四郎、剣に迷いがある。それさえなければ、いつでも一の太刀を伝授するというのに」

松軒が残念そうに息を吐いた。その迷いの正体がわかれば苦労はしない。

「それにしてもお主ら、わしら親子を殺すのにまるで合戦をするようななりよな」

甲冑《かっちゅう》に身を包む敵たちを見る。具足櫃の横には、鉄砲や弓、槍も転がっていた。

「我らはこれから九州へ行くのだ」

苦しげにいったのは、藤堂だ。

「九州では、大きな戦は起きぬであろう」

石田三成と徳川家康《いえやす》の決戦はもっと東――きっと美濃《みの》や尾張《おわり》で行われるはずだ。

「知らぬのか。大友様が、毛利《もうり》の助けを借りて九州へ兵をいれた」

弥四郎は父と目を見合わせた。七年前に大友家は改易の憂き目にあっていた。その大友家が挙兵したという。

「よきかな、よきかな。雑兵働きしかできぬならばと、こたびの戦には加わらぬつもりだったが、大友の殿様が兵を挙げたならば別よ」

老いた松軒の顔が笑みで若やいだ。大友家が改易されるまでは、剣術師範として雇われていた。家中には知己も弟子も多い。

「弥四郎、九州へ飛ぶぞ。弟子たちにも声をかける。死に花を咲かせるよき機会じゃ」

二

――もののふの学ぶ教えは押し並《な》べて

――その究みには死の一つなり

九州石垣原《いしがきばる》に布陣する大友勢の陣地から、勇ましい兵法歌が沸き起こっていた。卜伝百首《ぼくでん》――流祖、塚原《つかはら》卜伝が著した百の兵法歌を男たちは歌っている。弥四郎は、松軒とともに大友の陣にいた。九州へ渡海し大友義統《よしむね》に面会するや、予想通り松軒は侍大将に任じられた。そこに、松軒が育てた弟子たちが多く集ってきた。死の覚悟を高らかに歌う門弟たちを、弥四郎はまぶしげに見つめる。羨《うらや》ましいと思った。弥四郎は彼らのように達観できない。きっと、それは剣を握る時に生じる違和とも無縁ではないだろう。

どっと歓声がわいたのは、荷馬を従えた商人たちが陣へと入ってきたからだ。

「末次屋《すえつぐや》ではないか」

「これは弥四郎の坊ちゃん、大きくおなりになって」

潮焼けした男が笑った。年のころは二十代後半の精悍《せいかん》な男だ。名前を、浜田弥兵衛《はまだやひょうえ》という。長崎《ながさき》で交易を営む末次屋の船頭をつとめ、商いよりも舟戦の方が上手と評判の男だ。

「やめてくれ、もう坊ちゃんという歳じゃないよ」

「じゃあ、なんとお呼びすれば」

「御曹司と呼んでくれ」

「御曹司って柄でもないでしょう」

御曹司とは、源氏《げんじ》の嫡流を呼ぶ言葉である。

「末次屋、いつから陸商いもするようになったのだ」

ふたりの軽口に加わったのは、松軒だった。

「商人に海や陸の区別はありませぬ。客が欲すれば、いかな難《かた》き道も厭《いと》いませぬ」

「つまり、我ら新当流に売る品があるというのだな」

「勿論《もちろん》です。ご覧ください」

浜田が荷駄から降ろしたのは、刀の数々だった。鹿島新当流は、反りの少ない刀を極めることを至上とする。新当流発祥の東国では反りの少ない良刀は多いが、ここ九州ではちがう。

「ありがたい。刀はいくらあっても足りぬゆえ、買えるだけ買おう」

松軒は弟子のひとりに命じ、革袋を持ってこさせた。大友義統から支給されたもので、ぎっしりと銅銭がつまっている。剣士たちが集まり、並べられた刀を吟味しはじめる。

「おいおい、いくらなんでもこれは扱えんぞ」

ひとりの剣士がいったのは、野太刀ほどはあろうかという刀だ。

「そいつはわしが引き受けようか」

大柄な剣士が割ってはいった。腰にある大小ふたつの刀は、他の者よりもずっと長い。

「確かに、この一振りは三東斎《さんとうさい》にしか扱えまいて」

松軒は、三東斎と呼ばれる男の胸に刀を押しつけた。古参の弟子であり、幼いころ弥四郎も稽《けい》古《こ》をつけてもらったことがある。童といえど容赦しない男で、ひどく痛めつけられたものだ。

「坊ちゃん、いや、御曹司」

嫌味な笑みとともに、浜田が物陰へと誘ってくる。

「御曹司は冗談だ。弥四郎でいい」

「では、弥四郎様にお土産です」

弥四郎に渡されたのは、日本刀によく似た外《と》つ国《くに》の片刃の刀だ。苗刀《みようとう》といって、中国や朝鮮の剣士が遣うものだ。日本刀に似ているのは当然で、倭寇《わこう》に苦しんだ明《みん》国の将軍が日本刀を研究し造らせたものである。片刃で反りを持つのは日本刀と同じだが、刃文はない。柄《つか》が長く、鍔《つば》や鞘《さや》の意匠は中国のもの、刃も日本刀より長いが厚みは薄く、片手でも扱えるよう工夫されている。

「懐かしいな」

そんな言葉が弥四郎の口から漏れた。

「朱子固《しゆしこ》を思い出しますか」

浜田の言葉に浅くうなずいた。

朱子固――十二歳のころに出会った朝鮮の剣士だ。苗刀の遣い手で、その起源となった日本の武術を学ぶために海を渡ってきた。一時、客人として松軒の下で剣を学んだ。

弥四郎は苗刀を握りしめる。嫌でも昔のことが思い出された。日本の剣術と比べると朱子固の体捌《たいさば》きはまるで舞うかのようだった。手元で苗刀を回転させたり逆手にして振ったりもした。二十五歳だった朱子固に、十二歳の弥四郎は懐いた。歳の離れた兄のように思った。ふたりでどうやって苗刀を繰り出すかを考えて、新しい技を創りだす。すでに完成された新当流を学んでいた弥四郎にとっては、見知らぬ土地を旅するかのような刺激に満ちていた。

倭――朱子固は日《ひ》ノ本《もと》のことをそういった――と明朝鮮の武術を融合させる。それを、朱子固は『新しい花を咲かせる』といった。なるほど、花同士をかけあわせ、全く新しい色や形を生み出す法がある。ふたりのやっていることは、それに似ていた。

ある時、朱子固に聞いたことがある。なぜ新しい花を――独自の剣技を編み出そうとするのか。

『村を守るためだ』

朝鮮の村は貧しく、海賊の被害にあうことが度々だという。いつか、苗刀の剣技を完成させて村を守る。そんな朱子固の願いは、皮肉な形で実現する。

八年前の天正《てんしょう》二十年にはじまった、太閤秀吉《たいこうひでよし》による朝鮮遠征だ。

『弥四郎、私は国に帰る』

朱子固は悲しそうな顔でいった。大友家の軍船が続々と港を出ていくところだ。すでに小西行長《こにしゆきなが》の一番隊は出港し、朝鮮海軍を打ち破ったという報も届いていた。

『そして、村を守る』

それは、日本軍と戦うということだ。弥四郎は目の前の軍船を見た。反りの少ない刀をもつ剣士たちが甲板に集っていた。父の松軒が率いる新当流の弟子たちだ。

『父は……なんと』

『戦場で見《まみ》えようと』

父の答えが正しいのはわかる。だが、戦に出ない十二歳の弥四郎には同じ言葉はいえなかった。大友家の軍勢が全て発《た》つのを待ってから、朱子固は海に背を向けた。これから南蛮の船に乗り、明国経由で朝鮮へ帰るという。

『また、会えますか』

いってから後悔した。武人として正しい言葉ではなかった。朱子固は、苗刀を顔の高さに掲げてみせた。そして、鍔同士を打ち合わせて日本式で金打《きんちょう》した。そんな朱子固の苗刀と再会したのは、翌年だった。明朝鮮と和睦し、大友家の軍勢が帰ってきたのだ。父の手にあったのは、苗刀だ。花柄の鞘の意匠を忘れるはずがない。松軒が手渡した苗刀が軽いことに、いやでも気づく。鞘を抜くと、刀身が半ばで折れていた。

『朱子固は――』

『見事だった。わしも手傷を負った。惜しむらくは、技が未完成だったことだ』

軽いはずの苗刀が一気に重くなったような気がした。父は朱子固の最期を語る。海沿いの村を大友軍が攻めた時、その街道に立ち塞《ふさ》がった。鉄砲で撃ち殺さんとする味方を押しとどめ、松軒は朱子固と一騎討ちを申し出た。そして、尋常の勝負でその首をとった。

『刀が折れても、朱子固は降伏しなかった。ゆえに、一の太刀を使った』

秘伝である一の太刀でなければ、朱子固に後れをとると思ったのか。それとも、かつての客人へのせめてもの礼儀か。

「松軒様にはくれぐれも見つからぬよう。私も怒られてしまいますからな」

回想から呼び戻したのは、浜田の言葉だ。松軒は、弟子たちと楽しげに剣術談義に興じている。

苗刀を見ると、切っ先に勇壮な龍虎《りゅうこ》の彫が入っていた。

「実は、二振り造ったのです。朱子固と弥四郎様の分をね」

龍が朱子固で、虎が弥四郎ということだろうか。

「もう一振りは」

「朝鮮の海に沈めました」

大きく息を吐いてから、苗刀を鞘にしまった。

「こんな大きな苗刀を陣中に隠しておくことなどできんよ」

「私があずかっておきましょうか。戦が終われば、技を見せてくださいよ。私はね、朱子固と御曹司の剣技を見るのが好きだったんだ」

あれ以来、苗刀は振っていない。哀しみから目を背けるように、反りの少ない新当流の剣術を極めんとした。だが、朱子固との稽古にあった心の高揚は、ついぞ感じることがなかった。

去っていく浜田といれかわるようにやってきたのは、本陣からの使番だ。

「松軒様、殿より伝令です。血祭りの儀式を明朝、行うとのことです」

血祭りとは、決戦の前に敵の首を軍神に献《ささ》げる儀式である。

「そのためには、よき首が必要です。ぜひ、松軒殿に骨を折ってもらいたい、と」

松軒に敵陣深く侵入し、名のある武者の首をとってこいという。

三

雲が出ていて、月や星は見えなかった。

弥四郎は、松軒とともに自陣を出た。他に供はいない。三東斎に留守を任せ、親子二人だけで首を求め敵陣へと近づく。入り口を守る足軽は背後から近づき、当身で気絶させた。父と弥四郎でひとりずつだ。血祭りは、初めに絶命させた首を供すると決まっている。よき武者に出会うまでは、決して殺してはいけない。

陣深くへと入っていく。寝ている者がほとんどで、見張りは少ない。

「ふむ、よき武者はおらぬな」

松軒がぽつりといった。ここまで、ふたり合わせて十人ほどを気絶させている。

「父上」

弥四郎が指さした先には、篝火《かがりび》を囲む武者が五人ほどいた。

「どれ味見をするか。左のふたりをやれ。刀を抜いても構わん。ただし、峰打ちぞ」

呼吸をあわせ、松軒とともに飛び出した。最初の一人は、襲撃があったことさえ気づかなかったろう。声をあげようとする二人目のこめかみに峰打ちを見舞った。息を吐く。さすがに気疲れがする。見ると、松軒の足元には泡をふく武者が三人倒れていた。恐るべき早業だ。

「そろそろ、一人目が目を覚ましてもおかしくありませぬ」

猿ぐつわは噛《か》ませたが、暴れられれば物音で気づかれる。

「ならば、あの陣の大将の首を取りに行こうか」

松軒が指さした先には、篝火に浮き上がる旗指物が見えた。細川《ほそかわ》家家老の松井《まつい》康之《やすゆき》のものだ。家中は、豪傑が多いと評判である。

父の後をついていこうとした時だ。

最初は樹木に彫りつけた仏像かと思った。

ちがう。これは人だ。

若き武者が、坐禅《ざぜん》を組んでいる。総髪に鉢巻をきつくしめ、鎧は身につけていない。素肌武者だが、脛当てや籠手《こて》さえつけていない男は初めて見た。南蛮袴《ばかま》のカルサンは夜目にも砂塵《さじん》で汚れていることがわかる。歳のころは二十の弥四郎と同じ、いやすこし下か。五人も悶絶させられたにもかかわらず、この男は坐禅を崩さない。

まさか、寝ているのか。弥四郎は首を激しくふる。問題はそれではない。己も父も、この男に気づかなかった。この若武者が、意図して気配を消していたからに他ならない。

弥四郎は刀を抜いた。殺気をこめると、枝に止まっていた蝙蝠《こうもり》が奇声をあげて飛び立つ。ゆっくりと刃を近づけていく。紙一枚の厚さを残し止める。

これほどの殺気を浴びてなお、不動を維持できる男がいるのか。己が追い詰められている――そう感じるのはなぜだろうか。

「弥四郎──」

闇の向こうから、父の声がした。松軒は、いまだ若武者の存在に気づいていない。

「その先、行かぬが吉ぞ」

若武者からだった。

「どういうことだ」

「敵に全ては明かせぬ」

いつのまにか、弥四郎の喉が渇いている。

「なぜ、我らを助けるようなことをいう」

「殺してはおらぬだろう。情けに免じ、助言した」

「貴様は戦わぬのか」

「何があっても坐禅は解くなと命じられている」

「誰にだ」

「宮本無二斎《みやもとむにさい》」

混乱する弥四郎は、若武者の言葉をうまく咀嚼《そしやく》できない。宮本無二斎という男に、この男は坐禅を命じられたのか。

銃声が鳴り響いた。一発でなく何発も。

「曲者《くせもの》だ」

「出会え、罠《わな》にかかったぞ」

さらに銃声がつづく。

「ち、父上」

弥四郎は走り出した。木の枝が顔や体を傷つけるが、足は緩めない。火薬の臭いがどんどんと濃くなっていく。いくつもの白刃が閃《ひらめ》いている。御剣の構えをとる暇はなかった。飛び込んで、斬撃をふたつ繰り出した。温かい血が顔に降り注ぐ。獣のようなものが動いている。四つん這《ば》いになる松軒だった。

「ぬかったわ」

父の着衣は、血で濡《ぬ》れていた。刀ではない。火縄の弾丸を受けたのだ。

素早く松軒を肩にのせた。

「加勢が現れたぞ」

「追え、生かして帰すな」

四

東の空が明るくなってきた。弥四郎たちは藪《やぶ》の中に隠れていた。幾度も敵が通りすぎ、その度に息を殺す。松軒が気を失っていたのが、救いだった。気づいていれば、きっと戦うといったはずだ。もう、弥四郎らを捜す追手の気配はない。かわりに敵陣の旗指物が忙《せわ》しなく動いていた。

とうとう戦がはじまるのだ。鏑矢《かぶらや》が天を裂くように走り、陣太鼓が鳴り響く。黒田《くろだ》勢と松井勢が、砦《とりで》に布陣する大友勢へと攻めかかった。

「ぬかったわ」

いつのまにか、背後の松軒が上半身を起こしていた。

「戦がはじまったようです。味方が押しております」

「ふん、最初だけよ。黒田、松井を相手にいつまでも持つまい」

手負いになっても、こと闘争において父は冷静だった。

「いくぞ」

「まさか、戻るのですか」

「弟子たちが待っておる。討ち死にするのに、今日ほどよき日はない」

松軒は藪をかきわけて、味方の陣を目指そうとする。

「お待ちください。私が行きます。ここまで味方を呼んできます」

「いいだろう。ここからならば、奇襲で背後をつけるやもしれん」

弥四郎は戦場を走った。幾度も流れ弾が体をかする。地面に刺さった矢に、足をとられ転がった。「くそ」と、吐き捨てた。形勢が逆転しつつある。味方の先陣が、次々と後退していく。見れば、黒田家の本隊が到着したようだ。

とうとう、帰るべき陣が見えてきた。

「なんだ、これは――」

弥四郎は立ち尽くした。陣には、誰もいない。旗指物が翻るだけだ。

「三東斎殿、どこだ」

留守を守る男の名を叫んだが、返事はない。柵《さく》から身を乗り出す。剣士たちが林の中へと逃げようとしている。その背におうのは、銭が入った袋や米俵だ。

「三東斎殿、私だ。弥四郎だ」

一瞬だけ男たちの足が緩んだ。

「戻られよ。父とともに戦うのだ」

巨軀《きよく》の剣士――三東斎がこちらを振り向いた。

「犬死になど御免だ。松軒の口車に乗ってきたら、この様だ。騙《だま》されたわ」

三東斎の周りの剣士たちも同様に罵《のの》りだす。

「あんな老ぼれと心中などできるか」

「死にたければ、お前たち父子ふたりで死ね」

「各々方、それでも新当流の剣士か」

返答は、嘲《あざけ》りの笑いだった。剣士たちが次々と林の中へ消えていく。一方で、敵の喊声《かんせい》がどんどんと近づいてきていた。

五

刀を振れば振るほど、弥四郎の焦りと苦しみは大きくなる。

「弥四郎、何を迷っている」

父の叱咤《しつた》が飛んできた。

「そのようなことで、義輝《よしてる》公を超えられると思っているのか」

幽鬼のように痩《や》せ衰えた父が、血走った目で睨《にら》む。動かなくなった右足が異様に痩せていて、それが鬼気をさらに強めている。鹿島神を祀《まつ》った小さな祠《ほこら》の前で、弥四郎は何度も型をこなす。

十二ヶ条面の太刀、七条の太刀……そして高上奥位十箇の太刀。とうとう限界がきて、膝《ひざ》をつく。

両肩を大きく動かして、やっとかぼそく息ができた。

「いいか、お前にはなんとしてもわし以上の遣い手になってもらわねばならん」

父の声は、弥四郎を鞭《むち》打つかのようだ。

「この一年のうちに、必ずやわしが満足できる技量に達せよ。できぬときは死ね」

杖《つえ》をついて、松軒は立ち上がる。咳《せ》き込みつつ、庵《いおり》へと帰っていく。

弥四郎は汗をぬぐった。まぶたを閉じると、目に汗が痛いほどにしみた。

鹿島神を祀った祠を掃き清め、野にある花を供えた。物置小屋へいく。床下に体をいれて、筵《むしろ》にまかれたものを取り出した。刀や手槍、薙刀《なぎなた》だ。そのうちの刀を取り出す。腰反りといって、茎《なかご》に近いところに深い反りをもつ刀だ。腰にさして、構えた。

外の物太刀――鹿島新当流が他流を研究するために制定した型で、十二条の他流の技で構成されている。

弥四郎は、居合の構えをとる。気合いと腰の回転が一となり、鞘走る。

体が疲れ切っているにもかかわらず、刃が心地よく走った。さらに二の太刀、三の太刀とつづく。間合いの先にある野草が斬れたのは、剣風の鋭さゆえだ。

今ならば、あの男とも戦えるかもしれない。一年前の石垣原での戦いを思い出す。三東斎に見捨てられた後、父のもとへ急ぐ弥四郎は、ひとりの武者の姿を見た。鎧はおろか脛当てや籠手さえもつけない素肌武者だ。あの夜、坐禅を組んでいた若武者が、太い木刀を鬼神のごとく振り回していた。剣士ではなく、一匹の獣が暴れるかのようだった。

それから数日後、若武者の名前が聞こえてきた。

宮本武蔵《むさし》――父は十手当理《とうり》流の宮本無二斎だという。

美作《みまさか》の狂犬の異名をとる宮本無二斎は知っていたが、宮本武蔵の名は初めて聞いた。

何より、どこの流派の影響も受けていないかのような、自由奔放な剣。戦ってみたいと思った。

武蔵の太刀筋は、きっと弥四郎の中に新しい発見を与えるだろう。だが、鹿島新当流の技で、武蔵と立ち合えば十のうち十負ける。

外の物太刀の技で渡りあえば――

少なくともこの術理をあと数年琢磨《たくま》すれば――

裂帛の気合いが体の奥で弾《はじ》けた。体が高く跳ね、着地するまでに四太刀を繰り出していた。できた――と心中で快哉《かいさい》をあげる。昨日までは三太刀が限界だった。

「愚か者が」

慌てて振り向いた。目を吊《つ》りあげた松軒が、こちらへと近づいてくる。

「貴様は恥ずかしくないのか。その醜い刀は何だ。鹿島新当流の技を捨てる気か」

振りあげた杖が、弥四郎のこめかみを打つ。さらに肩や胴を叩《たた》いた。歯を喰《く》いしばったのは、痛みに耐えるためではない。父の打擲《ちようちやく》は、あまりにも軽かった。すでに、弥四郎を罰する力はない。にもかかわらず、折檻《せつかん》の手を止めようとしない。そのことに、弥四郎の心が引き裂かれる。

六

朽ちかけた庵のなかで、弥四郎は老いた父とふたりきりだった。立てなくなった父が語るのは、かつての新当流の剣豪たちの話だ。御所を囲った三好《みよし》家の軍勢に、ひとりで立ち向かった足利《あしかが》義輝。織田軍の歴戦の刺客三十人と秘術をつくし戦った北畠具教《きたばたけとものり》。いずれも父と同じ一の太刀の伝承者だ。

「お前もいずれ義輝公や具教公のように勇ましく戦い、死ぬのだ。その時こそ、新当流の剣名は天下に轟《とどろ》く」

「しかし、今の私は先人の技量にはほど遠くあります」

「安心しろ、考えがある」

まるで幽鬼がしゃべるかのようだった。弥四郎は庵を出る。鹿島神の祠に新しい花を供えた。せめてもの罪滅ぼしだ。新当流に背をむけた己にできるのは、このぐらいしかない。塵《ちり》ひとつないほど、祠を清めた。

その数日後、父が食べきれなかった粥《かゆ》を捨てに行こうとした時だ。十数人の剣士たちが、こちらへと近づいてくる。皆、黒一色の着衣を身につけていた。腰に帯びる反りの少ない刀を見て安《あん》堵《ど》の息をつく。松軒を討とうと思う剣客は多いが、目の前の一行は間違いなく新当流の剣士たちだ。ならば、味方である。気になるのは先頭の男が、凄《すさ》まじい気を放っていることだ。歳は四十に近い。削《そ》いだような頰が、剣呑《けんのん》の気を濃くしていた。

「ここが松軒剣師の庵か」

蛇が語るかのような声だった。男の人差し指が、両方ともないことに気づいた。

「失礼ですが、お名前をお伺いしても」

指が欠けた掌《てのひら》で、剣士は削げた頰をつるりと撫《な》でた。

「道鑑《どうかん》が来たと伝えてくれぬか」

一気に弥四郎の背が強張《こわば》った。

足利道鑑——足利義輝の落胤《らくいん》といわれる男だ。義輝が闘死した時、その胤《たね》をはらんだ侍女が重囲を脱した。そして、生まれたのが道鑑だ。三好勢の追及を逃れられたのは、新当流の剣客たちが匿《かくま》ったからだ。その中のひとりに、若きころの父もいる。

「お主の名は」

「わ、私は弥四郎と申します。松軒が一子、雲林院弥四郎です」

「お前がか」と、失望を感じさせる声で道鑑がいう。

「案内せよ」

道鑑は従者たちを置いて、弥四郎の先導にしたがって庵へと入る。

目脂《めやに》のういた目を開いて、松軒が起きあがろうとした。

「おお、道鑑様――」

「剣師よ、無理をするな」

人差し指のない掌で、道鑑が制する。だが、松軒は横たわらない。必死に両手をのばし、道鑑の手を包みこんだ。茶器を愛《め》でるかのように、掌にできたたこや傷を確かめる。

「掌の様子を見れば、いかな稽古を積んだかがわかります。これぞ、正しき一の太刀の伝承者の掌。松軒は、嬉《うれ》しく思います」

とうとう涙さえ流しはじめた。口から垂れていた涎《よだれ》と混じりあう。

「道鑑様、お願いがあります。剣を振ることができなくなったこの身にかわって、倅《せがれ》を鍛えてくれませぬか」

ちらりと道鑑が、弥四郎を見た。

「わしはもう長くありませぬ。倅をどうか新当流の正しき道へと導いてください」

「いいのか。我の稽古は過酷ぞ」

「命を落とすならば、それまでの息子だったと諦《あきら》めます」

「それで幼きころの恩が返せるならば安いものだ。ただし面倒を見るならば、条件がある」

「なんなりと」

「三東斎を知っているな」

どくんと、弥四郎の胸がなった。

「わ、忘れるはずがありますまい。あやつは、卑怯《ひきょう》にも戦場から逃げ出しました」

「条件とは、剣士にあるまじき三東斎の首をとってくること。奴は新当流の面汚しだ」

道鑑が弥四郎を鋭く見る。弥四郎の手によって、三東斎を討てといっているのだ。

七

三東斎がいたのは、出雲《いずも》の村外れにある酒場だ。無精髭に覆われた顔は、牢人崩れであることが一目瞭然《りょうぜん》だった。案内役の道鑑の弟子たちが、目でいけと指示する。弥四郎は向かいの席に腰を落とした。三東斎が持っていた盃《さかずき》が揺れ、酒滴が卓にこぼれる。

「酒が不味《まず》くなる顔だ」

三東斎が酒をあおった。しかし、目は油断なく周囲をうかがっている。道鑑の弟子たちを見て、舌打ちをはなつ。

「けじめをとりにきた。立ち合え」

「ほう、一対一か」

「そうだ。あれは立ち合い人だ。勝てば、敵前逃亡の罪は許す」

「それはいいが、今、すぐか」

三東斎が、盃を指で弾いた。

「酔いを言い訳にするのか」

弥四郎は店の女に酒を頼んだ。壺《つぼ》にたっぷりと入った酒が運ばれてくる。栓をぬき、一気に喉に流しこんだ。

「阿呆《あほう》が。酒に酔って、満足に剣を操れるわけがあるまい」

三東斎は立ち上がり、卓の上に銭を放りなげた。随分と多いので、弥四郎の分も含まれているのだろう。三東斎の後につづき、暖簾《のれん》をくぐる。

空には月が出ていた。ふたりの後を、道鑑の弟子たちも静かについていく。

「どこまでいくのだ」

止まることのない三東斎の歩調に、弥四郎は不審を感じた。

「あの先に、広場がある。足場も確かだ」

「ならば、先に行く。風を浴びて、酔いを覚ましたい」

弥四郎はゆっくりと前へと出た。刹那《せつな》、体を回転させる。剣風が肩をかすった。起き上がると同時に、抜刀する。血の香りがするということは、薄《しずく》くだが手傷を負ったようだ。

三東斎が長大な刀を構えていた。切っ先から赤い雫がしたたっている。

「礼をいう」

弥四郎は本心からそういった。酒場で対峙《たいじ》して、己の弱さを悟った。かつて、稽古で手合わせしたことを嫌でも思い出していた。無理矢理に酒をのんで、酔いで弱さを塗りつぶした。だが、歩くうちに酔いが醒《さ》めてきた。だから、わざと隙を見せて前へと出た。

斬られたならば、闘わねばならない。

ふたり、御剣の構えをとったのは体に染みついた癖ゆえだ。

裂帛の気合いとともに、弥四郎が斬りかかる。真一文字の斬撃を受け止めたのは、三東斎の霞の型だ。弥四郎の一撃の余勢を利して、三東斎が猛烈な攻めに転じる。

膝を深くおって、霞の型で受けた。長大な刀の一撃は、想像以上に苛烈《かれつ》だった。受け流すことができず、背後へと吹き飛ばされた。

獣の咆哮《ほうこう》を思わせる気合いとともに、二の太刀、三の太刀が襲ってくる。腕と脇をかする。血か汗かわからぬものが、胴体を湿らせていた。

「弥四郎、わしに勝ちたくば、新当流の技では無理ぞ」

三東斎の声に余裕が滲《にじ》んでいた。

「一の太刀を伝授されているならまだしも、な。同じ技ならば力に長じるわしに利がある」

弥四郎の顔が歪《ゆが》んだ。その隙を三東斎は逃さない。斬撃を受け止めると、異音が響いた。あるいは、骨が折れたか。体勢を立て直そうとして、片膝をつく。息が切れ、呼吸がままならない。

一方の三東斎は、軽く汗をかいている程度だ。

「なぜ、道鑑の指がないか知っているか」

三東斎ほどの男が優勢を楽しむはずがない。言葉で揺さぶりをかけ、次の一刀を必殺のものに変えんとするためだ。

「決闘で指を失うことなど珍しくない」

弥四郎は立ち上がり、刀を構える。

「馬鹿め、あれは自ら断ったのだ」

「なに――」

「剣の手の内は、畢竟《ひっきょう》、小指遣いに集約される。下手な剣士ほど人差し指を使う。道鑑めの若き頃が、まさにそうだった」

いつのまにか、三東斎が間合いを詰めていた。

「だから、道鑑は自ら人差し指を断った。一の太刀を伝授してもらうためにな」

後ろへと飛んで間合いをとろうとするが、三東斎を引き剝《は》がせない。

「義輝公が一の太刀を駆使し闘死したのは知っていよう。父の生き様に殉じるために、道鑑はどうしても一の太刀を伝授してもらう必要があった」

剣を受け止めきれず、弥四郎はたたらを踏む。三東斎の渾身《こんしん》の一刀は何とかよけたが、もはや死に体だった。次の太刀はよけられない。弥四郎は懐へ素早く手をやった。

三東斎がとどめの一撃を繰り出した時、弥四郎の手から剣光が放たれていた。悲鳴があがった。

短刀が、三東斎の右目に深々と突き刺さっている。

「や、弥四郎、貴様ぁ」

短刀が刺さった右目を押さえつつ、三東斎が後ずさった。

弥四郎は、刀を鞘に納める。新当流の剣術では、この男を上回れない。片目を潰《つぶ》した今でさえ、だ。忍びの真似事も、二度は通用しない。

刀を腰に帯びたまま間合いを詰めたのは、外の物太刀の抜刀術を繰り出すためである。一方の三東斎は、海老《えび》がはねるように後ろへと跳んだ。回避しつつ大上段の斬撃を繰り出すのは、正しく新当流にある型のひとつだ。

鞘走りの音は、新当流の太刀さばきよりもはるかに速かった。

居合が三東斎の太ももを斬りさき、後退を止めた。

つづく二の太刀は振り下ろされる手首を両断し、三の太刀が腹を横一文字に割る。四の太刀が、三東斎の胴体に赤い線を斜めに引いた。

刀を落としたのは、弥四郎だった。激しい痛みが手首に走っている。反りの少ない刀での抜刀術ゆえに、体に無理な負荷がかかったのだ。

息をゆっくり整える。汗もぬぐう。刀を拾う必要はなかった。

血をはく三東斎がうめいている。腹からは、臓物がこぼれ落ちんとしていた。それに引きずられるように、前のめりに倒れた。

「最期に言い残すことはないか」

礼儀として聞いた。三東斎から返答はない。瞳《ひとみ》はすでに死者の色をしている。

八

目指す庵が見えてきた。鹿島神を祀る小さな社に供えた花は、すでに枯れている。

「父上、ただいま帰りました」

弥四郎は中へと入っていく。

「や、弥四郎か」

痩せこけた松軒が、首を必死に浮かす。目は白く濁り、弥四郎の姿を満足にはとらえていない。

松軒の世話をしていた道鑑の弟子が、気をきかせ出ていく。

「し、して、首尾は……」

「見事、三東斎めを討ちました。これが証《あかし》の品です。お確かめください」

弥四郎が取り出したのは、三東斎の刀だ。父の痩せた手が、刀を撫でる。

「い、いかにして勝ったのじゃ。どのような技で、三東斎めを倒した」

「それは――」

「教えてくれ。頼む」

「新当流、十二ヶ条面の太刀をつかいました。八条、相車の太刀でまず敵の足を封じ、三東斎めの攻めは六条、相霞《せわ》の型で相殺しました。最後は――」

白く濁った瞳が忙しなく動く。父の眼前には、巨軀の三東斎と立ち合う弥四郎の姿が浮かび上がっているのだろう。

「見事だ……。よくぞ、あの三東斎を討った。一の太刀を伝授するにふさわしい働きだ」

松軒の流す涙が、乾いた肌に吸い込まれていく。

「これで何も思い残すことなく、冥土《めいど》へ旅立てる」

嘘をついてでしか、父を見送れぬ無念が弥四郎の両肩にのしかかる。

「水を持って参ります」

これ以上、父に嘘をつきたくなかった。庵の隅にある水甕《みずがめ》から水を汲《く》み、水差しに注ぐ。ふと、気づいて父を見る。呼吸の音がしない。慌てて脈をとった。

顔に一匹の蝿が止まっているが、父はぴくりとも動かない。まぶたは見開かれたままで、どこにも焦点があっていなかった。

指をつかってまぶたを閉じ、深く祈る。庵の外へ出ると、剣士たちが取り囲んでいた。足利道鑑の弟子たちだ。ひとり、背を向ける男がいる。鹿島神を祀る祠の花を新しいものにかえ、ほこりや枯れ枝を取り除いていた。祠を整えたのち、振り向いた。

「剣師は、身罷《みまか》ったのだな」

足利道鑑が平坦な声できく。弥四郎はうなずいた。

「では、お前にかける情けはなくなった。新当流の剣技を穢《けが》した男として向き合う」

指のかけた掌で、道鑑は顔を撫でた。

「弥四郎、どうして、新当流の技に殉じなかった。それほどまでに死が恐ろしかったのか。松軒の子として恥ずかしくないのか」

刃のように鋭い道鑑の言葉だった。

「今よりお主を成敗する。大恩ある松軒も、きっとそれを望んでいるであろう」

道鑑が刀を抜き、御剣の構えをとった。一方の弥四郎は、腰にある刀を捨てる。ざわつく剣士たちを尻目《しりめ》に小屋へ行き、床下の武器をとる。刀を腰にさし、道鑑と対峙した。

「弥四郎、新当流の刀を捨てるのか」

「もう、私は——俺は新当流の剣士ではないのだろう」

自分でも驚くほど低い声がでた。

「ならば、どんな得物を使おうが勝手だ」

弥四郎と道鑑は同時に腰を落とす。

「失望したぞ」

道鑑が斬りかかってきた。これは、相車の太刀だ。反撃の弥四郎の剣を六条、相霞の型で受け止められた。気づけば、脛が湿っている。道鑑に斬られたのだ。

「くそったれが」

弥四郎は吠《ほ》えた。父に告げた嘘の決闘の様子をなぞるようにして、道鑑が技を繰り出している。ならば、次は十二条、柳葉の太刀だが、弥四郎には防ぐ術《すべ》があるようには思えなかった。このままでは、十を数えぬ内に首を刎《は》ねられるはずだ。

ならば、いちかばちかだ。

弥四郎はじりじりと下がっていく。

「今からでも遅くない。新当流の技で立ち合って、闘死せよ」

「そしたら、極楽へ行けるのか」

たっぷりと皮肉をこめると、道鑑が顔をしかめた。そういえば、知らず知らず弥四郎の口調が伝法なものになっている。案外、これが己の素なのかもしれない。

はっと笑った。怖いが、それ以上に闘志が溢《あふ》れてくる。

間合いが縮まるような錯覚があった。道鑑が殺気を凝縮させている。

「道鑑様よ、ひとつ頼みがある。俺を一の太刀で殺してくれ。父もきっとそれを望んでいる」

道鑑の殺気が揺らいだ。おかげで、目当ての場所まで後ずさることができた。

「それを望むなら、新当流の構えをとれ」

返答は、腰を極限まで低くして突きの体勢をとることだった。外の物太刀に似た姿勢ではあるが、それよりずっと腰が低い。密《ひそ》かに、弥四郎が考案した構えだ。

「なんだ、その構えは」

「これが俺の新当流だ」

道鑑が刀を片手持ちにかえた。全身から憤怒《ふんぬ》の気を発している。

弥四郎は飛び込んだ。突きを三つ見舞うが、道鑑の片手打ちにことごとく撥《は》ね返される。構わない。前へ出たのは、突くためでなく後ろへと誘うためだ。

踏み込んだ反動をつかって、後ろへと跳ぶ。

「逃がすか」

凄まじい剣が襲ってくる。首を両断する軌道は、十二条、柳葉の太刀だ。新当流を穢す剣士に、奥義である一の太刀はもったいないと思ったのだろう。

弥四郎はよけない。かわりに、下から小手を狙う。尋常であれば、道鑑の手首を斬るずっと前に、弥四郎の首が胴体から分かたれているはずだった。

ふたりの間合いの中央で、血煙が生じた。道鑑は断頭の太刀を途中で止め、そこに弥四郎の小手打ちが吸い込まれたのだ。

が、浅い。肉をわずかに削っただけだ。

「道鑑様、なぜ剣を止めたのです」

囲む剣士のひとりが、思わずという具合に叫んだ。

弥四郎の剣が先んじた理由を、誰も理解できていない。簡単だ。弥四郎は祠を背にしていたのだ。だから道鑑は剣を止めた。断頭の太刀を見舞えば、祠を血で汚すことになる。

「おのれ、卑怯にも祠を背にするか」

からくりを悟った剣士が罵声《ばせい》を浴びせた。

「引き剝がせ」

数人の剣士が弥四郎に殺到する。

「やめろ」

道鑑の苦い声が、剣士たちを制した。

「どうした、新当流の技で俺を斬るんじゃなかったのか」

挑発は賭《か》けだ。心臓が大きな音を立てている。道鑑の目差《まなざ》しが弥四郎の体をはう。

「弥四郎、お前にはひとつだけほめるべきところがある」

「へえ、俺でも知らぬ美点があるのかい」

「鹿島神を祀る祠を美しくしていたことだ」

剣士たちが目を見合わせた。

「俺をあずかったわしの弟子たちよりもな」

そういえば、道鑑が祠の手入れをしていたことを思い出した。まさか、それだけの理由で剣士たちを制止したのか。道鑑は刀を鞘に納めた。

「お主程度の男を殺すのに、鹿島神を血で穢すことなどできようか。冥土の義輝公と松軒に顔向けできぬわ」

道鑑は背をむけた。悠々とした足取りで去っていく。背後から斬られても、いかようにも対処できる自信がみなぎっていた。囲っていた剣士たちが道鑑のあとを追う。

「礼をいわねばな」

背後の祠に向きなおった。自然と御剣の構えをとった己に、弥四郎は苦笑した。

「鹿島の神よ、これが最後の御剣だ」

弥四郎は素早く祝詞《のりと》をとなえ、刀を鞘に納める。万が一にも道鑑たちと鉢合わせせぬために、山へとわけいった。

獣道さえもない山中を、新当流の剣士でなくなった男はひたすらに歩きつづける。

二章

剣離

一

弥四郎の手には椿の枝が握られていた。その先には、紅白二輪の花が咲いている。

冬の祭だが、人いきれで暖かく感じるほどだ。屋台があちこちにあり、辻《つじ》芸人たちが銭を稼いでいる。笛や太鼓の音色も賑《にぎ》やかだ。何かが割れる音がした。足元に転がってきたのは器だ。珍しい色をしている。これは朝鮮の焼き物か。拾おうとしたら、太い足が落ちてきて焼き物を粉々に砕いた。

「ここは日ノ本ぞ。よくもぬけぬけと商売をしてくれたな」

傷だらけの顔をもつ武士が、焼き物の屋台で怒鳴っていた。

「物を売りたければ、朝鮮で売れ」

屋台に並んだ器を刀で乱暴に払った。店の男たちはただ震えているばかりだ。

「よせよ。それに、朝鮮の人と決めつけるな」

弥四郎は怒鳴る武士を窘《たしな》めた。

「これを見ればわかる」

武士が屋台から引っ張りだしたのは、苗刀《みょうとう》だ。

「わしは太閤様の唐入りにも従軍した。これは間違いなく、朝鮮の刀だ。彼《か》の地で、わしの友が何人殺されたと思っている」

「それは、向こうの民だって言いたかろう」

「貴様は、こやつらの肩を持つのか」

武士が苗刀を踏みつけた時だった。悲鳴が響いた。武士が、苗刀を踏みつけていた足を押さえ転げ回っている。弥四郎が鞘《さや》ごと刀を抜いて、その脛《すね》を打ったのだ。異音がしたので、あるいは骨が折れたか。身を屈《かが》め、苗刀を拾いあげる。ついた土を手で丁寧に払う。

しげしげと見つめた。思い出すのは朱子固の苗刀だが、それよりもずっと造りが粗い。

敵意が近づいてきているのはわかっていた。牢人《ろうにん》と地回りの徒者《いたずらもの》が五人。

「おい、お前、しょうこりもなくまたきたのか」

「散々うちの縄張りを荒らしたのを、忘れたわけじゃあるまい」

何人かは見覚えがあった。何日か前、弥四郎はこの縁日で仲間たちと居合の技を見せて小銭を稼いだ。許可をとっていなかったので、地回りと喧嘩《けんか》になった。というより、半分は喧嘩目当てでわざと居合を披露した。

「今日は、仲間はいないのか」

徒者は慎重に周囲を見回す。

「なんだ、相手の数がわからないと喧嘩もできんのか」

弥四郎の挑発に、男たちが反応する。牢人たちは腰を落とし、刀に手をやった。

一方の弥四郎は右手に苗刀、左手には紅白の椿の枝を持っていた。

「誰かあずかってくれんかね」

見物客に声をかける。

「私が」

武家の少年が両手を出した。随分と洗練された所作だった。椿の枝を託し、徒者とその用心棒と思《おぼ》しき牢人と正対する。弥四郎は苗刀を抜いた。すぐに顔をしかめる。あちこち刃こぼれしている。

「貴様も朝鮮人か」

「喧嘩に出自は関係なかろうに」

「喧嘩ではないわ」

正対する牢人ではなく、じりじりと背後へと動いていた徒者が斬りかかってきた。

見物客たちがどよめいた。弥四郎が苗刀を翻したからだ。それは、剣術というよりも舞踏のように見えたかもしれない。徒者の刀を弾《はじ》き、手元で回転させてから続け様に襲ってきた牢人の刃《やいば》を受け止める。

鍔《つば》迫《ぜ》り合《あ》いに持ち込むと、牢人の表情が一変した。弥四郎との実力の差をわからされたのだろう。危機を察した仲間たちも襲いかかってくる。峰で次々と打ち据えた。あっという間に五人を昏倒《こんとう》させる。思っていた以上に汗をかいていた。苗刀は十三歳のころに振って以来だ。そのせいか、無駄な動きが多い。

「見事なものですね」

小姓と思しき少年が椿の枝を返してくれた。

「この椿の花ほどではないがな」

「確かに、紅白の椿は珍しいですね」

「うちの長屋の庭に咲いていてね」

返してもらった椿を、襟にさした。苗刀は屋台に立てかけた。店を出していた者たちはがたがたと震えている。

「懐かしい刀を使わせてもらった。借り賃だ」

壊れた器のたしにはならぬだろうが、懐にある銭を全部置いた。

「あなたも朝鮮の人ですか」

少年が弥四郎の顔を覗《のぞ》きこむ。

「いや、昔の知人に朝鮮の出の男がいた。苗刀の技は、その人に教えてもらった」

「そのわりには太刀筋に日ノ本の色がありましたね。新陰流《しんかげ》、もしかして新当流かな」

なかなか勘のいい少年だ。新当流も新陰流も発祥地が近いせいか、術理に共通点が多い。また、過去に父の松軒は柳生《やぎゅう》新陰流の柳生石舟斎《せきしゅうさい》とも親しくし、互いに影響を及ぼしあう仲だった。

「まあ、この紅白の椿のようなものさ。海の向こうの技と日ノ本の技を、ひとつの術理にまとめようとしたことがある」

「ですが、志半ばで挫折《ざせつ》した」

嫌なことをいう少年だ。

「失礼しました。少々、術理が荒いように感じたもので。今は、苗刀を使わぬのですか」

「教えてもらったのはずっと昔だからな。じゃ、このへんで」

人垣の向こうから剣呑《けんのん》な声がする。きっと徒者の仲間だろう。これ以上の面倒はごめんだ。何より、この後、弥四郎も仲間たちと約束がある。

二

酒が過ぎたせいか、頭が痛かった。弥四郎は何度も寝返りをうつ。頭だけでなく体も痛いのは、どうも床に寝ているせいらしい。枕を探すが、手は空を切るだけだ。

「凄《すさ》まじい寝相ですね」

声がして目をあけようとするが、目脂《めやに》が邪魔で前がよく見えない。

「清介《せいすけ》か、それとも六道《りくどう》か」

ふたりの悪友は、たわいもないことで口論となり出ていったはずだ。

「まずはお姿を整えられたらどうですか。ああ、勝手に入ってきたのは謝りますが、戸締まりを忘れたそちらの非もお忘れなく」

やっと、視界が戻ってきた。目の前には、ひとりの少年が座している。目元は涼しげで、床に拵《こしら》えの見事な二刀を置いていた。

「どちらさんで」

「先日、お会いしたのをお忘れですか。それに、まずはお姿を整えられたらどうか」

己をあらためると褌《ふんどし》ひとつで寝ていた。どうりで寒いはずだ。

「御辺も武士でありましょう。酒を嗜《たしな》むのを止《や》めろとはいいませぬが、正体をなくすほど吞《の》むのはいかがなものかと」

「ああ、俺はあんたの来訪にまったく気づかなかったのかい」

「はい、とても大きないびきをかいておりました」

少年が部屋の隅を見る。刀が無造作に転がっていた。床の隅は腐って穴ができ、ところどころに蟻が行列を作っている。棚には笊《ざる》が置いてあるが、反故紙《ほごがみ》が山のように盛られていた。薄い布団にはつぎはぎだけでなく、かすかに血の痕《あと》もある。

「ああ、やめてくれ。常在戦場なんて、つまらねえ説教はたくさんだ」

へらへらと笑ったのは、自然と口元が綻《ほころ》んだからだ。父の死以来、剣士らしくあることも武士らしくあることも止めた。寝る時もそうだ。あえて父や新当流の教えと真逆のことをした。刀を遠ざけ、泥酔して寝るのを常にしていたが、心のどこかは必ず覚醒《かくせい》していた。猫や犬が近づくとまぶたは自然と上がった。朝になると、必ず刀を枕元に引き寄せていた。そんな己が、たまらなく嫌いだった。だが、今朝はちがう。

「そうか、俺はそんなに油断していたのか」

冬の太陽がこれほど心地よかったことがあろうか。大きく伸びをしようとして、気づく。薄い布団の下にあった左手が何かを握っている。小柄《こづか》だ。刀と一緒に遠ざけたはずなのに。いつでも投擲《とうてき》できるような形で握っていた。

「なあ、あんた俺の左手はどんなだった」

「はあ、なんですか」

「布団の下の俺の左手はどんな具合だった」

「わかるわけがないでしょう。やけにせわしなく動いていたようですが」

ため息をついた。きっと、この少年の来訪に気づき、小柄を抜いたのだろう。いや、それ以前に泥のように眠っている時に、わざわざ離れた刀のところまで寝返りを打ち、小柄を握っていた。まだ、己は武士をやめきれていないらしい。

「ああ、やになるねえ」

「あなたは奇妙な人ですね。なぜ、私がここにいるかを問わぬのですか」

「そういえばそうだな。悪いけど、朝飯の支度があるんだ。帰ってくれぬか」

「私は、さる方の使いとして来ました」

言い方が気に食わない。明らかに、大身の武士からの使者だ。まさか、弥四郎を剣術指南に取り立てるつもりか。あるいは、連夜の秘事がばれたのか。いや、それならば役人がこの長屋を囲んでいるはずだ。

「俺は仕官せぬよ」

「お庭を拝見します」

冷たい声で無視された。が、安堵《あんど》もする。どうやら、少年の用件は仕官ではないらしい。少年が閉め切った雨戸を開く。窓からしか差し込んでこなかった陽光が、一気に部屋を満たした。

「ふむ、やはりよい椿ですな」

庭にある一本の椿の木は、紅白の花を咲かせていた。

「あれ、あんたもしかして――」

「そうです。縁日の時にこちらの椿の枝を預かりました」

思い出した。徒者と戦った時に話をした少年だ。

「あんた、よく俺の寝ぐらがわかったね」

「あなたは、庭に紅白の椿があるとおっしゃったではないですか。これほどの椿であれば、調べればすぐにわかりますよ」

「そんなに好きなら売ってやるよ。掘り返して持っていきな。ただし、人足はそっちで手配してくれ」

「あなたが育てたのではないのですか」

「まさか。ここは借屋だ」

一年前に江戸《えど》にきて、ここを借りた。庭の椿はずっと前からあった。

少年は矢立を取り出し、椿の様子を帳面に書きつけていく。

「私が仕えるお方は、椿がお好きでございまして」

「あんた、どっかの殿様の小姓かい」

「弥四郎様のことを調べました。聞けば、苗字隠しの牢人とか。お互い詮索《せんさく》はやめておきましょう。話を戻すと、この長屋の庭の紅白の椿が、あるいは殿のお気に召すかと思って、こうして検分に参った次第です」

「忠義者だねえ」

向き直った少年が、嫌味なほど露骨に顔をしかめた。

「そろそろ、身なりを整えたらどうですか」

「ああ、確かに風邪をひくな。お気遣い痛みいる」

「お体ではなく、あなた様の外聞のことを心配してあげているのです。いつ何時、仕官の話があるやもわからぬでしょう。その時、こんな様《ざま》では――」

少年がわざとらしく語尾を濁した。弥四郎はそそくさと床に転がった襦袢《じゅばん》に袖《そで》を通し、何日も洗っていない小袖を足の指でつまんで持ってくる。かすかに血の臭いがした。

「今日はこれにて失礼いたします。ああ、そうだ。椿を紅白一輪ずつ手折《たお》ってもよろしいか。殿にお見せしたいのです」

きょろきょろと辺りを見回したのは、鋏《はさみ》を探しているのだろう。

「ああ、ちょっと待っときな」

刀を帯にはさみ、裸足《はだし》のまま庭に降りる。地面が冷たくて、ひゃあと悲鳴をあげた。

「何をされるつもりです」

言い終わる前に抜刀する。風切りの音の後、紅白一輪ずつの椿がぽとりと地に落ちる。

「この二輪を持っていかれよ」

「見事な太刀筋ですね。先日の決闘もすごいと思いましたが」

苗刀で戦ったのは退屈しのぎにすぎない。

「あなたは不思議な人だ。牢人なのに仕官に汲々《きゅうきゅう》としていない。かといって傾奇者《かぶきもの》というわけでもない。なりは素寒貧の牢人だ」

ほっとけと思ったが、苦笑いだけを浮かべ、二輪の椿を開いた扇にのせ、少年に差し出した。が、相手はまるで見えていないかのように沈思している。

「どうです、こういうことにしませんか。私があなたに礼儀作法を教えましょう」

「はあ」

「かわりに、あなたは私に剣を教える。剣技を見込まれ、あなたに仕官の打診があった時、きっと私の教えた礼儀作法が役にたつでしょう。いかがですか」

「あんたの殿様が、俺を雇ってくれてもいいんだぜ」

「私の殿が。それは無理ですよ」

さもおかしそうに笑う。どうやら、相当に高い身分の侍に少年は仕えているようだ。

「まあ、口利きくらいはできます。悪い取引ではないと自負しております」

少年は扇を受け取り、二輪の椿を布に包んだ。伸ばした両手の人差し指に扇をのせて弥四郎へと返す。

「これは、小笠原流《おがさわらりゅう》の礼法です。正確には小笠原流東条派《とうじょうは》の礼法になります。西川《にしかわ》派だと、上に向けた両の掌《てのひら》の上に扇をのせます」

「はあ、さようか」

弥四郎は無造作に扇を摑《つか》む。少年は一瞬だけ顔をしかめた。

「では、明日から伺います。時刻は今の刻限で。束脩《そくしゅう》がわりに酒を持ってきましょう。濁り酒と清酒のどちらがよいですか。まあ、上等な清酒ですかね。きっと、あなたは口にしたことがないだろうから、お腹がびっくりするかもしれないけれど、その時は次から濁り酒を持ってきますからご安心を」

ひとりまくしたてつつ、少年は帰り支度をさっさとはじめる。

「おい、待ってくれ。あんたの名前を教えてくれないのか」

「光《みつ》とお呼びください。ああ、苗字はお互い秘したままで。では、弥四郎殿」

ぴしゃりと戸を閉めたと思ったら、すぐに開いて光と名乗った少年が顔だけを長屋へと突っ込んだ。

「ちなみに、弥四郎殿の剣は何流ですか」

「何流といわれても——我流だよ」

「ほう、ガ流とはどんな字を」

弥四郎は己の頰を叩《たた》いた。いっちょ、からかってやるかと唇をなめる。

「牙《きば》の流派と書いて牙流《がりゅう》。これは古くは京八流《きょうはちりゅう》の流れをくむ——」

「わかってますってば。誰にも教えを受けておらぬという、我流でしょう。からかっただけですよ。では、弥四郎殿、また、明日、お会いしましょう。我流の剣を教えてもらうのを楽しみにしておりますよ」

三

「おい、弥四郎よ、お前、本当にその光とかいう小僧を鍛えているのか」

顔に痣《あざ》をいっぱいにつくった藪田《やぶた》六道が低い声で聞いてきた。酒盃《しゅはい》をあおっていた弥四郎の手が止まる。

「仕方あるまい。毎日、押しかけてくるんだからな」

弥四郎は目の前のつまみに箸《はし》をのばす。

「何者だ。まさか、俺たちを探っているんじゃないだろうな」

顔を近づけた六道から酒の臭いがしないのは、下戸だからだ。かわりに煙管《キセル》ばかり吹かしている。今も煙草臭い息を吹きかけてくる。

「知らんよ。お互い素性は明かしていない」

「強いのか」

「筋は悪くないな。新陰流はそこそこできる」

たちまち、六道が不機嫌になる。俺とどっちが強いか教えろ、と顔に書いてあった。

「おい、弥四郎、そりゃ本当か。筋がいいなら、我ら雲組《くもぐみ》に加盟させようぜ」

部屋に入ってきたのは、中間《なかま》清介だ。人好きのする笑みを常に顔に浮かべている。

「なんだ、清介、もう廁《かわや》から戻ってきたのか」

からかったのは、小兵の雨森勘十郎《あまもりかんじゅうろう》だ。

「廁じゃない。酒が足りぬから頼んできたのだ」

清介が口をねじまげる。酒と宴《うたげ》の場をこよなく愛する男だが、呑むと必ず腹を壊すという不幸な体質の持ち主だ。

「本当かよ。糞《くそ》の臭いがするぞ」

皮肉屋の勘十郎がからかうのは、いつものことだ。

「女みたいに甘いものばかり嗜む雨勘《あまかん》にいわれたかねえよ。この前、寝てる時、蟻があんたの口まで行列を作っていたぜ」

雨勘こと雨森勘十郎は、甘いものに目がない。今夜も甘酒ばかり、もう十杯以上呑んでいる。

「遅くなった。悪い。手習いが忙しくてな」

瘦身《そうしん》の春日圭左衛門《かすがけいざえもん》が入ってきた。元は御家人だったが戦で傷をおい、片足をかすかにひきずっている。それが原因で禄《ろく》を失い、今は寺子屋で童を教えていた。

江戸に流れてきてから、弥四郎は彼ら腕自慢たちと盛んに交わっている。河原で真剣さながらの稽古《けいこ》を毎日繰り返していた。特徴は、それぞれが得意とする武器がちがうことだ。

喧嘩好きの藪田六道は、槍《やり》の遣い手。

人好きな中間清介は、長巻《ながまき》を好む。

皮肉屋の雨森勘十郎は、杖術《じようじゆつ》に秀でている。

剣を得意とするのは、弥四郎と春日圭左衛門だ。弥四郎は我流の剣で、念流《ねんりゆう》の免許皆伝の春日は正統の剣を遣う。それぞれが思い思いの武器を手に、激しい稽古を繰り返している。ために、みな、生傷が絶えない。

「それよりも、そろそろ雲組に人を加えてもいいころだろう。そう思わんか」

箸で皿を叩いて、清介がいう。彼らの集まりは雲組と呼ばれているが、これは弥四郎らが名づけたのではなく、金を援助してくれる男がつけた。雲林院《うじい》の雲からつけたものだ。

「傾奇者や西軍の残党が、徒党を組んでいばっていやがる。そいつらといつ喧嘩になってもおかしくない。どうだい、弥四郎の押しかけ弟子を加えるのは」

清介がみなを見回した。

「ふん、本当に俺たちの仲間になるほどの腕前なのか」

六道は、まだ見たことのない光に喧嘩腰だ。

「六道もいっていたが、俺たちのことを探っているんじゃないか。雲組にいれたとたん、役人どもに囲まれるなんて、たまったもんじゃないぜ」

雨勘の言葉は皮肉よりも心配の方が優《まさ》っていた。

「清介がいうように、雲組も人を増やさねばならぬ。が、時期が悪い」

春日圭左衛門は、この中で一番年嵩《としかさ》の三十歳なので、言葉に重みがある。

「春日さん、それはどういうことだ」

清介が油断ならぬ声で訊《き》いた。

「次の標的が決まった」

誰も言葉を発さなかったが、六道は腕をぶし、清介はにやりと笑う。遅れて、雨勘が口笛を吹いた。

「新参を受け入れるならば、一仕事終わった後のほうがいいだろう」

春日が盃《さかずき》に酒を満たし、喉《のど》の奥へ流しこむ。それだけで顔が赤くなった。酔っ払うのは早いが、なぜか酔い潰《つぶ》れることはないという不思議な男である。あと、十杯以上呑むと裸踊りをする癖があるので、盃を勧める時は慎重を要する。清介がそっと銚子《ちょうし》を遠ざけた。

「ご来客でございます」

歓談していると、襖《ふすま》の向こうから声がかかった。

「ああ、浜田さん」

全員が腰を浮かす。日に焼けた男が、懐手で立っていた。末次屋の船頭の浜田弥兵衛である。

「雲組の面々よ、随分と豪気にやっているな」

「いやあ、浜田さんのおかげですよ。感謝してますから」

清介が如才なく頭を下げる。牢人ばかり五人もいて、なぜ連日、酒を呑み、時に料理屋で豪遊できるのか。簡単な話で、浜田弥兵衛が金を出しているからだ。弥四郎をはじめ五人の住処《すみか》も面倒をみてくれている。

「まあ、その面《つら》を見れば喧嘩と稽古にあけくれているのはわかる。結構なことだ。それよりも、御曹司、いいか」

「御曹司はよしてくださいよ」

弥四郎が立ち上がった。部屋を出て、庭に面した縁側まで行く。灯《あか》りをともす石灯籠《いしどうろう》が、夜の庭を浮かび上がらせていた。

「あんたに江戸で剛の者を集めてほしいと頼んで随分とたつ。今までに何人、集めた」

「部屋にいたので全部だ」

「あれじゃあ、集めたとはいわない」

一応、それなりの努力はしている。苗刀で大立ち回りを演じた日、縁日を訪れたのは地回りの徒者がきっと用心棒を呼んでいるだろうと算段したからだ。が、案に相違して大した腕ではなかった。

「今度、ひとり雲組にいれる手筈《てはず》だ」

光の端整な顔を思いうかべる。

「牢人か」

「どこぞの殿様の小姓だ」

「宮仕えはいらぬといったろう」

「けど、なにか鬱屈《うっくつ》をかかえているようだった。家中《かちゅう》を出奔しかねぬ様子もある」

いいつつ、だから奴の稽古につきあってやっているのか、と今さらながら気づいた。

「歳は」

「まだ二十になっていない。確か、十八といっていたかな」

「あんたより五つも下なのか。もっと働き盛りの荒くれ者を集めてもらわんと困るぜ」

「今は人集めよりも地盤を固めるときだと思ってね。ほうぼうで喧嘩して、腕に覚えのある奴に唾《つば》をつけているところだ」

「喧嘩だけならいいんだがな」

「浜田さん、どういう意味だ」

「三日前と半月前に、辻斬りがあったろう」

不覚にも弥四郎の鼓動が乱れた。

「御曹司、あんたら辻斬りの夜、何をしていた」

「河原の稽古が終わった後、どこかで呑んでいたはずだ」

「どこでだ」

「山県《やまがた》屋か上州《じょうしゅう》屋だと思う」

嘘をつくのは苦手だ。声がうわずってしまう。

「まあいいさ。素性の確かな奴を集めろとはいっていない。悪事に手を染めていても問題はない。ただ、下手は打つなよ」

浜田が弥四郎の懐に、銀の粒がいっぱい入った袋をねじこんだ。

「とはいえ、今の人数ではさすがに具合が悪い。二月《ふたつき》後までに二十人はそろえておけ」

四

寝ぼけている弥四郎の目の前に、突き出されたのは苗刀だった。

「なんだい、これは」

「苗刀ですよ」

光は平然といってのけた。

「見ればわかるよ。なぜ、苗刀を俺に突き出すんだい」

「商人に頼んで、わざわざ手配したのですよ。さあ、教えてください」

「教える？」

「そうです。苗刀の技を私に教えてください」

「確かに、剣を教えるとはいったが」

まさか、苗刀だとは思わなかった。

「日ノ本の剣術ならば、私はすでに柳生新陰流に入門しています。弥四郎殿の品のない我流の剣を学ぶ必要などないでしょう」

「その品のない剣を、今まで教えていたのだが」

「納得のいく苗刀が手に入るまでの我慢でした。いやはや困りました。剣が我流の色に染まると、礼儀作法にも影響が出るのですよ。礼法の師匠からどれほど叱られたことか。さあ、早く支度をしてください」

光は庭におりて椿を観賞しはじめる。

「それはそうと、あんたの殿様はその椿を気に入ったのか」

「思うところがあり、まだ、この庭の椿のことは報《しら》せておりませぬ」

「心根の美しい長屋の主人のもとにあるほうが、椿も幸せだと判断したのだな」

「いえ、心根の卑しい主人の毒に椿が汚されているかもしれないと思いました。殿様がその毒にあたれば、私は切腹ですよ」

木刀を持って、光は素振りをはじめる。見れば、形が妙だ。柄がやけに長い。これは苗刀を模した木刀ではないか。

「本当に、苗刀を学ぶつもりか」

「そうですよ。外《と》つ国《くに》の剣を習得できるんです。胸が高鳴りませんか」

その時だった。

「頼もう」

場違いなほど大きな声が響いた。弥四郎は思わず頭を抱える。

「頼もう、道場破りである」

「や、弥四郎殿、道場破りが来ましたよ」

驚く光をよそに、勝手に入り口の扉が開いた。タンポ槍を持つ藪田六道だ。

「おい、六道、頼むから朝からふざけないでくれ」

「お前が、噂の光殿か」

敵意のこもった目で、六道が睨《にら》みつける。

「そうですが……貴殿は一体、どなたですか」

さすがの光もたじろいでいる。

「弥四郎から聞いてな。朝から稽古とは精がでるものだと感心しておったのよ」

庭に降りつつ六道が槍をしごいた。

「どれ、俺が稽古をつけてやる」

声には憎悪の念が過分にあった。この藪田六道という男は、もとは旗本に仕える小者だった。ある日、稽古で本気でこいという主人の言葉を真っ正直にとり、叩きのめしたことで家中を追放された。以来、旗本や高禄の武士を相手にする時、敵意を剝《む》き出しにする。

「お前、聞いていたな」

浜田との会話を、である。光が殿様の小姓と知り、叩きのめしたくて仕方がなくなったのだろう。

「手加減は無用だ。頭を潰すつもりで打ってこい」

つまり、六道も光の頭を潰すつもりで槍を突くということだ。

「弥四郎殿、いいのですか。私がお相手をしても」

「すまぬなあ。こいつはいっても聞かぬのだ。ああ、六道、顔は打つなよ」

そう忠告したのには、ふたつ意味がある。ひとつは、光が顔に傷を負えば必ず問題になる。誰にやられたかを訊かれ、弥四郎らにいらぬ嫌疑がかかるやもしれぬ。もうひとつは助言である。顔はやめろと六道にいえば、奴の気性からして必ず狙う。聡《さと》い光ならば、弥四郎の忠告に気づいたはずだ。

裂帛《れつぱく》の気合いとともに、六道がタンポ槍を見舞う。はたして、光は頬をかすらせるようにしてよけた。槍と木刀の激しい応酬が続く。庭に土煙が舞い、椿の花を砂で汚した。

「ほう」と、弥四郎が息をこぼす。石突を使った六道の攻めを、光がさばいたのだ。タンポ槍の穂先に注意を向けてからの一撃は、清介や春日も何度か一本をとられている。

光は、思ったよりやる。なにより、この決闘まがいの稽古で、躊躇《ちゆうちよ》なく間合いを潰し打ちあっている。普通なら、もっと萎縮《いしゆく》するはずだ。木刀とタンポ槍が互いの体をかすり、ふたりの肌に血をにじませた。六道が腰を沈める。地を擦るように槍を薙《な》ぐ。跳んでよけようとした光のつま先を払い、回転させた石突を倒れた光めがけて打ち下ろした。光の鼻先で打撃が止まったのは、弥四郎が槍を掴んだからだ。

「それぐらいにしておけ」

「邪魔をするのか」

「稽古だということを忘れるな。お前の勝ちだ。それで納得しろ」

光がゆっくりと上体を起こす。体がかすかに震えていた。怖がっているのかと思ったがちがう。顔には笑みが広がっていた。

「弥四郎、みろ、この小僧、笑ってやがる。こいつはこっち側だ。俺たちと同じだ」

先ほどまでの不機嫌が嘘のように、六道も笑う。

「おい、こっち側ってのは、お前のような粗忽者《そこつもの》と俺が一緒なのか」

「ふん、俺たちの中で一番人を殺しておいてよくいうぜ」

口を慎め、と目で六道をたしなめた。

「この光って小僧は、こっち側さ。命懸けのやり取りを楽しんでやがる」

弥四郎は、否定しなかった。尋常の剣士ならば、六道の闘気を浴びただけで腰が引ける。それでもなお、光は一時とはいえ互角に渡りあった。

「光殿、いかがかな。槍の味は」

「楽しかったです。剣とはちがいますな」

「いったな、小僧」

六道は睨みつけるが、口元は笑っていた。

「おふたりは、お仲間なのですか」

「河原で毎日喧嘩する仲よ」

「喧嘩じゃない。稽古だ」

「河原で喧嘩とは」

「楽しいぞ、小僧。槍や杖《つえ》、長巻の遣い手がいる。この前は、俺は長巻を遣う清介って奴をのしてやった。十日前には、杖を遣う雨勘って野郎の歯を折った」

「三日前に、お前は春日さんっていう剣術遣いに肩を外されてたけどな」

「小僧、俺たち雲組に入らぬか」

「雲組、なんです、それは」

弥四郎は必死に咳払《せきばら》いする。明らかに、先走りすぎている。

「わかっているよ。喧嘩につきあわせるだけだ」

まだ仲間にはいれない、と目で六道がいった。

「河原の喧嘩にまぜてやる。旗本とか武士とかをぶちのめしたくてしかたがなかったんだよ。ちょうどいい」

「お願いします。毎日は無理ですが、三日に一度は必ず」

光は両手をついた。もうここまでくれば、なるようになれだ。あくまで河原の稽古にだけつきあわせる。五人の夜の秘事には参加させない。

「それにしても物好きな小姓さんだな。なぜ、そうまでして痛めつけられたいんだ。まあ、俺たちは気晴らしになるから構わんがな」

そういえば、どうして光が弥四郎に剣を学ぶのか不思議だった。新陰流や新当流の剣を学ぶならわかる。そこから人脈も育《はぐく》める。だが弥四郎の剣を学んでも、それはない。

「私は強くなりたいのです」

平凡な答えだった。

「なんのために強くなりたいんだ」

弥四郎が質問をかぶせると、しばし光は無言になる。

「自由になるためです」

「自由」と、弥四郎と六道が唱和する。

「武士である限り、しがらみからは逃れられません。時には、しがらみによって命を絶たねばならぬ時もあります」

「そういう身内がいたのか」

「母です。敵に囲まれましたが、武家の女として降伏は許されず、命を絶ちました」

「降伏を許さぬのが、そなたの家の法なのか」

光がうなずく。

「武家の愚かなしがらみから自由になりたいのです。そのために、私は強さが欲しい」

その声は真剣そのものだった。

五

梟《ふくろう》の声が夜空に溶けていく。新月の闇が、弥四郎たちの周りを覆っていた。前から、提灯《ちょうちん》の灯りが近づいてくる。新月の夜はいい。刀が月光を跳ね返さない。

――あと二十歩
弥四郎は近づいてくる足音から間合いをはかった。提灯は見ない。そうすると光が目に焼きつき、闇の中で動けない。必死に耳をすます。

あと、十五歩、十歩――

五歩、四歩、三歩
無言で弥四郎は物陰から飛び出した。提灯を持つ男めがけて、刀が閃《ひらめ》いている。墨で塗られ闇と同化する刃は、弥四郎の刀ではない。

提灯を持つ男が小さな悲鳴をあげた時、弥四郎の蹴《け》りが黒い刃よりも先んじた。

「ぐえ」と蛙が潰れるような声とともに、蹴りをうけた男が吹き飛ぶ。

空を斬ったのは、黒塗りの刃だ。地面の石にあたり、火花が盛大に散る。襲撃者の姿を一瞬だけ映した。覆面姿の武士だ。

「な、なんだ、あんたらは」

蹴られた男が、尻餅《しりもち》をつきつつ後《あと》ずさる。

「あんたを斬ろうとしたのは、辻斬りだ」

痩身の春日圭左衛門が、震える男の両脇に手を入れて起き上がらせた。

「そして、あんたを蹴った俺たちも辻斬りのようなものだ。ああ、安心してくれ。あんたは斬らないよ。正しくは辻斬り斬りよ」

覆面の武士の前に立ちはだかったのは、杖を持つ雨勘だ。小兵だが、こういう時は大きく見える。

「もっと早く襲えってんだ。あと半刻遅ければ、俺たちは帰ってたぜ」

槍を肩にかつぐ六道が、背後の逃げ道を塞《ふさ》いだ。

「逃げようとは思うなよ。あんたの素性は知っている。旗本の小島蔵人《こじまくろうど》殿だよな」

長巻を突きつけた清介の言葉に、覆面の男がのけぞる。だが、狼狽《ろうばい》していたのはわずかな間だけだった。

「辻斬り斬りだと、ふざけおって」

覆面の男の静かな声には、怒気がみなぎっていた。絶体絶命だからこそ、虎口《ここう》を脱するためには戦うしかないと判断したのだ。

「正義漢面して止めに入ったことを後悔させてやるわ。十日前の辻斬りを知らぬわけではあるまい」

無惨に喉を突かれた牢人が辻に転がされていたという一件だが、弥四郎たちはよく知っている。殺されたのは、女を斬り殺そうとした牢人だったからだ。無論のこと、殺したのは弥四郎たちである。雨勘と清介は苦笑いするが、怒ったのは六道だ。

「てめえが、十日前の武士を斬ったというのか。面白いことをいうじゃねえか」

それをなしたのは、六道だ。こたびの辻斬りの下手人が旗本というだけで、いつも以上に怒気をみなぎらせていたところに、最悪の一言だった。

「火に油とはこのことだなあ」

雨勘が茶化しつつ、襲われた男を引きずる春日を見る。男は腰を抜かしているようで、安全な場所まで下がらせるのに手間取っていた。

「どうするよ、春日さん」

辻斬りと誰が戦うかは、くじ引きで決めている。今宵《こよい》は、春日の番だった。

「六道、ひけ。わしの番だと知らぬわけじゃないだろう」

襲われた男を運び終えた春日が、刀を抜く。弥四郎らは数歩後ずさり、決闘の場所をつくる。六道も唾を吐き捨て、不承不承ながら後退した。

「気をつけろ、刀を黒く塗っている」

弥四郎の声に、春日は静かにうなずいた。古傷のある足を引きずり、間合いをつめる。

化鳥を思わせる気合いの声が、辻斬りから発せられた。互いの刀がぶつかり、ふたりは場所をいれかえるようにして振り返る。その時、すでに相手は刀を持っていなかった。いや、刀を握っていた手を春日によって切断されていた。

「勝負ありだな。俺にとどめを刺させろ」

六道が吠えた。

「好きにしろ」

血振りをして、春日は背を見せた。

「た、助けて、命だけは」

「どうしたんだい、春日さん。獲物を譲るなんて、隠居する歳でもなかろう」

「おい、早くしろって。人がくる」

「お願いだ。出来心でやっただけだ」

「そういうことなら、俺がとどめを刺させてもらうぜ」

「金ならやる。なんなら、屋敷もやる」

「悪いがだめだ。俺たちが知らないとでも思っているのか。今日だけじゃないだろう」

「お願いだから、助けてくれ」

「おい、雨勘、槍を持っててくれ」

「いやだよ。お前の槍、汗臭い」

「あずかってやる。はやくやれ」

「そうだ。わしの家の宝をやる。信長公《のぶなが》からもらった掛け軸があるんだ」

「旗本のくせに、命を落とす程度の些事《さじ》にびびってんじゃねえ」

六道の怒声が響きわたったのを最後に、静寂がやってきた。見事な断頭の太刀だった。男の首が地面をはね、覆面が剝《は》がれる。

「六道にしては、見事な剣だな。首切り役人でもやってけるぜ」

雨勘が、刀で絶命させた六道をからかった。

「さて」

弥四郎は背後に目をやった。

「いるのはわかっている。出てきたらどうだい」

驚いたように、雨勘と清介がそれぞれの武器を構えた。返答がないので、弥四郎は落ちていた提灯を暗闇へと蹴る。ぼうと、人影が浮かび上がった。

浜田弥兵衛が立っている。

「なんだ、浜田さんか。まいったなあ」

清介がおどけた声を出した。

「ふん、稽古だけでは飽き足らずというところか。それとも義賊気取りか」

「あんたは強い人がほしいんでしょう。肝を練るには、人を斬るのが一番早い。見ての通り、辻斬りや盗賊しか斬ってない」

弥四郎の言葉に、全員がうなずいた。斬ったのは十人以上になるが、すべて賊だ。

「俺が怒っているのは、渡した金の使い道だ。酒や女に消えるのはいい」

確かに、辻斬りたちの身元を洗い、現場を押さえるためにかなりの金を使った。

「俺はいったはずだぞ。剛の者を集めろと。なぜ、辻斬りを殺す。今日は旗本だったが、牢人のときもあったはずだ。どうして、捕まえて仲間に引き入れない」

弥四郎たちが目を見合わせた。代表するように前に出たのは、痩身の春日だ。この中で一番弁がたつ。

「浜田さん、俺たちをどうする腹づもりです。目的も聞かされず、剛の者を集めろといわれても無理な話だ」

「そうだぜ。まさか、お上に楯突《たてつ》くために人を集めてんじゃないでしょうね」

雨勘がふざけた声でいうが、何日か前から雲組の中で出ていた疑問だ。

「徳川《とくがわ》を転覆させるつもりなら、もう少し賢い奴に託すさ。ちっ、仕方ねえ。まさか、こんな危ない遊びをしているとは思わなかった。が、それもこっちの説明不足が原因やもしれんしな。俺や主《あるじ》の末次様は商人《あきんど》だ。金儲《かねもう》けのためなら戦もするが、別にこの日ノ本の王になりたいわけじゃない」

浜田は、転がっている首を手で叩く。

「実はな、お前たちを外つ国に売ろうと思ってた」

「奴隷か」

弥四郎の声は自然と低くなる。

「末次屋は奴隷も扱っているが、今回はちがう。関ケ原《せきがはら》が終わり、戦の匂いが消えつつある。お前らみたいな鬱屈を持て余す牢人たちが、日本中に溢《あふ》れている。そいつらに戦う場所を与えてやろうと思ってな」

浜田は独楽《こま》を回すようにして、首を回転させた。

「天竺《てんじく》や明《みん》国では、戦や反乱が多い。数こそ多くないが、そこに日本の牢人が加わり、随分と重宝されている。侍たちの強さは折り紙つきだ。さて、ここで商いの才が問われる。だぶついた品があれば、必要としているところに売りにいく。これがよき商人だ」

「戦をしたくて仕方がない俺たちを、外つ国の戦場に売りつけるっていうんですか」

「いやなのか」

浜田が、清介を見た。

「まさか」と、清介が破顔した。

「大歓迎ですよ。こっちは戦いたくて仕方がなかったんだ」

「俺もだ。戦ってみたい。鎧《よろい》を着て、硝煙が煙《けぶ》る中を駆けてみたい。畜生、俺の初陣は関ヶ原だぜ。まだ、全然、戦い足りねえよ」

いつもは冷笑を浮かべる雨勘が身を乗り出して悔しがっている。

「末次屋がやろうとしていることは、幕府転覆とは全く逆のことだ。牢人たちに幕府は手を焼いている。その牢人を海の外へ売る。金儲けできるし、町も平和になる。戦いたい牢人にとっても悪い話じゃない。この話は幕閣にも通っている。幕府お墨つきで、剛の者を外つ国に送るんだ」

「すっげえ、やっと俺たちの技を見せつけることができるんだ。浜田さん、俺、人を集めるよ。辻斬りを斬ってる場合じゃない。早く海の外へ行きたい」

熱く語る清介に、「俺もだ。海の外の戦場で、大将首をあげたい」と雨勘が高揚をそえた。浜田が、弥四郎を見た。

「御曹司、どうしたんだ。あんたは、戦場を欲していないのか」

弥四郎はあいまいに首を傾げた。不思議だった。外つ国の戦場に心を躍らせぬ自分がいる。清介や雨勘のようには興奮できない。

六

いつもは五人しかいない河原の稽古場に、いつしか二十人近い男がひしめくようになった。木刀やタンポ槍を打ち合わせる音が賑《にぎ》やかに響く。大地で組み討ちする男たちの汗と潰《つぶ》れた草の匂いも風に運ばれてきた。

「いやあ、最近の若いもんは活きがいいねえ」

汗をふきつつ目を細めるのは、清介だ。周りを新入りたちが囲っている。離れた場所では棒を持った雨勘が、新入りと実戦まがいの稽古を演じていた。

「ち、雨勘のやつ、だらしねえ。相手は入って半月だろうが」

吐き捨てたのは、六道だ。煙草を不機嫌そうにすっている。

「そういってやるなって。念流を長くやっていたらしい。素人じゃない」

弥四郎が弁護してやるが、六道の顔は不機嫌さを増すだけだ。

「おお、やったぁ」

歓声が上がった。雨勘の肩に、新入りの木刀が入ったのだ。力はないが、速さはなかなかのものである。

「いやあ、すげえじゃねえか。頼もしい」

清介が立ち上がって手を叩く。

「次は清介さん、やりましょうよ」

「馬鹿野郎、お前ばかりやるな」

「あほう、俺のように古参の五人の誰かに勝ってからいばれ」

新入りたちは楽しげだ。今度は清介が薙刀で、別の男と立ち合う。最初こそは互角であわやという攻撃も受けていたが、徐々に清介が押しはじめる。

「弥四郎さん、やりましょうよ」

別の新入りが声をかけてきた。ちょうど汗が乾いて、体が冷えてきたところだ。

「何でやる」

「お互いの得物を取り換えてやりましょう」

木刀と槍を交換する。実戦では、己の武器を取り落とすこともままある。どんな武器でも、それなりに使える必要があった。

煙管《キセル》を打ちつける音が響いた。見ると、六道が帰り支度をはじめている。

「稽古終わりの酒は行かないのか」

「ひよっこどもの酒の相手なんかできるかよ」

尻についた草を払って六道が帰っていく。稽古終わりの酒宴で、最近、六道の口数が少なくなっていた。海の外へ出ようと企《たくら》む清介や雨勘らが新入りと親しげに交わる卓の端で、黙って呑めぬ盃をなめている。春日がいれば六道の無聊《ぶりよう》も慰められるのだが、最近、河原の稽古場に姿を見せない。

「ほっとけ、あいつは俺たちとちがって海の外に興味はないんだよ」

毒づいたのは、雨勘だ。目指すものがちがってきたせいか、雨勘と六道の仲が険悪になりつつある。稽古では雨勘が盛大に打ち据えられているが、後の宴会では孤立しがちな六道に雨勘が皮肉をいってからかう場面が多い。

「弥四郎さんも、外つ国に興味はなさそうですね」

弥四郎の木刀を握る新入りが不思議そうに尋ねる。清介や雨勘の話にあわせはするが、場を盛り上げることをしていないのは事実だ。

七

稽古終わりの酒宴を、弥四郎は早々と引き上げた。どこぞに強いやつがいるという話題になったからだ。どうやって一味に引き入れるかを、盛んに議論しはじめた。清介と雨勘は、雲組を大きくすることに躍起だ。その話に、弥四郎はついていけない。心が沸き立たぬ座談に加わるのは苦痛だ。ひとり、河岸を変えた。場末の酒場で不味《まず》い酒をあおる。背後を、剣客風の男がふたり通りすぎた。酒を注文し、しきりに武芸談議をはじめる。

「おい、知っているか。上方にすごい武芸者がいるらしいな」

「ああ、大和《やまと》国の鎖鎌の達人がやられたらしい」

「だけじゃねえ、宝蔵院《ほうぞういん》もだ」

「本当かよ、槍相手に刀で勝ったのか」

自然と弥四郎の耳も反応してしまう。

「そのうち、京《きょう》の吉岡《よしおか》とも雌雄を決するって話だ」

「たまらねえな。宮本武蔵っていうんだっけ。どんだけ剣名をあげるつもりだ」

思わず、弥四郎は立ち上がった。

「なんだ、あんた」

「まさか、喧嘩売ってんのか」

「ああ、ちがう。宮本武蔵って聞こえたから。九州の戦場で見たことがあるんだ。武蔵を」

「あんた、武蔵と手合わせしたのか」

敵陣に忍びこんだ夜を思い出す。武蔵に刃をつきつけたが、微動だにしなかった。そして、翌日、戦場で阿修羅《あしゅら》のごとく暴れまわる姿を遠目に見た。新陰流でも新当流でも影流でもない。まったく独自にして、激流のごとき剣だった。

「戦ってはいない。ただ、凄まじい武者ぶりだったからよく覚えている」

「じゃあ、その時の様子を聞かせてくれよ」

空いている卓から椅子を引き寄せてくれた。

弥四郎は遠目に見た武蔵の姿を語り、男たちが最近の武蔵の活躍を余すところなく伝える。体が幾度も震えた。名だたる剣豪を打ち破り、扶桑《ふそう》第一といわれる吉岡憲法《けんぽう》でさえ無視できぬほどに強くなっているという。

知らず、拳《こぶし》を強く握りしめた。

そうか、とつぶやく。なぜ、己が海の外に興味を引かれぬのかわかった。

俺は、宮本武蔵と戦いたいのだ。

唯一無二の武蔵の剣と弥四郎の剣で語りあいたい。

八

「弥四郎殿は、外つ国に行かぬのですか」

顔を洗っている弥四郎に、光がそんなことをきいた。光も、三日に一度ほど河原稽古に参加している。そこで清介たちの野望は聞いている。

「多分、行かない」

いってから口を漱《すす》ぐ。

「なぜです」

日ノ本で倒したいやつがいるからだが、黙っておく。

「光殿は行きたいのか」

こくりとうなずいた。

「そりゃあ、駄目だろう。光殿には家がある」

「ですが、三男です。家を出奔しても迷惑はかかりません。私の兄は優秀ですので」

「自由に生きるだけなら日ノ本でもいいだろう。牢人でも上手《うま》くやれば、俺のように暮らせるぞ」

「見てください」

光は小袖の襟を開いてみせた、匂い袋のようなものを首から下げていた。十字の刺繍《ししゅう》がほどこされている。

「これは母が縫ってくれたものです」

「亡くなられた母上は、キリシタンだったのか」

光は十字の刺繍をそっとなでた。

「父はキリシタンを憎んでおりましたので、母は経文によって弔われました」

首から下げた袋を開けると、小さな髪の束が出てきた。

「母の髪です。異国に行き教会で母を弔えば、きっと喜びます」

「少ないけれども、教会は日ノ本にもあるだろう」

「いずれ、キリシタンはご禁制になります」

日ノ本で母の遺髪を弔っても教会が潰されてしまえば、元も子もないと光はいう。

「光殿はキリシタンなのか」

「父が許しませんでしたので入信はしておりません。しかし、母から教えは学びました」

弥四郎は雨戸をあけて、庭へと出た。椿の花が地面に散らばっている。光と出会ってから一年がたっていた。

「弥四郎殿、一緒に外つ国に渡りませんか」

驚いたのは、光の言葉に己が動揺していることだ。

「俺に何の利があるんだ」

「持ってくる握り飯を倍にしますよ」

握り飯が入っていると思しき包みを取り出し、床に置く。飯でつるとは、なんていやらしい男だ。しかも、朝の空腹で仕方がない時に、だ。

「そんなわけにはいかぬよ」

あえて握り飯から目をそらす。腹がぐうと鳴ってしまった。

「じゃあ、一緒に行ってほしいといえば」

「くどいな」

「条件をいってください」

「俺に勝てたらな」

床を蹴る音がした。振り返らずに、弥四郎は横に飛ぶ。椿の花が散った。

「その言葉に嘘はないですね」

柄の長い木刀を持った光が、猛然と攻めかかる。まるで舞うような足取りなのは、弥四郎が教えた苗刀の足捌《あしさば》きだからだ。

時に片手持ちにかえて、変幻自在の太刀筋で打ち込む。不意打ちが卑怯《ひきょう》だとは思わない。所詮、弥四郎の考える武道は殺し合いだ。隙があれば斬りかかればいいと、光には教えていた。わざと光に突かせて、脇をかすった木刀を抱く。素早く足を払った。椿の根元に倒した時、木刀を奪っていた。

「まだまだだな」

いってから部屋へと戻る。布を解《ほど》いて、握り飯をひとつ口の中に放りこんだ。柔らかく煮たかつお節が入っており、旨味《うまみ》が米粒の隙間を埋めていく。茹で卵をもう一方の手でつかみ、床に打ちつけて殻を割った。

「けど、約束はしましたからね」

確かに、勝てば一緒に外つ国に行くといってしまった。

「まあ、勝てたらな。けど、早くしてくれよ」

「なぜです」

「実は、外つ国へ行く日取りが決まった。十月ごろだと、浜田殿はいっていた」

指についた米粒をねぶる。

「じゅ、十月ですか」

清介と雨勘は着々と準備をすすめている。河原の稽古場でも、体を動かすことよりも談合している方が多いほどだ。一方、六道と春日は姿を見せなくなった。六道は傾奇者の徒党に入ったと耳にした。春日は、さる旗本の家から子弟の傅役《もりやく》として熱心に口説かれているらしい。身を固める好機と考えているようだ。

「十月までに俺から一本とれるかなぁ」

光が弥四郎から学ぶのは、苗刀の術だ。正確には、朱子固と共に練り上げていた独創の剣術である。日々変化していたあの頃の剣を思い出しつつ、朱子固ならばきっとこんな構えや技にしたのではないかと手探りで光に教えた。光なりに、柳生の技を取り入れたりもしている。新当流が基の弥四郎とは違った視点があり、思わぬ形に技が変化することがあり、それが無性に楽しい。

弥四郎は脇をさすった。先ほどの木刀がかすっていたのだ。弥四郎の知らぬ太刀筋だった。光独自の工夫をいれた刺突は、この先どう成長するのか。

「柳生の剣を使ってもいいんだぞ。袋竹刀《ふくろしない》を用意しておこうか」

「いえ、私はこの苗刀の技で弥四郎殿から一本取ります。きっと外つ国では、新陰流の技以上に役にたつはずです」

確かに苗刀は外つ国の刀なので、明や朝鮮の剣士と戦う時にその術理を知っておくのは小さくない恩恵があるだろう。

もし、光に一本取られたら――

武蔵との戦いは諦《あきら》めるべきか。

そんなことを妄想してしまった。いや、と首を横にふる。簡単な方法がある。

外つ国へ行く十月までに、武蔵と戦えばいい。

九

河原の稽古場では、すでに何人もの男が汗を流していた。光もいる。苗刀の形を模した木刀を手に、小兵の雨勘と向きあっていた。互いに木刀を片手で構えて、もう一方の腕は背後に回している。腕の一方が使えなくなったと想定しての片手稽古だ。

「あぁちぃぃ」

雨勘が悲鳴をあげつつ打ち込んでいる。片手をずっと使い続けるので、肩や手首が異様な熱を帯びる。一方の光も歯を食いしばり、苗刀を模した木刀を操っていた。

「光殿、剣が下がっているぞ」

「雨勘さん、古参の意地を見せなきゃ」

周りにいる男たちが楽しげに声援を送る。

「ほう」と、弥四郎は息をこぼす。光が雨勘と互角に戦っていた。どころか、じりじりと押し始める。それゆえに、光の技に慢心が生じつつあった。どこかで息をつこうと、体が欲している。その誘惑に光の心が負けんとしていた。

「休むな。攻めつづけろ」

驚いたように、みなが怒鳴りつけた弥四郎を見る。

「苦しいのはどちらも同じだ。我慢比べで負けて海の外の男と戦えるのか」

光の顔が歪《ゆが》むが、片手に持つ木刀には再び息が吹き込まれた。

「弥四郎のいうことが正しいとは限らんぜ」

一方の雨勘は、言葉で光をゆさぶらんとしている。光が力尽きるのを待って、一気呵成《かせい》に反撃に出ようという策だ。巧妙に相手の打撃をいなし、光の体力を削っていく。

相手の意図がわかっていてなお、打ち込むのは苦しい。光の唇が青くなっていた。口を大きく開けているが、息はできていないはずだ。

「そんなことでは、一生、俺から一本はとれんぞ」

弥四郎のさらなる一喝が飛んだ。

「おお、息を吹き返したぞ」

「すげえ、まだ力が残っていたのか」

雨勘は必死に体勢を戻すが、一度綻《ほころ》びが生じた守りは元には戻らない。

「胴が空いてるぞ」

弥四郎の声に、手元でくるりと光の木刀が回転した。逆手に持ち替えた抜き胴が、雨勘の脇にめりこんだ。先日、弥四郎が教えた技だ。逆手の抜き胴は、朱子固が朝鮮へ渡る数日前に一緒に編み出した技でもある。

「畜生」と、雨勘が地面に倒れながら叫んだ。光も遅れてうつ伏せになる。ふたりとも陸にあがった魚のように、口を大きくあけて息をしている。

「いやあ、まさか光殿が勝つとはな」

「小姓だと思って侮っていたわ」

「外つ国に行くと耳にした時は酔狂だと思っていたが、あれは本気だな」

みなが口々に光をほめる。

「光殿、よくやった」

弥四郎がまだ寝そべる光をほめた。

「今夜は、箸も握れそうにないです」

震える右手を見せて、光が笑う。

「明日の朝も握れんぞ」

「なら、握り飯は期待しないでください」

「うん、あれは光殿が握っていたのか」

「ええ、料理は嫌いじゃないんで」

そういえば、いつも持ってくる茹で卵は茹で加減などにこだわりがあるといっていたのを思い出した。てっきり女中に指示をだして作らせていると思っていたが……

やっと、光が体を起こした。まだ、肩で息をしている。一方、負けた雨勘の方は、ぶつぶつと言い訳しつつ河原の外れへと歩いていた。

「残念だなあ。当分、会えなくなるから、とっておきの握り飯をと思ったのに」

「当分、会えなくなる？」

「実は国に帰ることになったのです。父が病で倒れたのです。殿に帰国の許しをもらったところです。早ければ明後日《あさって》には出ます」

「そうなのか」

ということは、外つ国に行くことは諦めたのだろうか。

「ああ、ご心配なく。見舞いが終われば、すぐに戻ってきます。そして、一番に私と手合わせしてください」

「一本とるのを諦めていないのだな」

「当たり前ですよ」

光の顔は自信に満ちていた。片手稽古とはいえ雨勘を倒し、清介とも互角に渡りあえるようになってきている。成長が楽しくて仕方ないのだ。弥四郎にも覚えがある。一日、いや一刻ごとに強くなる実感があった。三日もすれば父にも勝てる、と本気でそう思っていたこともある。今の光のように、だ。

「弥四郎よ、覚悟しとけよ。光殿はもっと強くなるぞ。お前を負かせるように、俺が色々と秘術を教えてやっているんだからな」

　朗らかな笑みを浮かべつつ、清介が割り込んできた。

「なんだ、清介と組んでいたのか」

「私が勝てば、一緒に外つ国に行くって約束を、清介さんに話したんですよ。そしたら快く協力してくれました」

　世話好きの清介らしい考えだ。

「光殿よ、俺たちには弥四郎が必要だ。ぜひ、この生意気な男に勝ってくれ。一本といわず、腕の骨ぐらいなら十箇所ほどへし折ってくれてもいい」

「腕が折れて、戦の役にたつかよ。しかし、参ったなぁ」

「何か困ることでも」

「遠出をしようと思っていたのだ」

　そう遠くない時期に、京へ上ろうと考えていた。宮本武蔵と戦うため、だ。武蔵は京に滞在し、あの吉岡憲法とも互角に戦ったと聞く。その際、憲法は腕を折られ、剣客の道を諦めたともいう。きっと、武蔵の剣名はどんどん上がる。そうなれば、我流の弥四郎など歯牙《しが》にもかけられない。早いうちに、戦う必要があった。だが、いつ帰るかわからない光を待つならば、時機を逸するかもしれない。

「ご心配なく。私はすぐに戻ってきます。その時、一緒に遠出をしましょう」

　皆が光を見た。先ほどまで打ち合っていた新入りたちもだ。小姓が、許しもなく旅になど出られるはずもない。

「父の見舞いが終われば出奔します。もう決めました。次、ここへ戻ってくる時は、皆様と同じ牢人です」

「いくら三男だからって、思い切るなあ」

清介が呆《あき》れと喜びの相半ばする表情でいう。

十

河原の稽古場に吹く風は、秋の匂いよりも冬の冷たさの方がはるかに勝っていた。枯葉が舞うなか、弥四郎はひとりたたずむ。かつて木刀を打ち込んだ倒木を殴った。夏の日に涼をとるための木陰をつくってくれた大樹の根を蹴る。

つい、一月ほど前まで、ここで大勢の仲間たちと汗を流したのが嘘のようだ。

清介や雨勘たちは、浜田の手引きでとうとう海を渡った。大勢の仲間たちを引き連れていった。江戸に残っているのは、弥四郎と六道と春日だけだ。六道は傾奇者の一味となり、春日は大身旗本の子息の傅役の職を得ていた。そして、光は帰ってこなかった。

国許《くにもと》に行ったきりなのか、江戸には帰ってきたが心変わりして弥四郎たちとの交わりを絶ったのかはわからない。光を待ち続けた弥四郎は、京で武蔵と戦う機会を逸し、外つ国へと旅立つ清介らを見送るしかなかった。病などのよんどころない事情で、光は十月の渡海に間に合わなかったのかもしれない。そう思うと、江戸を引き払うことができない。

俺はなぜ、江戸にいるのだろうか。

ふと、そんな思いがよぎり、どうしようもなく胸が苦しくなる。

外つ国に牢人を送るのは一度では終わらない、と浜田はいっていた。二度目の渡海の人集めのため、浜田は弥四郎が長屋に住むことは許してくれた。が、以前のように剛の者を求めるようなことはしていない。したとて、清介や雨勘、六道、春日のような仲間と出会えるわけでもない。

体がよろめき、大樹の幹に肩をぶつけた。

もうすぐ冬が来る。

十一

重い足をひきずって、訪れたのは春日の住む家だ。かつての長屋を引き払い、仕官先の旗本から屋敷の一角を宛てがわれていた。

「おお、久しいな。上がってくれ」

幾分か肉のついた、春日にいわれた。古傷の足をかすかに引きずる姿は前と変わりがなく、囲炉裏の前に座るようすすめてくれた。

「どうだ、人は集まっているのか」

春日は、弥四郎がまだ浜田の手配した長屋に住んでいることを知っている。

「いやあ、それがね。あんまり……」

春日の目が険しくなった。

「足を洗う気か」

弥四郎はただ頭をかくだけだ。

「なら、あの寝ぐらは空けないとな。暮らしのあてはあるか」

「居合の技でも見せて銭稼ごうかなって」

春日が噴き出した。

「あったなあ。縁日で、みんなで技を披露して投げ銭をもらってたら、地回りの徒者と喧嘩になった」

「そうそう、最初に殴りかかったのが六道だ」

「その前に、雨勘の皮肉で火に油を注いだろう」

「いや、春日さんだってひどかった。理詰めで相手を怒らせたじゃないですか」

先ほどまでの鬱屈が嘘のように、舌が回った。半刻ほどは昔話に興じただろうか。いつしか、自分が何かに追われるように思い出話をしていることに気づいた。

ふたり同時にため息をついた。

「やっぱり、あの長屋は引き払います」

「まあ、すぐでなくてもいいさ。俺もどこかの道場の仕事を探してやる。最近は道場破りも多いから、用心棒が結構稼げるらしい。決まるまでは、長屋にいたらいい」

「それはいいですね。頼みます」

道場破り相手の用心棒なら、退屈せずにすみそうだ。

「とうとう、あの長屋を引き払うのか。なんか、寂しいな」

ひとりごちて天井を見た。銭がないとき、五人であの長屋で朝まで呑んだ。一枚の布団を奪いあい、六道と殴りあいの喧嘩をした。春日が裸踊りをするだけならまだしも、寝小便をしたおかげで床の一角が腐って穴が開いた。雨勘のこぼした甘酒目当てに、蝿と蟻が住み着くようになった。清介が腹を壊したときのために、常に反故紙をたっぷりと用意していた。庭の椿の木の有り様が、弥四郎の頭に浮かぶ。椿を見つつ、酒を酌み交わした。もうすぐ、花が咲く。

「そういえば、椿好きの大名ってどんな人がいますかね」

弥四郎がふと尋ねた。光は、椿好きの大名に仕えているといっていた。一体、誰が主君だったのか。

「椿が好きな大名だと」

「ええ、椿を集めるのにこっている大名がいるはずです」

「そんな大名は聞いたことがない」

「ひとりぐらいいるでしょう」

「いることはいるが」

「教えてくださいよ」

「けど、大名じゃない」

「じゃあ、旗本か」

なるほど、光は旗本の小姓だったのだ。旗本の中には、江戸から遠い近江《おうみ》などに領地をもつ者もいる。そこにいる父が病気になり、見舞いのために江戸を離れたが、なぜか弥四郎のもとには帰ってこなかった。

「旗本でもない」

弥四郎は春日を見た。なぜか、顔に緊張の色がある。

「じゃあ、誰なんです」

「将軍様だ」

「へ」

「花癖《かへき》将軍こと、徳川秀忠《ひでただ》公だ。椿を愛してやまないお方だ。よき椿があるとわかれば、家臣をやって検分させ、大枚をはたいて購うこともたびたびだと聞く」

あまりのことに言葉を発せなかった。それは、光が徳川秀忠の小姓だということか。

かたかたと体が震えだす。

「どうしたのだ。将軍様が椿を愛するのが、そんなにおかしいのか」

「いや、光が——光殿が……最初に寝ぐらに来たときにいったのです。殿が、椿を愛しているので検分にきた、と」

「ほ、本当か」

「俺は、光殿が椿好きの大名の小姓だと思っていた」

数万石程度の小大名に仕えていると思っていた。光も、その小さな大名家の家臣の子供だろうと思っていた。せいぜい、数百石ぐらいの禄の子だろう、と。

「けど、将軍様の小姓ってことは……」

「旗本の子弟か、あるいは——」

春日が唾を呑んだ。

「大名の次男や三男ということもありえる」

光は、自分のことを三男坊だといっていなかったか。大名の証人（人質）が、将軍の小姓をつとめることはままある。

「それも、数万石程度の大名ではないだろう。将軍様の小姓ならば、十万石以上の大大名のはずだ」

十二

夜から降った雪のせいで、江戸の町は純白に染まっていた。雪が太陽を反射して、きらきらと輝いている。白い息を吐きつつ、弥四郎は長屋の外へと出た。あくびをして、体をのばす。さくさくと雪を踏む音が近づいてくる。武士たちの一団だ。身なりのいい男たちが、駕籠《かご》を守っている。

「弥四郎殿のお宅はここか」

中年の武士が権高な声できいてきた。

「はあ、そうですが」

面倒なので頭は下げない。

「よき椿があると聞いた」

「紅白の椿なら」

「若殿が見たいと仰せじゃ」

弥四郎の返事もきかずに、中年の武士が駕籠を守る男たちに合図を送る。駕籠の戸が開き、ひとりの若者がおりてきた。弥四郎の心臓が大きく跳ねた。かつてとちがい、月代《さかやき》を綺麗《きれい》にそった頭に秀麗な目鼻が並んでいる。

「若殿、目当ての紅白の椿、確かにこの長屋にあるそうです」

若殿はこくりとうなずいた。弥四郎の方は見ない。

「弥四郎とやら、椿の庭まで案内せい」

犬に命じるような声で、中年の武士はいう。とはいっても、案内するほど広い家ではない。入り口を開けると、土間の先の部屋の雨戸は開いており、すでに椿が見えていた。武士たちが手際よく毛氈《もうせん》を敷きはじめる。土間から部屋、そして椿のみえる縁側まで。そこに床几《しょうぎ》を置いた。漆塗りの上等な一台だ。若殿がしずしずと歩き、草履をはいたまま床几に座り、椿と正対した。背筋がぴんと伸び、相変わらず姿勢がいいなと弥四郎は思った。

紅白の椿は、雪の上に屹立《きつりつ》している。雪よりも白い椿と夕日よりも赤い椿、二種の花が咲きほこっている。

弥四郎は土間の隅に膝《ひざ》をついた。若殿が椿を観賞する様子をじっと見つめる。

「牢人よ」

若殿が声をかけた。

「若、直言はお控えください」

「よい、急な申し出に応《こた》えてくれた礼だ。牢人よ、私が誰かわかるか」

「は」と、弥四郎が両手を冷たい土間につける。

「光様です」

ざわりと、家臣たちがどよめいた。

「失礼、光千代《みつちよ》様でした。世間知らずなもので、御無礼を」

「口を慎め。若を幼名で呼ぶなどもってのほか。すでに元服し、将軍様から一字を拝領したのを知らぬのか」

「光千代様こと、細川忠利《ただとし》公でございますな。豊前小倉《こくら》細川家三十九万石の後継者におなり遊ばしたと耳にしました」

「私を知っていたのか」

「はい」

あれから、春日を使って光の正体を調べた。それほど難しいことではなかった。秀忠の周囲で、光と呼ばれる十代の若者を捜せばいい。

細川忠利――名門細川家の次期当主だ。祖父は足利義輝に仕えた細川幽斎《ゆうさい》、父は織田信長に小姓としても仕えていた細川忠興《ただおき》。そして、生母は明智光秀《あけちみつひで》の娘のガラシヤ夫人。四年前の関ヶ原の合戦のおり、大坂屋敷《おおさか》にいたガラシヤ夫人は石田三成の手勢に囲まれた。人質になるのを拒み、家臣たちの手にかかり落命した。自害しなかったのは、彼女がキリシタンだったからだ。

ガラシヤ夫人には、三人の息子がいた。後継者と目されていた長男は、関ヶ原の合戦後に忠興の不興を買い廃嫡《はいちゃく》された。残る、ふたりである。ひとりは目の前にいる光こと細川忠利で、三男。いま一人は、細川興秋《おきあき》という次男。尋常ならば、次男の興秋が細川家を継ぐはずだった。光こと忠利が大名の三男でありながら外つ国へ出ることを考えていたのも、興秋という兄がいたからだ。

だが、不幸がおこる。父の忠興が病にかかったのだ。幸いにも今は快復しているが、幕府はこれを重く見た。細川家は九州の要衝を守る家だ。後継者に不安があると判断した。関ヶ原の合戦が起こる八ヶ月ほど前、細川忠興は忠利を――当時は元服しておらず光千代という名乗りの三男を――証人として徳川家に差し出していた。そして、光千代こと光の人柄もあって、秀忠の信頼をえて、小姓のように側に侍《はべ》ることを許された。だけでなく、秀忠の一字をもらい元服までした。

そして、忠興が病になった時、徳川家はこう考えた。

面識のうすい次男よりも、三男の忠利の方が御しやすいのではないか。

行動は早かった。家康が一書をしたため、忠利が家を継ぐことを許す、と忠興に指示した。実質は、興秋を廃嫡しろという命令である。忠興はこれに抗《あらが》えなかった。見舞いのために国許を訪れた光は、わけもわからぬまま後継者に指名され江戸に戻ることを禁じられた。もはや、出奔などできるような状態ではない。すれば、徳川家の怒りを買い、多くの家臣が路頭に迷いかねない。

「久々に江戸に戻ってきた。明日には上様に謁見する。お主の家の紅白の椿を土産話にできればと思ってな」

「それはようございました。俺……いや、私はいずれこの家を去るつもりでしたので、お会いできたのは何かの奇縁でしょう」

「この家を去るのか」

「はい。金主と縁を切る予定です。どこぞの道場の用心棒の口を今は探しております」

太陽を浴びた氷柱《つらら》の表面が潤いだす。

「そういえば、お主の姓は」

椿を見たまま光がたずねた。

「雲林院――雲に林、院と書いて雲林院です」

「雲林院、まさか、あの新当流の雲林院か」

細川家では雲林院松軒の名はよく知られているようだ。不思議ではない。光の祖父の幽斎も新当流の遣い手である。そして、松軒は細川家の主君の足利義輝の剣友だった。

だが、光には動揺の色はない。思えば、光は弥四郎の身元を知っていたはずだ。いかに気ままな三男坊とはいえ、素性の確かでない男のもとを訪れるはずがない。

「まさか、雲林院松軒の子だったとは」

「しかし、みろ、あのなりを」

「噂では、松軒の一子は新当流を破門になったと聞くぞ」

弥四郎を嘲《あざけ》る声が聞こえてきた。

「弥四郎よ」

平淡な声で、光が呼びかけた。

「椿の花を持って帰りたい。紅白一輪ずつでいい」

弥四郎は目をしばたたいた。

「上様にお見せしたい。頼まれてくれるか」

仕方なく立ち上がり、鋏を手に庭に出た。

「田舎武士が、細川家の次期当主に花を献ずるのか」

「よせばいいものを」

「恥をかくだけだぞ」

パンと音をたてて扇を開いた。それだけで、みなの陰口がやむ。目当ての椿の下に扇をやり、鋏で切り落とす。まずは紅椿、つぎに白椿。二輪の椿が、扇の上にのった。両手の人差し指をのばしてその上に扇をのせ、光の顔を見ずに高々と捧《ささ》げる。

取り巻きたちが感嘆の息をついた。全く隙のない、小笠原流東条派の献上の作法だったからだ。味わうような間をとった後、忠利は扇を受け取った。

「弥四郎よ、牢人暮らしは長そうだが、礼法は見事だな。どこで習った」

「はい、友に教えてもらいました」

雪に落ちる光の影が揺れた。

「そうか、きっとよい友であったのであろうな」

「いえ、生意気で口が悪く、ずる賢い友でした」

たっぷりと嫌味をのせていうと、光が苦笑をこぼした。

「そういう口がきける仲だったのだな」

まるで、何十年も前の昔話を語るかのようにいう。

「雲林院松軒は、義輝公と親しかったともきく。松軒が一子なれば、剣の腕は確かであろう。また先ほどの椿の献上の作法をみるに、礼法も申し分ない」

光がひとつ間をとった。

「お主ならば、どこにだしても恥ずかしくあるまい。どうだ、弥四郎、私に仕えぬか」

大きなどよめきが立ち上った。椿に降り積もっていた雪が、どさりと落ちる。

家臣たちのざわめきが静まるのを待って、弥四郎は口を開いた。

「お断りいたします」

「なに」と、叫んだのは左右にいる家臣たちだ。

「貴様、無礼であろう」

「そうだ。若殿が直々に仕官を許したのだぞ。恐懼《きょうく》して、諾と答えよ」

「やめよ」と、光が家臣たちを制する。

「弥四郎、訳を聞かせてくれ」

何かを乞《こ》い願うかのような声だった。

「なぜ、断るのだ」

その声は、かすかに震えていた。頬も赤くなっている。断られるとは思っていなかったようだ。

弥四郎の胸が苦しくなる。しかし、いわねばならない。

「友のままでいたいからです」

左右の家臣たちが首を傾げた。

「仕官すれば、友ではなくなります。もう、今までのように接することができなくなります。ですから、私は仕官してはならぬのです」

「そ、それは誰のことをいっておる。お主は細川家中の誰と友垣なのだ」

意味が理解できぬ家臣たちが訊く。弥四郎は無言だ。

一方の光は、天を仰ぐ。美しい青空を睨みつけた。

「そうか」と、つぶやく。

「残念だ」

戻した光の顔を、弥四郎は正視できない。氷柱から、ぽたぽたと水滴が落ちていた。

「残念だ」

同じことを、光はつぶやいた。

「ですが――」

弥四郎はまた叫んだ。背後で、椿に積もった雪がまた落ちる。

「友が危難にあったとき、私は必ずや駆けつけます」

顔を腕で乱暴にぬぐって、光を――次代の細川家当主の顔を見る。

「友が苦しんでいる時、悲しんでいる時、万難を排してでも私は必ず駆けつけます。たとえ、禄をもらっていなくてもです」

一瞬だけ、光の表情が崩れた。

ははは、と笑う。湿った笑いだった。こみあげる感情と、必死に戦っているようにも見えた。

「お主にそういわせるとは、果報な友だな」

「ですが、友は馬鹿者ゆえ、私の気持ちには気づいておらぬでしょう」

「ちがいない。今、この時まで気づかなかった」

弥四郎にだけ聞こえるように小声だった。

「大儀であった。礼をいう。縁があれば、また会おう」

光は――細川忠利は立ち上がった。

「友に伝えることはあるか」

「はい、息災で、と」

本当は言い尽くせぬ思いがあるはずなのに、そうとしか答えられなかった。

毛氈を踏みしめて、光が長屋を出ていく。家臣たちが床几を畳み、毛氈を巻いていく。

「ご苦労だったな」と、銀の粒の入った袋を置いていった。

弥四郎が外に出たとき、忠利の一行はいなかった。ただ、足跡が雪面に乱雑に残されているだけだ。

冬の陽光は痛いほど強く降り注いでいる。また、どこかで雪が落ちた。目を閉じると、雪よりも鮮やかな白椿の色がまぶたの裏に浮かんだ。

三章

剣哭

一

手合わせした男は、数合も木刀をまじえぬうちに後退しはじめた。弥四郎の撃剣は自由自在だ。時に斜めに時に横薙《よこな》ぎに、あるいは下から上へと襲う。河原であらゆる流派と実戦まがいの稽古《けいこ》をするうちに練り上げたものだ。

「おお、我らが苦戦したあの男を簡単に追い詰めているぞ」

「さすがは弥四郎殿だ」

歓声をあげたのは、隅にうずくまる男たちだ。戦う男は道場破りで、用心棒として雇われた弥四郎が呼ばれた時には、三人の男が倒されていた。

「き、貴様、それは何流だ」

変則の面の一撃が鬢《びん》をかすり、道場破りは思わずという具合に叫んだ。

「我流よ」

「が、がりゅう」

「そうだ。牙の流派と書いて牙流だ」

「あの、牙流か」

「どの、牙流だ。今、つくった流派だよ」

道場破りは壁に吹き飛び、強《したた》かに背を打ちつけた。

「そこまで」と宣したのは、道場主だ。

「くそうぅ、代役とは卑怯《ひきょう》なり」

道場破りが弥四郎を睨《にら》みつけた。

「仕方あるまい。道場主の山田龍斎《やまだりゅうさい》先生は先日から体を壊しておられる。それに、龍斎先生は私よりもずっと強いぞ」

弥四郎の言葉に、道場主の男が得意げにうなずいた。

「ならば、俺は龍斎殿には逆立ちしても敵《かな》わぬのか」

「そういうことだ。逆立ちしながら剣を振れるようになったら、また来られよ」

「覚えていろ、いつか痛い目にあわせてやるからな」

道場破りの男を追い出すと、龍斎が揉《も》み手でやってきた。

「弥四郎殿、助かった」

「何、どうということはない相手ですよ」

「いやあ、わしが腹を下してなければ相手をしたのだが」

弥四郎は、差し出された謝礼を受け取る。

「ありがとうございます。また、ご入用の際は」

「それはそうと、ひとつだけお願いをしてよいか。ちと、弥四郎殿の剣は奔放すぎる」

「という、と」

「わが時田夢幻流《ときたむげんりゅう》では、面の打ちは縦一文字と決めている。無茶苦茶な面打ちでは」

「無茶苦茶」

「いや、自由奔放な面打ちでは代役だとばれてしまう――」

「なるほど、次に立ち合う時は、時田夢幻流の面打ちで戦えと」

「ま、まあ、できればだが」

「いいでしょう」

「本当か」

「ただし、三倍いただきますがよろしいか。いやならお断りいたします。精々、ご自分の力で道場破りと戦われたらいかがですかな。私より強いのだから容易《たやす》いでしょう」

何か言いたげな龍斎を残して、弥四郎はさっさと道場を出ていく。秋の空気を存分に吸い込んだ。「弥四郎の兄貴」と、品のない声が聞こえてきた。振り向くと、先ほど打ち据えた道場破りがいる。

「ひでえじゃねえか、強く打たないっていっていっただろう」

「何がひどいだ。お前、俺に勝つ気で打ってきただろう。脛《すね》打ちは段取りになかったぞ」

「いいじゃねえか。ちょっとぐらい。けど、弥四郎の兄貴は強いよなあ」

両手を突き出してきたので、先ほどもらった謝礼を半分握らせた。

「それより、立ち合いのあれ、なんとかならんか」

「なんすか、あれって」

「牙流だよ」

「いやあ、なんかあのやりとりが気に入っちゃって。あ、弥四郎の兄貴、知ってますか。牙流弥四郎って名前が、最近では売れ始めてるんですよ。これも俺のおかげっすね」

「何が牙流だよ。呑気《のんき》な男だぜ」

声がして見ると、路地の角からひとりの男が出てきた。長い羽織は傾奇者《かぶきもの》の装束だ。重そうな鉄の煙管《キセル》を口にくわえている。藪田六道である。河原稽古時代の盟友だが、外つ国《とくに》には旅立たなかった。

「六道の兄貴、お疲れ様です」

道場破りを演じた男が腰を落とす。もとは六道の弟分で、名を宇多丸《うたまる》という。道場の用心棒になったはいいものの、給金をけちる道場主も多かった。こらしめるために六道に協力を頼むと、宇多丸を紹介してくれたのだ。

「清介や雨勘から報《しら》せはあるか」

六道が、何気ない風をよそおって聞いてきた。

「たまに、な。浜田さんから文がくる。今は呂宋《ルソン》でよろしくやってるってよ」

「ふん、まだくたばってなかったのか」

毒づいているが、きっと内心は気にかけているのだろう。

「心配なら、今からでも船に乗れるぞ」

「冗談じゃねえ。何食ってるかわからん外つ国に送られてたまるかよ。それに、もうすぐこっちでも大きな戦がある」

きっかけは、豊臣《とよとみ》家が建立した方広寺《ほうこうじ》の鐘銘に家康が咬《か》みついたことだ。〝国家安康〟の文字が、家康の諱《いみな》を割り不遜《ふそん》だと言いがかりをつけた。

「六道は、徳川につくのか。それとも豊臣か」

「それよ、弥四郎はどちらにつく」

「いや、実はあんまり興味がなくてな」

ぼりぼりと頭をかく。戦になると、軍法に縛られる。それが気に入らない。自分より弱い侍大将にこき使われるのも癪《しゃく》だ。

「相変わらずだな。どうだ。俺は大坂で名をあげるつもりだ。弥四郎も一緒に行かねえか」

「気乗りしねえなあ」

近況を語りあった後、「ああ、そうだ」と六道が思い出したようにいう。

「さっき、お前の寝ぐらにいったんだがよ。客がひとり待っていたぜ。陰気な顔をした武家だよ」

客の心当たりを探りつつ帰ると、はたして寝ぐらの前に人影がある。知らない顔だ。小柄で細身の体、年はきっと弥四郎と同年代で三十を少し越えた程度か。寂しげな目は、身内に不幸でもあったのかと勘ぐりたくなる。

「どちら様ですか」と、問いかけると男は片膝《かたひざ》を地につけた。

「よしてくれ、人に見られたら――」

「私は、光様の使いです」

「ほう、光殿の」

自分の声が高揚していることに気づいた。

「お話、よろしいでしょうか」

「ああ、いいよ。入ってくれ」

裏口から入って、つっかえ棒を取り招きいれた。庭に椿の木はない。あの時の寝ぐらを引き払い、この長屋へと越してきた。

「小笠原玄也《おがさわらげんや》と申します。光様の小姓をしておりました」

座に上がるなり、玄也と名乗った男は深々と頭を下げた。

「よしてくれ、今は一介の牢人《ろうにん》だ」

「雲林院松軒様の御子息であることは知っております」

「雲林院の名前は、もっと勘弁だな」

血のつながりはあるが、もう技のつながりはない。

「今日、参りましたのは、光様を助けていただきたいからです」

高鳴っていた胸は、別の動悸《どうき》に変わる。

「九年前、椿の長屋に私も同座しておりました。だけでなく、光様が弥四郎様を訪ねていることも知っておりました」

玄也がいうには、光こと細川忠利は柳生の外稽古に出ると偽って江戸屋敷を出て河原稽古に参加していたという。当然、ひとりで外出などできないので、玄也もついていく。そして、途中でふたり別れて、忠利は弥四郎の長屋へといたる。

「ふーん、玄也殿は、光殿が稽古をしている間、何をしてたんだ」

「私はこちらです」

玄也が胸の前で十字を切った。キリシタンという意味だ。忠利が弥四郎らと稽古をしている間、教会へ足を運び、伴天連《ばてれん》たちの教えに耳を傾けていたという。

「忠興公はキリシタンに寛大ではありませぬゆえ、私が教会に赴くには光様と示し合わせるのがちょうどよかったのです」

忠興は、今もまだ細川家の当主だ。次期当主の細川忠利も頭が上がらぬと聞く。

「で、光殿は俺に何を助けてほしいんだ」

弥四郎は足と言葉を同時に崩した。

「豊臣と徳川が戦になるのは知っておりましょう。細川家も兵を出します」

「身辺警護で、光殿のそばに帯同しろと」

気乗りがしない。徳川家が苦戦するとも思えない。要は、忠利の暇つぶしの相手だ。

「いえ、ちがいます。弥四郎様には豊臣の陣に入っていただきたくあります」

思わず、腕を解いた。

「間諜《かんちょう》としてか」

玄也は首を横に振った。

「実は、興秋様が大坂に入ったのです」

細川興秋は、光こと忠利の同母兄だ。本来なら細川家の後継者だったが、紆余《うよ》曲折があり忠利が次期当主になった。それに憤った興秋は出奔し、行方をくらましていた。

「それにしても、大坂に味方するか」

知己の大名の下で陣借りすれば、興秋なら一千石程度の禄《ろく》は楽に得られたろうに。

「あるいは、それほどまでに父君の忠興公を苦しめたかったか」

弥四郎が口にした推測は、玄也の表情をさらに陰気なものに変えた。次男が大坂方についたのだ、忠興の面目は丸潰《まるつぶ》れだろう。父への復讐《ふくしゅう》として、これ以上のものはない。

「まさか、不肖の兄を成敗してほしいってんじゃないだろうな」

興秋の行いは子供じみているが、とても危険だ。細川家が内通の疑いをかけられ、改易されてもおかしくない。

「そうではありませぬ。光様にとって、興秋様は大切な兄君。大坂の合戦で死なせるわけにはいきませぬ」

「つまり、興秋公を守れということか」

「はい。豊臣の負けは必定なれば、興秋様のそばにいて危難からお守りしてほしいのです」

これは大変な仕事である。

「いかがでしょうか。お引き受けいただけますか」

こきりと弥四郎は首を鳴らした。

「ふん、光殿は困っているのだろう」

無言で、玄也はうなずいた。

「ならば、答えはひとつだ。任せておけ、だ」

二

南禅寺《なんぜんじ》参道の腰掛け茶屋で、弥四郎は煮抜き卵を頰張っていた。茹で卵のことを京ではそう呼ぶらしい。黄身が半熟で、出汁《だし》をまぜた醬油《しょうゆ》をたらすと美味《うま》い。

「南禅寺の煮抜き卵が絶品だと聞いていたが、こりゃ本当だな」

陣羽織を着る弥四郎は、目を京の山へとやった。美しく色づいている。合戦でなければ、三日ほど物見遊山にふけりたいところだ。一方の玄也は、硬い表情で街並みを見ている。

「どうしたんだい」

「いえ、遠目にも風景が変わったなと思いまして。何年か前に訪れた時は、南蛮寺が多くありました。屋根の上のクルスがここからでもよく見えたのですが……」

徳川家康が全国にキリシタン禁令を出したのが、昨年の十二月のこと。京にある教会はことごとく破却された。

「失礼なことを聞くが、玄也殿は転ばぬのか」

転ぶとは、棄教することだ。

「主家を思えば、転ぶのが筋なのでしょうね」

ますます陰気な顔でいうので、問うたことを後悔した。

「食い終わったことだし、そろそろ行くか」

「はい、天主堂跡で、興秋様の使者が待っているはずです」

玄也はすでに大坂城の興秋と連絡をとっており、京のだいうす町の天主堂跡で落ち合う約束をしていた。だいうす町とは、デウスからとった言葉で教会が多くあることから名づけられた。無論、今はその名残りは町名にしかない。

参道を下って鴨川《かもがわ》の橋をわたり、京の西側にあるだいうす町へと至った。ひしめいていた南蛮寺はすべて破却され、瓦礫《がれき》を積んだ広場があちこちにできていた。

玄也が胸を押さえているのは、懐にあるクルスに掌《てのひら》を当てているからだろう。

「ここに、興秋様の使者が来るんだな。しかし、あまり趣味のいい場所じゃないな」

弥四郎は瓦礫が散らばる天主堂跡を見回した。やがて牢人風の男が数人、姿を現した。

「あ、あなたは」と、玄也が跪《ひざまず》く。

「おいおい、もしかして」

驚く弥四郎に「興秋様、ご本人です」と玄也が叱りつけた。慌てて、弥四郎がつづく。

「立ってくれ。跪かれると、身分がばれる」

細川興秋は、長身の男だった。歳は、弥四郎より一つか二つ下の三十をすこし越えた程度だろうか。忠利に似た細面の輪郭だが、頬はしっかりしている。鋭い目は、なるほど才気を感じずにはいられない。

「玄也とは古い付き合いだ。顔を見れば、私を騙《だま》すつもりか否かがわかる。天主堂跡で嘘をつけるほど、お主は器用ではあるまいて」

興秋が笑いかけた。油断のない目つきだ。

「キリシタンを弾圧する徳川家は許しがたくあります。ひとりで戦っても蟷螂《とうろう》の斧《おの》。興秋様と力をあわせ、大いなる敵を倒したくあります」

玄也が、用意していた言葉を誦《そらん》じる。忠利から身辺警護をいいつかったといえば、断られる恐れがある。騙して身辺に侍《はべ》ると決めていた。

「ふむ、キリシタンのお主らしい言い分だな。そちらはキリシタンではないようだが」

「道中で知り合いました。弥四郎殿と申します。徳川に親を殺されております。仇討《あだう》ちのため、大坂に入りたいと願っております」

「信用しかねるな。玄也も知っているだろう。わしが出奔して、細川家では血が流れた」

興秋派の家臣たちが追放され、何人かは腹を切らされたという。

「我らが細川家の刺客であると疑っているのですか」

「私がいなくなれば、禍根を絶てると思う者は家中に多いだろう。お主らがその手先でないという証《あかし》はたてられるか」

ふと、弥四郎のうなじの毛が逆立った。手をやって撫《な》でる。目を配ると、瓦礫の陰から殺気が漂っていた。

「お主、どこを見ておる」

弥四郎の変化に気づいたのは、興秋の従者だった。たくましい筋骨の持ち主だが、この殺気に気付かぬのだから鈍の部類にはいる。

「つけられておりますな」

「なに」と、興秋がいった時、瓦礫の陰から男たちが飛び出してきた。数は七人。抜き身の刀を手に持っている。

「おのれ、刺客か」

興秋の従者が刀を抜こうとしたが、遅い。すでに弥四郎は刺客たちに飛び込んでいた。一人目を袈裟《けさ》懸けに斬り、つづく男の額を割った。三人目は喉《のど》を深々と刺した。

敵が、一気に怯《ひる》んだ。その隙に、左右を鋭く見た。誰が、襲撃の長《おさ》か。すぐにわかった。梅毒だろうか、鼻がもげた男がいる。

「怯むな。首をあげれば一生遊んで暮らせるぞ」

男が斬りかかる。凄《すさ》まじい太刀さばきだが、弥四郎の敵ではない。三合まではあわせてから、逆襲の一太刀で武器を弾《はじ》き飛ばした。

潮がひくように、暗殺者たちは消えていく。追わなかったのは、弓で狙われているかもしれないからだ。

「我らが刺客でないと納得いただけましたか」

血振りをしつつ問いかけると、興秋は皮肉気な笑みとともにうなずいた。

三

大坂の城の周りには、徳川方の軍勢が続々と集まりつつあった。前田家《まえだけ》、伊達家《だてけ》、藤堂家《とうどうけ》などが、旗指物を誇示するように行軍している。

「大名どもめ続々と集まってくるな。豊臣に味方しようって奴はいないのかよ」

弥四郎は、手庇《てびさし》で細川家の旗指物を探す。玄也の話では、細川家の本隊は、九州島津家《しまづけ》の上坂を見届けてから出立するという。島津家が万一反乱を起こした時の備えである。状況によっては、大坂の戦場に来られないかもしれない。かわりに、江戸詰めの光こと細川忠利が少数の兵を率い、大坂の戦場にくる手筈《てはず》になっている。

「段取り通りであれば、光様は河内《かわち》方面に布陣するはずです」

教えてくれたのは、玄也だ。ここ大坂では、キリシタンは禁制ではない。懐の中に隠していたクルスを、今は胸の前で誇らしげに揺らしている。教会もあちこちに建っており、毎日の礼拝も欠かさないという。そのせいか、往路より幾分か晴れやかな顔に見えた。

「興秋様がお呼びです。一緒にいきましょう」

細川興秋は真田信繁《さなだのぶしげ》ら牢人衆が守る外堀でなく、二の丸の玉造口《たまつくりぐち》を受け持っている。遊撃の将として期待されているのだ。

「光殿と興秋様は、どんなご兄弟だったのだ」

先をいく玄也に聞いてみた。

「お二人とも、ご母堂を慕っておられました。どちらがより愛されるかを競うようなところがありましたな」

「なんだよ。乳離れできねえ兄弟かよ」

玄也に聞こえぬように小声で毒づいた。忠利にあったらからかってやろうと算段する。

「ご母堂は――ガラシヤ夫人は素晴らしいお方でした。くれぐれも口は慎まれよ」

どうやら聞こえていたようで、玄也らしくない厳しい声だった。

「ちょっと待ってくれ。玄也殿、姓は小笠原だったな。まさか、小笠原少斎《しょうさい》の一族か」

「一族もなにも、私は少斎の三男です」

小笠原少斎――キリシタンゆえに自害できぬガラシヤ夫人を手にかけた家臣である。夫人を断頭したのち、他の家臣らとともに腹を切った。細川忠興はその行いを称賛し、少斎の遺児らを厚く遇した。玄也は、その三男だという。

「主君のご正室を殺して禄をもらった一族の私を蔑《さげす》みますか」

玄也の声は冷たい。潜んでいた陰が復活したかのようで、弥四郎は後悔した。

「いや、うん、そうだな。正直にいうと、俺はそういう生き方は好きじゃない。が、夫人やあんたの父上の行いを、否定はしないよ」

西軍が大名の大坂屋敷を囲った時、他の東軍大名は無事だった。死んだのは細川家の妻子と家臣だけだ。ガラシヤ夫人と小笠原少斎はもう少しうまく立ち回るべきだった、というのが弥四郎の本音だ。

「細川家は、どの家よりも法に厳格であります」

玄也がいうには、主君の許しのない降伏は御法度だという。三成が挙兵した時、当主の忠興は遠く関東《かんとう》の地におり、許しを出す暇がなかった。

気まずい雰囲気が流れ、ふたりは無言で進む。二の丸の興秋の陣が見えてきた。

「足労だったな」

陣幕を背にした興秋が笑いかける。

「ご用件はなんでしょうか」

玄也が膝をついた。

「細川家の本隊を率いるのは父だが、まだ国許を出発していない、といったな」

「島津家の動きを見てから、上坂すると私は聞いています」

「一方で、江戸詰めの衆は、すでに大坂に向かっているそうだな。ならば、わが弟の光千代が率いているはずだ。国許からの増援がなければ、百に満たぬだろう」

嫌な予感がした。

「今より夜襲をかける。我が手勢とともに、江戸から来た光千代を襲う」

「それは――」

玄也がたじろいだ。

「まさか、できぬとはいうまいな。これは戦ぞ。血をわけた弟といえど関係ない。同じ戦場に立てば戦うだけだ」

興秋の顔には、もう笑みはない。首から下げた玄也のクルスが苦しげに揺れている。

四

泥田のような道を、弥四郎らは歩いていた。水溜《みずた》まりとは思えぬほど、月が美しく映っている。湿地の多い大坂は、雨がふると道はすぐにぬかるむ。徳川勢の横腹を襲う弥四郎たちが進む間道は、さらにひどい。

「よし、ここでいい。身を隠せ」

侍大将が低い声で命じた。弥四郎は、片膝を泥水につけた。尻《しり》だけはつけたくないが、この姿勢では長くもたないだろう。玄也は観念したように尻を水溜まりに落としていた。弥四郎らが潜む藪《やぶ》の何間か向こうには乾いた道があり、松明《たいまつ》を持った徳川勢が通過していく。

身を隠す弥四郎らの手勢は、百にわずかに足りない。よほど上手《うま》く襲わないと、逆に囲み討ちにされてしまう。

「来たぞ」

押し殺した味方の声に、弥四郎は視線を道の奥へとやった。

細川家の九曜紋《くようもん》が、松明の灯《あか》りに浮かびあがっていた。その数は五十人ほどか。

「江戸で雇った牢人や他家からの助っ人がほとんどのはずです」

玄也が耳元でささやいた。すっと背後から近よる武者がいた。油断ない目で弥四郎らを見ている。興秋につけられた軍監だ。どうやら弥四郎たちのことをまだ疑っているようだ。

玄也が心配そうな顔で弥四郎を見た。手加減して戦えば、企《たくら》みがばれるかもしれない。かといって味方を斬るのは後味が悪い。俺がいく、と目だけで弥四郎は伝えた。

忠利とは何度も手合わせした。こちらの太刀筋は覚えているはずだ。

全力の一撃でも防いでくれる——だろう。

とはいえ、息が乱れてくる。さすがに、弥四郎も平静ではいられない。

あともう少しで、襲撃の間合いに入る。騎馬の数は五騎。徒士は四十ほどか。

「前から二番目の馬が、忠利公だ」

軍監の声に、弥四郎の胸がはねる。いつのまにか、喉がからからになっていた。月明かりに浮かぶ馬上の影に、見覚えがある。細身で狭い肩幅は、甲冑《かっちゅう》を着ていても変わらない。

郷愁のようなものが、胸をよぎった。

「いけ、弥四郎、お前が斬り込め」

命じられるや否や、弥四郎は飛び出した。さらに喚声が背後からつづく。

「て、敵襲だ」

目指す先から狼狽《ろうばい》の声が届く。長槍《ながやり》が乱れ、その影がからまった。

「守れ、殿を守れ」

男たちが光の乗る馬を囲む。繰り出された手槍を、次々とよけた。足は一切緩めないし、抜刀もしない。危うい一刺だけ手刀で叩《たた》き落とす。六道の槍に比べれば、児戯に等しい。

「逃げるな。落ち着いて、迎え打て」

凛《りん》とした声は、忠利のものだ。馬から降りている。

「前後に味方がいることを忘れるな。敵を倒す必要はない。攻めを受け止めれば、囲み打ちにできる」

見事だ、と弥四郎はつぶやいた。初めての実戦のはずだが、忠利の采配《さいはい》は的確だ。そのことが、嬉《うれ》しい。

頬を槍がかすった。

弥四郎は吠《ほ》えた。忠利と目があう。

気合いの声とともに、大地を蹴《け》った。

「やしろぅ――」

忠利の叫びは、途中で止まった。弥四郎の抜きざまの一刀も、だ。縦一文字に剣風が襲っていた。額が湿りだしたのは、傷を負ったのか。ひとりの剣士が、忠利との間に立ちはだかる。前後左右では、剣戟《けんげき》の音が喧《やかま》しい。襲撃者と細川家の武者たちが打ち合っている。いつのまにか、忠利の周りを三人の剣士が囲っていた。

「忠利様、ご油断なきように。この者はできます」

弥四郎の一刀をさえぎった男の声は、嫌になるほど落ち着いていた。

「なら、もう少し怯んでくれよ」

いいつつ、横薙ぎの太刀を見舞う。受け止めさせてから、縦の斬撃に変化した。

やはり、相手は沈着だ。攻防一体の逆襲の刃が返ってきた。弥四郎の鎧《よろい》に火花が咲く。

一旦《いったん》、間合いをとる。

「新陰流の円の太刀だな」

弥四郎の言葉に、相手の眉《まゆ》がぴくりと動いた。関東発祥の新陰流と新当流は、術理が似ている。新当流の霞《かすみ》の型は、新陰流では円の太刀と呼んでいたはずだ。

「ほう、知っているのか。貴様は何流だ」

「我流だよ」

言い終わらぬうちに、斬りかかる。相手は青眼で待ち受ける。足取りはゆらりとたゆたうかのようだ。船帆とよばれる流れるような足捌《あしさば》き、そして剣は――

弥四郎の振り下ろした剣の軌道がずれる。最小の刃さばきで、男が反撃していた。弥四郎の剣と交錯しながらも、急所へと正確に刃が迫る。身をひねり後の先の剣をよける。しかし、さらに敵の剣がのびる。鍔《つば》で受け止めた。火花が相手の顔を浮かび上がらせる。太い眉と顎髭《あごひげ》が熊のようにたくましい。

戦場で練られた新当流が遮二無二に攻める〝先の先〟ならば、禅の教えと結びついた新陰流は〝後の先〟だ。相手の攻めに随《したが》い変転する。乱戦では新当流が、一対一では新陰流に分があるといわれている。そのせいだろうか、柳生の剣士と思《おぼ》しき男たちは弥四郎を囲むというより、興秋勢から孤立させるように油断なく動く。

「牙流だと。用心棒で名を売る、あの牙流弥四郎か」

はっと息を吐き出すようにして笑った。まさか、新陰流の遣い手にまで出鱈目《でたらめ》な名が通っているとは思わなかった。

「新陰流の方に買ってもらうほど、上品な名前じゃないがな」

つづけ様に三太刀切り結ぶ。後の先をとった攻めが、弥四郎の肌をかする。四太刀目の渾身《こんしん》の一撃は跳ね返された。しかし、相手の顔も歪《ゆが》んでいる。体の均衡を保てず、重心が大きくかしいでいたからだ。後の先をとれなかったことに、敵は驚いている。

「何が牙流だ。新当流崩れであろう。適当な流派を嘯《うそぶ》くな」

己の中にまだ新当流の癖が残っていることに驚いた。そして、それに相手が気づいたこともだ。相当にできる。

両者、同時に後ろに跳んだ。弥四郎は血を流し、相手は汗を流している。

「どうした、疲れたか」

弥四郎は挑発する。斬られてはいるが、痛みはない。息も切れていない。刀を握る手は力に満ちている。

「ふん、口は剣より達者だな」

肩で息をする相手が手を上げた。忠利を守っていた二人の剣士が、弥四郎の左右から挟み撃ちにせんとする。

「卑怯者が、新陰流の名が泣くぞ」

「悪く思うな、こたびは守るのが使命だ」

左右からの新陰流の剣を受け止める。幸いにも目の前の男ほどの技量はない。だが、戦いをつづけていれば、いずれ弥四郎は斬られる。

弥四郎は、背中を見せた。

「斬れ、躊躇《ちゅうちょ》するな」

男の声が耳朶《じだ》を打つ。振り向いて、息を整える。

「くそ」と、ふたりの剣士が泥地でもがいていた。弥四郎は逃げるために後ろを見せたのではない。戦場を変えるためだ。かつての河原稽古では、雨が降れば今以上の泥地になった。それでも稽古を休まなかった。が、弥四郎を追う二人の剣士は違ったようだ。見事に罠《わな》にはまり、泥田に足を取られている。

「上がってこい。一対一でやってやる」

硬い大地の上で、男がいう。

「やってほしけりゃ、名乗りな」

「ちっ、村田《むらた》久次《ひさつぐ》だ」

正直な男だと笑ったが、すぐに弥四郎の顔が引き締まる。

「柳生四高弟の村田か」

柳生新陰流の四天王とも称される男だ。

「そうだ。早く上がってこい。新当流崩れ」

挑発は、剣ほどはうまくないらしい。

「柳生は戦場を選ぶのか」

嘲《あざけ》りの笑いを向けると、村田の顔が怒気で赤くなった。

化鳥のような気合いの声と共に、村田久次が硬い大地を蹴り一刀を浴びせる。

回転してよけた。

「くそ」と、罵声《ばせい》が聞こえる。村田が泥に足をとられているのは、振り向かなくてもわかる。弥四郎は大地を走った。「退《ひ》け」と、味方の声が聞こえた。視界の左右から徳川の新手が出現していた。確かに退き時だ。が、無視した。

忠利へと一直線に間合いを詰める。

忠利も剣を抜いている。

「久しいな」

言葉とともに、弥四郎は一刀を浴びせた。月光よりも鮮烈な火花が散った。受け止めた忠利の顔は歪んでいるが、すぐに微笑を浮かべた。

「弥四郎殿、殺す気ですか」

昔と同じ声でささやく。

「その程度で死ぬようなら、精進が足りぬぞ」

それだけのやりとりなのに、胸がくすぐられたように心地よかった。

本気で鍔迫《ぜ》り合いを挑む。これならば、互いに傷つくこともない。

力が返ってくる。強くなっている。前にあったときは少年だったが、今はちがう。互いの呼気が頬を湿らせた。足運びは船帆とよばれる新陰流のものだ。力をこめている弥四郎をいなし、疲れさせるように動いている。

「苗刀《みようとう》はもう使わぬのか」

思わず聞いてしまった。

「細川家の当主には必要ありませぬゆえ」

乾いた口調だった。胸に失望がにじむ。あの技の行き着く先を見届けることは、もうできない。

ちらと忠利が横を見た。新手がどんどんと近づいてきている。そろそろ潮時だ。

「今は退く。いずれ」

「待ってくれ、弥四郎殿、誰の指図だ」

弥四郎が興秋の陣にいることは、すでに玄也から伝えていた。

忠利が、鋭い声で聞いた。

「偶然、私を狙ったわけではあるまい」

「それは――」

興秋の名をいっていいものか、躊躇した。

「まさか、兄が」

右に跳んだ。以前いた場所を斬りさいたのは、村田久次の刀だ。よほど焦っていたのか、大地に切っ先が刺さる。それだけの隙があれば、逃げるには十分だった。襲ってくる足軽の槍を軽々といなし、味方の後を追う。

五

大坂城の本丸の一隅で、弥四郎は焚《た》き火にあたりつつ干し肉をかじっていた。櫓《やぐら》を背にしているのは、北風から身を守るためだ。天守閣との間にあり、ここだけは風が吹かない。横には、煙管を嗜《たしな》む六道がいる。徳川方が包囲を完成させる直前に大坂城入りしていたのだ。本当は一緒に行くはずだったが、六道が厄介になっている傾奇者の一味で喧嘩《けんか》がおこり、用心棒として駆り出されていた。決着がついてから弥四郎らを追いかけ、やっと合流できたのが半月ほど前だ。

「おい、派手な顔をしているな。干し肉がまずくなるから、あまり近づけるな」

六道の顔は生傷だらけだ。大坂城の牢人とやりあったという。血気盛んな男が何万と集まっているので、あちこちで力比べや立ち合い、喧嘩、辻《つじ》相撲が起きていた。武蔵坊弁慶《むさしぼうべんけい》を気取って、村正《むらまさ》を百本集めると嘯く輩《やから》もいるらしい。

「ふん、仕方ねえだろう。雇われたはいいけど、普請仕事ばかりさせやがる。槍の腕を錆《さ》びさせるわけにはいかねえ」

紫煙を盛大に吐き出す。六道に打ちのめされる牢人たちに同情した。

「だから、興秋様の陣を紹介するっていったじゃないか。普請仕事はほとんどないぞ」

弥四郎の使命は、興秋を守ることだ。六道も加わってくれれば心強い。

「遊撃の将なんだろう。伏兵なんて性にあわねえ。こっちは豊臣の直参の足軽に雇われたんだ。野戦になれば、きっと先鋒《せんぽう》を任される。その時に大活躍してやる」

六道の気性から、こう言っている時は折れない。

「戦に加わりそこねたくせに。高望みせず、牢人大将の足軽になってりゃよかったんだ」

十日ほど前、南の外堀で大きな戦があった。牢人大将の真田信繁らが活躍し、大いに名をあげた。だが、六道の方は、今焚き火にあたる本丸を守備していたので出番がなかった。

「心配すんな。今に大きな合戦がおこる。そこで、でっかい手柄をあげてやるぜ」

六道が地面に置いていた手槍を突き上げた。櫓の柱に刺さり、「こらあ」と上から怒鳴られる。

「どうだ。俺様の深謀遠慮に恐れいったか」

「ああ、恐れ入った。けど、それは深謀遠慮というより、浅謀短慮だな」

「なんだ、そのセンボウタンリョってのは」

「中国の孫子《そんし》にある、十八史略《じゅうはっしりゃく》の始皇帝《しこうてい》をたたえる言葉だ。智勇兼備の将のことだ」

「ああ、あのセンボウタンリョな。あれはいい言葉だ」

おかしくて腹が死ぬほど痛いが、武道と河原稽古で育《はぐく》んだ根性で真面目な顔を維持した。

「そうだ、馬印を今度つくろうと思ってよ。戦になったら必要だろう」

口から煙を出しつつ、六道がいう。

「じゃあ、浅謀短慮って書いとけ」

「けど、字も書けねえし読めねえよ」

「次会うときに俺が適当な旗を見つけて書いてやるよ」

「かっこよく書けよ」

「酒おごれよ」

「俺、酒呑《の》めねえし」

六道が食べかけの干し肉をひったくった。仕返しに煙管を奪い吸ったが、あまり美味くない。

口直しに瓢簞《ひょうたん》の酒をあおる。

「そういえば、細川の陣を襲った時、柳生の剣士がいた。村田久次って野郎だ」

「なんだって、あの柳生四高弟の村田か。そいつと剣を交わらせたのか、羨《うらや》ましいぜ。そうそう、聞いたか。水野《みずの》勝成《かつなり》の陣に、あの宮本武蔵が陣借りしたそうだぜ」

思わずむせてしまった。酒を大量にこぼす。

「けど、本物かどうかは知らんぜ。二刀流で名前を騙《かた》る男は多いだろうしな」

　何年か前、宮本武蔵が巌流小次郎《がんりゅうこじろう》と九州小倉で決闘したのは知っている。その後、豊後《ぶんご》の宮本無二斎のもとに匿《かくま》われ、真剣勝負は封印したと耳にした。水野勝成は家康の従弟《いとこ》で、禄高は三万石ほどだ。率いている兵は一千もないだろう。

「そういや、お前、武蔵とやるっていってたそうじゃないか」

　六道は痛いところをついてくる。

「お前らしくない。なぜ、今まで武蔵とやらなかった。びびってるのか」

　弥四郎は頭をかいて誤魔化す。忠利を守ると約束したからだ。いかな、弥四郎とて武蔵と戦えば五体満足ではすまぬ。だが、戦場でまみえれば話は別だ。

「おい、くれ。お前、武蔵と戦いたいんだろう。教えてやった礼をしろ」

　六道が干し肉に手をのばす。

「籠城《ろうじょう》で米や肉の値が上がってんだよ」

「一口でいいから。くれなかったら、新しいことがわかっても、教えてやらんぜ」

「仕方ねえなあ、一口だぞ」

　差し出した干し肉は、拳《こぶし》ひとつ分ほどの大きさはあるだろうか。六道はそれをがしと摑《つか》むや、大きく口をあけて一気に口の中に押し込んだ。

「ああ、こら、てめえ」

　奪い返そうとするが、六道の口はしっかりと閉じられている。

「どれだけの銭をはたいて買ったと思ってんだ。一口っていったろうが」

「ひほくちへくった」

胸を叩き、顔を天に向けて必死に肉を喉の奥へと流そうとしている。

「お前なあ」

呆《あき》れてみせるが、悪い気はしない。河原稽古の合間、こんな風にみんなでじゃれあっていた。

嘆息をついて、天を見上げた。冬の空は、淡い青色をしている。

「清介たちはどうしてっかな」

郷愁に浸りつつ、弥四郎は懐から唐辛子の入った袋を取り出した。足袋《たび》の中にいれると温まると、玄也からもらったものだ。それを六道の煙管の中にたっぷりといれた。

「そういえば、すごい剣士が豊臣方にもいるぜ」

涙目になりつつ干し肉を平らげた六道がいう。

「俺のことか」

「干し肉を奪われる間抜けな剣士じゃない。二十人ほどの剣士を引き連れてるらしい。全員が黒ずくめの鎧や服を着てる」

ぴくりと、弥四郎の耳が動いた。

「六道は、そいつとは立ち合わないのか」

「三の丸の兵糧蔵のあたりで遠目に見たが、葬式帰りみたいに辛気臭い一団だった。塩だけまいて、帰ってきたよ」

「流派はわかるか」

「新当流って話だ」

弥四郎は立ち上がった。

「どこへいくんだ」

「陣に帰るんだよ」

「次、来るときは干し魚でたのむわ」

無視して歩みを進めていると、背後から盛大に咳《せ》き込む音が聞こえてきた。きっと、唐辛子入りの煙管を吸ったのだろう。

「弥四郎、てめえ、ぶっ殺す」

罵声は無視して、足を進める。三の丸の兵糧蔵が見えてきた。黒い剣士たちの一団はすぐにわかった。緊張で足が重くなる。見知った顔は、足利道鑑の弟子たちだ。

「ほう」と、ひとりが弥四郎に気づいた。別のひとりが蔵の陰へと走っていく。注進したのだろう、長身の剣士がゆらりと現れた。白髪を後ろで束ねた、足利道鑑だ。

「興秋の陣にいるらしいな」

指の欠けた掌で、道鑑が顔をなでた。

「まあ、色々とな」

「どうして知っているのですか」

目元のしわが深くなったのは、笑ったのか。

「京で、興秋様が襲われました」

「知っている」

「まさか、あなたが刺客か」

「ついてこい」

弟子たちの殺気を浴びつつ、道鑑の背中を追う。筵《むしろ》と簾《すだれ》でできた急造の小屋があり、弥四郎は足を止めた。血の臭いが濃く漂っている。道鑑が入り口の筵を開けた。床には、血がついた釘《くぎ》や短刀がばらまかれていた。目の前の影が動いた。苦悶《くもん》の声も届く。肉の焼ける臭いと腐る臭いが同時に鼻を襲い、吐き気がこみあげる。両手を縛られた血だらけの男だ。猿ぐつわをかまされている。釘を体のあちこちに打ち込まれていた。

「覚えがあるか」

髪をつかみ、顔を弥四郎に向けた。梅毒で崩れた鼻は、襲撃者のひとりだ。そのことを道鑑に伝えると、苦い笑みを顔に貼りつける。

「興秋の陣の近くをうろついていたので捕まえた。三人いたが、二人は死んだ。誰の差し金か吐かせようとしたのだが、口を割ろうとせん」

唾《つば》を呑もうとしたが無理だった。男は両手の骨を折られ、指も何本かない。右足には火傷《やけど》の跡がいっぱいに広がっていた。きっと満足に動くのは左足だけだろう。

「誇れぬ仕事だが、頼まれたからにはやりとげねばなるまい」

「誰に頼まれたのです」

「忠興だ」

忠利と興秋の父に依頼されたという。いや、それ以前に、なぜ道鑑は興秋や忠興を呼び捨てにするのか。

「当然だろう。我は、義輝公の血をひくのだぞ。なぜ、家臣である細川家を敬称で呼ばねばならぬのだ」

「忠興様は、それをお許しになったのですか」

「先の幽斎めの遺言で、我を足利宗家の当主として遇するよう命じられておる。忠興は、一度決めた約束事には逆らえぬ」

忠興は奇妙な癖で有名だ。己に課した律を決して違《たが》えない。関ヶ原の合戦が終わり、その残党が籠《こも》る福知山城《ふくちやまじょう》の攻略を命じられた時の話が有名だ。忠興は福知山城を攻めなかった。城将の小《お》野木公郷《のぎきみさと》が不在だったからだ。主《あるじ》のいない城を攻めるのは己に課した律に反すると、小野木の到着を待ち、結果、敵は団結し、大筒を駆使しても城は落とせなかった。家康側近が仲裁に入ることで開城させたが、「細川越中《えっちゅう》(忠興)の法度は敵の城を助く」と落首が掲げられたほどだ。忠興の癖は、かように天下に知られている。そして、その悪癖ゆえ、忠利の母や玄也の父は死なねばならなかった。

「お前は、忠利の小姓あがりといるな。忠利の密命で興秋のそばにいるのか」

「道鑑様は、忠興様に何を命じられたのですか」

問いに問いを返したことは、道鑑を不快にさせた。それは、殺気を浴びせるということだ。

「ふん、目的は同じであろうから先に教えてやる。我が忠興に命じられた——いや、頼まれたのは、興秋めを大坂の城から連れだすことだ。大坂の負けは決まっている。混乱のなか、落武者狩りや徳川の手にかからぬよう守って、忠興めに会わせてやる」

「なるほど、悪癖持ちの忠興様も親子の情は人並みということですな。私も道鑑様と同じく、興秋様を守るよう忠利公から密命を受けました」

「奇《く》しくも、お主が中から守り、我らが外から守る形になったのだな。命拾いしたな」

命拾い、ということは以前の因縁はまだ捨てていないということだ。興秋を守っている間は共に戦い、終われば命を狙う、という意思表示であろう。

「よし、こ奴はもう離してやれ」

「いいのですか。首謀者の名はまだ吐いておりませんが」

道鑑の弟子が不服そうにいう。

「もう不要だ。興秋を狙うならば、それは家督を争った忠利か、あるいは忠利を推す家臣のどちらかの仕業。弥四郎と会って、十中八九、家臣の独断だとわかった。こやつが雇い主のもとに帰り、我らの先ほどの言葉を伝えれば、よもや再び襲うことはないだろう」

道鑑と一緒に血の臭いのこもる小屋から出た。冬の日差しと風が腐臭を洗ってくれるかのようで、弥四郎は息を大きく吸い込んだ。

突如、地響きが大地を揺らした。

弥四郎の膝も崩れる。背後で音がしたのは、筵と簾でできた小屋の壁が倒れたのだ。

これは、砲音か。空を見ると、鈍色《にびいろ》の弾丸が何百発も飛来していた。

次々と本丸に弾丸が吸い込まれていく。石垣が吹き飛び、堀に水柱が上がった。

「徳川め、攻め方を変えたな。本丸に砲弾を集めるつもりか」

道鑑は空を睨みつついった。弾道はばらばらで、途中で失速するものも多かった。二の丸や三の丸にも落ちていく。急いで見たのは、興秋の陣だ。幸いにも土煙は上がっていない。胸を撫で下ろした時、先ほどまで六道がいた本丸に濃い土煙が立ち込めているのが目に入った。火の手も上がっている。本丸から外れた弾丸が次々と落ちていく。

ふたりが背にしていた櫓は――もうない。

六

粉雪が、大坂の空を舞っている。豊臣勢がたよりにした城の様子は、一変していた。外堀はその姿をなくし、内堀も半ば以上が土に埋まっている。今も人足たちが忙しげに土を運び、内堀へと投げいれていた。その様子を、弥四郎と玄也は黙って見つめる。

籠城戦を優勢に進めていた豊臣家だが、砲撃で形勢は逆転した。本丸を襲った一弾は天守閣を破壊し、淀殿《よどどの》の侍女たちを押しつぶした。和平の気運が高まり、大坂城の堀を埋めることを条件に講和が結ばれる。徳川勢の動きは素早く、あっという間に外堀を埋めてしまった。内堀も、あと数日で終わるだろう。弥四郎にとっての大事は、興秋の生死のみだ。豊臣家の存亡は引き受けた仕事とは関係ないが、堀を喪った城の行く末を思うと暗澹《あんたん》たる気持ちになる。

「玄也殿、興秋様はなんといっている」

埋められる堀を見つつ、弥四郎は聞いた。細川家から帰順を説得する使者が頻繁に来ているのは知っている。

「興秋様は大坂に残る、と。決意は堅いようです」

玄也の胸では、クルスが揺れていた。

「そうか、ならば俺たちの仕事も年越しだな。もうしばらく、大坂住まいか」

大きく体を伸ばした。硬くなった筋肉のせいか、骨が鳴った。

「今日、光様は大坂を離れるそうです」

玄也を見た。

「興秋様のそばには、私が控えておりますので――」

別れの挨拶《あいさつ》をしてこいということだ。興秋の陣に戻り、行李《こうり》から荷物を取り出した。

街道の脇で待っていると、やがて九曜紋の旗指物を掲げる一団が姿を現す。先頭を歩く剣士は、村田久次だ。夜襲の時より、顎髭が伸びている。ふらりと、弥四郎は街道へ出た。

「牙流弥四郎か」

殺気を迸《ほとばし》らせ、村田が刀に手を置いた。

「よせよ、講和はなっただろう。もう敵じゃない」

つとめて呑気な声でいった。

「では、なぜ、道を塞《ふさ》ぐ」

「忠利公にご面会できぬかね」

「図に乗るな」

「一瞬とはいえ、忠利公とは刃を交わらせた。ご健闘をたたえようと思ってね」

「わしで我慢しておけ」

「あんたとは、またやりあいそうだからなあ」

背伸びして、忠利の姿を探す。いた。一団の真ん中で馬に乗っている。

弥四郎は手を振った。

「おい、無礼だろう。その腕を落とされぬうちに消えろ」

村田が胸を乱暴に押すが無視した。果たして、忠利はゆっくりと馬を進めてきた。弥四郎の手が握るものに気づいたのだろう。

「あの夜の剣士か」

忠利が馬上から睥睨《へいげい》した。硬い表情である。

「見事な、太刀捌き、神妙の至りでした。一国の太守とは思えぬ技量に感服しました」

手にもつものを捧《ささ》げた。六道の煙管である。崩れた櫓の下敷きになったせいで、管が歪んでいた。

「それは――」

忠利の目が見開かれた。

「受けとっていただけますか。友の形見です」

忠利は空を見上げた。粉雪が頬に落ちて溶けていく。

「関東と戦になれば、次、いつまみえられるかはわかりませぬ。わが太刀を受けた忠利公にもらっていただければ、至上の喜びです」

「これへ」

忠利の声に、村田が煙管を取り上げ、渡した。

「しばらく、俺は江戸には帰れません」

村田が不思議そうな顔をした。

「わかった。江戸の河原で、一服するのも一興やもしれんな」

忠利は、弥四郎の願いを聞き届けると約束してくれた。

「形見といったな。この煙管の持ち主とは仲がよかったのか」

不思議そうに聞いたのは、村田だ。

「喧嘩仲間ですな。よく食い物を横取りされました。大坂の城では、大切な干し肉をやられました」

忠利が笑った。悲しげに目を細める。もう、あんな喧嘩はできないのだ。

煙管が懐にしまわれたのを見届けてから、弥四郎は道の端により、深々と頭をさげた。

顔を戻した時には、もう忠利の姿は見えない。

粉雪は先ほどよりも粒を大きくして、大坂の地に降りつづけている。

七

「弥四郎殿、暑いですね」

大坂城の石垣が照り返す陽光を受けて、玄也が汗を拭《ぬぐ》った。

甲冑を着た武者たちがあちこちにいる。みな、殺気だっていた。

徳川方と豊臣方の和平は長くはつづかなかった。徳川家は、豊臣家に牢人の召し放ちか大坂の明け渡しを要求したのだ。これを、豊臣家は拒否。家康はすかさず陣触れを発した。

そして、今、大和路と河内路から進軍する徳川勢を迎え撃つため、豊臣家は出陣の支度で忙しい。弥四郎と玄也が所属する細川興秋の手勢は、後藤又兵衛《ごとうまたべえ》らとともに大和路をいく水野勝成らの軍勢と戦うことになっている。

「弥四郎殿、お客人のようですぞ」

玄也の声に目をやると、黒ずくめの剣士の一団がいた。足利道鑑だ。

「道鑑様、何用ですかな」

「お主が使命を全うできるか否かが気がかりでな」

「ご心配ありがとうございます。まあ、やるだけやってあとは野となれ山となれですな」

「そこで、だ。こやつを、お主に預けようと思う」

道鑑の陰から現れたのは、十代前半の少年だ。顔は大人びているが、体つきはまだ童を脱しきれていない。

「西山左京《にしやまさきょう》という」

「はあ、随分と幼いですな。この童が目付け役ですか」

「母方の姓は名乗らせているが、わしの息子だ」

驚いて、弥四郎は左京と呼ばれた少年を見る。髪は長く女のように後ろでまとめていた。邪気のない微笑をたたえている。

「私に子守をせよ、と」

「勘違いするな。もう、左京に教えることは何もない。お前ごときに遅れはとらん」

「道鑑様らしくない冗談ですな」

「もし、足手まといになるようならば、斬り捨ててもらっても構わんよ。まあ、そんなことは万にひとつもないがな」

それだけいって、道鑑は背を向けた。ため息をはいて、弥四郎は左京に向き直った。

「左京殿といったか。お歳は」

「十三になります」

すました顔で、左京はいう。

「今まで何人斬られた」

左京は指を二本、出してみせる。

「ほう、ふたりか」

「いえ、二十人です。とはいっても、二十人以降は数えてませんがね」

そういって笑う表情は、童と何ら変わらぬようだった。

八

戦場には深い霧が立ち込めていた。

「畜生め、立ち往生だな」

弥四郎らのいる細川興秋の手勢は、遅々として進まない。馬の鼻息が聞こえてきた。弥四郎のすぐ後ろに、馬に乗った興秋がいる。

「このままでは、持ち場につく前に戦が始まってしまうではないか」

苛立《いらだ》たしげに鞭《むち》をふっている。思い通りにいかなくなると癇癪《かんしゃく》をおこす様子は、甘やかされた商家の後継ぎを思わせた。

「弥四郎、手勢を率いて斥候に走れ」

この霧の中をかよ、と思ったのが顔に出てしまったようだ。興秋の目尻が吊《つ》り上がる。

「私が興秋様のそばにおります。弥四郎殿は、斥候に出てください」

慌てて玄也が口添えした。十人ほどの足軽とともに、弥四郎は興秋の軍勢から離れた。立ち往生する友軍の列を遡《さかのぼ》っていく。

「待ってくださいよ」

声がして振り返ると、陣羽織を着た左京が駆けてきていた。

「左京も行くのか」

道鑑の息子だが、人前では敬語は使わないよう示しあわせている。一応、弥四郎つきの小姓という触れ込みだ。

「退屈ですからね。もしかしたら一戦あるかもしれないじゃないですか。弥四郎さんがどれほどやるか、見てみたいので」

「嫌味な餓鬼だな」

弥四郎たちは友軍の列を追い抜いた。この先に、後藤又兵衛が布陣しているはずである。が、よほど先行しているのか白い霧と木陰しか見えない。

「ねえ、弥四郎さん。刀を振ったことってある」

思わず、左京を見る。

「当たり前だろう」

「刀を振って、人を斬る時ってどんな感じなの。やっぱり手は痺《しび》れるのかな」

「お前、何をいってるんだ」

「突いたこともないんだよね」

左京が刀を抜いて、霧にむかって刀を突きつける。反りの少ない刀ではない。先反りといって、切っ先に強い湾曲がある刀だ。

「斬ったり、突いたりするのって、どんな気分なのかな」

「それでどうやって、人を斬ったんだ。二十人も」

「そりゃあ――」

その時だった。草を踏む音が聞こえてくる。

「静かに、止まれ」

足軽と左京に命じ、弥四郎は身を低くした。足軽たちもつづく。左京が呑気に顔を上げようとするので、無理やりに手で頭を押さえつけた。足音が徐々に近づいてくる。数は多い。百には足りぬが、三十ほどはいようか。やがて、旗指物の影が見えてきた。

「こっちに近づいてくるってことは、敵だよ」

左京が耳元でささやいた。声は高揚している。

「そうだろうな」

「じゃあ、ちょうどいいや」

左京が立ち上がった。ざくざくと草を踏んで霧をかきわけていく。

「おい、やめろ」

弥四郎の制止を無視して、左京は旗を持つ人影へと近づいた。

「何者だ」

霧の向こうから誰何《すいか》の声が飛ぶ。

「水野日向守《ひゅうがのかみ》様の足軽です」

左京は平然と嘘をつく。

「それは我らも同じだぞ。合言葉をいえ」

その刹那《せつな》、弥四郎は飛び出していた。刀を抜いて、一気に駆け抜ける。白い霧が赤く染まった。

狼狽する敵の間を走りながら、刀を繰り出していく。五人までを斬り殺した時、左京の姿が見えた。

ゆうゆうと歩いている。刀は抜いているが、両腕はだらりと下がっていた。構える気配はない。

絶叫とともに、敵兵が手槍を繰り出してくる。左京は難なく横によけ、刀を水平に構えた。だが、動かさない。それは、ちょうど敵の首のあたりだった。

弥四郎は、左京のいった意味を悟った。

左京は、刀を敵の首筋にぴたりと置いたのだ。まだ余勢をかって走る武者の首からたちまち血煙が噴き上がった。つづいて大刀をもつ敵が襲いかかる。大刀は半瞬前まで左京が立っていた場所に深々と刺さった。敵が絶叫を発している。手首から先がない。またしても、左京は横によけていた。ただし、刀をのぞいてだ。恐るべき俊敏さでよけ、刀を敵の動く体の軌道の上に——手首を断つ位置に置いたのだ。

左京は斬っていない。敵に攻めさせて、体が流れてくる場所に刀を置いて待っていただけだ。化鳥のような声とともに、刀をもつ敵が突きを繰り出す。だが、踏み込まない。肘《ひじ》を伸ばすだけで、じりじりと前進する。確かに、これならば左京は敵の体が動く先に刀を置くことはできない。

「つまらない策だなあ。十人いれば四人は同じことをするんだよね」

左京が大胆にも一歩踏み出した。半身になって楽々と突きをよける。さらに大胆に一歩、肌を触れ合う間合いまで詰める。

突きを繰り出せなくなった敵が、苦し紛れに刀を振り上げる。

その足を左京が刈った。横に倒れる敵の首には、またしても左京の刀が置かれている。

血飛沫《ちしぶき》が散った。

草むらの中に血溜まりができていく。血振りをして、左京はゆっくりと刀を納めた。弥四郎と左京だけで、十人ほどの敵を全滅させていたが、左京が斬った三人は息がある。

「殺さないのか」

「首とかに興味ないんだよね」

邪気のない声でそういう。息はまったく切れていない。恐るべき早業である。敵の攻めを紙一重でかわすだけでなく、刀を敵の体が通過する場所に置く。そして刀は一切、動かさない。敵が自ら肉を斬られにくるのだ。無論、敵も体を戻そうとするが、走っていても急には止まれないように、左京の刃をよけるのは至難の技だ。

「弥四郎さん、信じてくれたかな」

「なにがだ」

「刀を振ったことがないってことだよ。あと突いたこともないってことも。みんな、自分から斬られにくるんだよね」

さも不思議そうに、左京はいう。

霧を吹き飛ばすような銃声が聞こえてきた。一発ではなく、何百発とだ。鳥たちが飛び立つ音も響く。弥四郎は舌打ちを放った。

とうとう戦がはじまったのだ。興秋ら豊臣家の本隊は、まだずっと後ろにいる。

九

深かった霧が晴れようとしている。硝煙の臭いが運ばれてきた。血と肉が焦げる臭いもする。弥四郎たちの目の前には、折り重なる豊臣勢の骸《むくろ》があった。

「くそ、ひどい有様だな」

弥四郎は額の汗を拭う。銃撃が聞こえ、弥四郎は急いで興秋の陣へと戻った。報告を聞いた興秋は援軍へと駆けつけることを決意する。

しかし、後藤又兵衛の手勢と合流する前に、徳川の大軍と鉢合わせしてしまったのだ。猛攻をなんとか跳ね返したが、軍勢は散り散りになってしまった。

「弥四郎さん、負け戦だね」

肩に血刀を担いだ西山左京がやってきた。

「ふん、まだ負けていねえよ」

強がりではない。弥四郎の目的は興秋を守りぬくことだ。逆にいえば、大坂方が勝ったとて、興秋が死ねばそれは敗北に等しい。

「とはいえ、前途が多難なのは間違いないがな」

弥四郎は苦笑まじりに認める。

「いいえ、大丈夫です。きっとうまくいきます」

そういったのは、玄也だ。顔は血と泥で汚れているが、目は爛々《らんらん》と光っていた。

「すぐに、兵を集めろ。まだ周囲に敵はいる。一戦して、ここに細川興秋ありと見せつけてやるのだ」

声をからし叫んでいるのは、興秋だ。しかし、集まってくる兵はまばらだ。霧が残っているのをいいことに、逃亡したのだろう。

「くそ、兵はどこにいる。早く呼べ」

興秋が鞭を大地に叩きつけた。

「興秋様、あそこに高台があります。味方がいないか、私が見て参ります」

玄也が高台へと走る。律儀な男だなあと、弥四郎は呆れるしかない。今は少しでも体を休めるべきだ。

喚声が聞こえてきた。エイエイオウの勝鬨《かちどき》は、徳川勢のものだ。

「後藤又兵衛殿、討ち死に」

「水野家が打ち取ったりぃ」

届いた声に、かろうじて残っていた興秋勢たちが次々と逃げ出していく。旗本たちが必死に引き止めようとするが、それは決壊した堤防をおさえるに等しかった。

気づいた時には、旗本を中心に二十人ほどしか残っていない。

笛の音がした。左京が空に向かって短い笛を吹いている。

「おい、貴様、何の真似だ」

興秋が目を吊り上げて近づく。

「ご安心ください。援軍を呼んだのですよ」

「援軍だと」

「まさか、道鑑様か」

弥四郎の問いに左京はうなずいてみせた。

「道鑑……まさか足利道鑑のことか」

興秋が驚きの声をあげる。

「興秋様もご存じですか」

左京が微笑するように目を細める。

「知らぬわけがあるまい。足利義輝公のご落胤《らくいん》という噂の男であろう。世が世なら、わが祖父や父の主君だったはず」

果たして、馬に乗る人影が近いてきた。着衣から甲冑まで黒ずくめの剣士たちだ。先頭で悠々と馬を歩ませるのは、道鑑だ。体から発せられる覇気は、霧を溶かすかのようだ。

道鑑や黒衣の剣士たちが、興秋の前で馬から降りる。

「お主が、道鑑か」

興秋が投げつけるようにして言葉をかけた。

「左様だ。それにしても、見事に兵を失ったものだな」

「なんだと」

興秋が噛《か》みつくようにして近づく。

「もはや勝機はない。このままここに止《とど》まれば滅ぶだけだ。今すぐに戦場を離れるぞ」

「無礼であろう。わしは細川家の一門ぞ」

気負う興秋とは対照的に、道鑑は涼風でも受け流すかのようだ。

「それがどうした。わしは将軍家世継ぎの血筋だ。本来なら、お前の主筋。なぜ、家臣の風下に立たねばならぬ」

道鑑が発する気は、興秋をにじり退《さ》がらせた。

「道鑑様、興秋様、今は喧嘩をしている時ではないですよ」

左京の声はどこまでも呑気だ。

「我らが守ってやる。ともに来い。戦場を離れるぞ」

「嫌だ。わしはまだ戦う。逃げるなどという不名誉なことができようか」

「百にはるかに足りぬ兵しかおらぬのにか」

「黙れ。援軍さえあればいいのだ。百の兵があれば、この霧を利して奇襲をかけられる」

「その百の兵がおらぬではないか」

ふたりの口論を止めたのは、高台から届いた玄也の声だった。

「興秋様、クルスの旗が見えます。きっと、明石《あかし》様です」

「でかしたぞ、玄也。すぐに走れ。明石殿に援軍を乞うてこい」

興秋は喜色の混じる声で叫ぶ。その横で、道鑑は静かに行動していた。反りの少ない刀を抜き、刃を己の前へと向けて御剣の構えをとる。味方として戦ってくれるのか——そう思った時だった。

「見ておれ。援軍がくれば——」

興秋がたたらを踏んだ。片膝が大地につく。赤いものが鎧の隙間から盛大に流れだした。

「あーあ、斬っちゃったんですか」

左京が残念そうな声を出す。あまりのことに、弥四郎は微動だにできなかった。音をたてて落ちたのは、興秋の着ていた鎧だ。道鑑が、背に恐るべき一刀を叩き込んだのだ。鎧と着衣がわれ、背中に深い傷が現れる。

「き、貴様、これはいかなことだ。乱心したのか」

興秋は立ちあがろうとするが、逆に体勢を崩して両手を地面につけた。溢《あふ》れる血は止まるどころか、さらに勢いを増していく。

「乱心などしていない。わしは、忠興からお主を連れて帰るようにいわれておる」

「ならば……なぜ、斬った」

そう問う興秋の口からも血がこぼれる。

「そうですよ。殺してしまえば元も子もないでしょうに」

左京は口笛でも吹きそうな風情である。

「勘違いするな。わしが忠興から受けた命令は、興秋を連れて帰ること。もっと有体にいえば、東軍の虜囚とさせずに連れて帰る。その際——」

「その際……」

復唱した興秋の声には、血の香りが濃く漂っている。

「生死は問わぬと忠興からいわれた。阻止すべきは、この男が生きて虜囚となる——あるいはその首を東軍の手に渡すことだ」

「なぜ」

興秋の両腕が震え、頭が大地につかんとしている。

「細川家安泰のためであろう。お主が虜囚になれば、徳川家に申し開きができまい。細川家が徳川家に忠誠を示すには、戦の後にお主に腹を切らせるのが最善なのだ。次善が、死体になったお主を細川家が引き取り、腹を切らせたと偽る」

黒衣の剣士たちは、すでに抜刀していた。興秋を助けんとした旗本たちを迎えうつ。その力量差は歴然で、旗本たちは呆気《あっけ》なく斬り伏せられていく。

そして、黒衣の剣士の刀の幾つかは、弥四郎にも向けられていた。

「邪魔をしなければ、見逃してやる」

道鑑の静かな一言に、残っていた旗本たちがにじり退がる。

「それは貴様も同じことだ、弥四郎」

「駄目ですよ。弥四郎さんは呆《ほう》けている」

楽しげな声で左京がいった。

事実だった。弥四郎はその場に立ち尽くしていた。

憤りが大きすぎたゆえだ。強すぎる怒りは、己が何をすべきかを忘れさせた。

「新当流崩れ、さっさと去れ。逃げねば、逆らったとみなす」

弥四郎の顔の前で、黒衣の剣士のひとりが刀を振った。皮一枚を斬ったのか、弥四郎の頬が熱くなる。吐く息が火炎に変じたかと思った。興秋の血が、弥四郎のつま先を濡《ぬ》らした。それが限界だった。

弥四郎は叫ぶ。

怒りで視界が白くなる。

許せなかった。

友との約束を守れなかったことが。ものを扱うように、興秋を斬ったことが。

「馬鹿が、この数の我らと戦うつもりか」

数人の剣士が斬りかかってくる。速い。合戦場で練られた新当流の〝先の先〟の剣が、船帆とは真逆の波濤《はとう》のような激しい足捌きとともに弥四郎に迫る。

だが、弥四郎の剣はさらに疾《はや》かった。刀を振りかざしたまま、剣士たちの首が飛ぶ。

襲い掛かる剣士の刀を弾き、腕を断つ。

道鑑への道が開けた。

「破門剣士ごときが、道鑑様に剣を向けるのか」

ひとりの黒衣の剣士が阻まんとするが、全力の一刀を見舞った。それだけで、剣士数人が吹き飛ぶ。左京がゆらりと割ってはいった。顔にはあふれんばかりの笑みをたたえている。刀を無造作に顔の高さに構えて、弥四郎を待ち受けている。

「左京、下がれ」

発したのは道鑑だった。

「けど」

「奴とわしの太刀筋をよく見ておけ。それも稽古だ」

「なめるな」

弥四郎と道鑑の斬撃はまったく同時だった。互いに凄まじい剣撃を浴びせる。弥四郎の頬や額、太ももを何度も道鑑の切っ先がかすった。しかし、弥四郎は退かない。

渾身の一刀は、道鑑に霞の型で受け止められた。両者の刀が激しくしなり、爆《は》ぜる。刹那の間もおかず、ふたりの刀が躍動する。弥四郎の剣がわずかに先んじた。

道鑑の首へ吸い込まれた一刀は——虚《むな》しく空を斬った。道鑑はよけていない。弥四郎の切っ先が折れていたのだ。遅れて繰り出された道鑑の一刀が太ももの肉をえぐる。恐ろしい痛みが走った。見れば、道鑑の切っ先が刃こぼれしている。尋常の刃ならば、痛みも感じぬうちに足を切断されていただろう。

幸運を知らせる痛みに感謝する暇もなく、もう、一方の足を払われた。

肩に刃が食い込み、大地に串刺《くしざ》しにされる。

怒りが、痛みを上回った。

刃が深く食い込むのも構わず、体を起き上がらせる。己の血が激しく頬を濡らす。

胸に足を置いたのは、左京だ。

「弥四郎さん、諦《あきら》めなよ。運が悪かったんだよ。刀さえ折れなければ、勝負はわからなかったのに」

そういって体の重みをかける。弥四郎の背中が再び大地についた。

「いや、父上は……道鑑様は折れているとわかって避けなかった。紙一重にみえて力量差は歴然だから、運が良くても勝てなかったかもね」

評者然とした左京の言葉が、弥四郎の怒りをかる。

「なぶるぐらいなら、殺せ」

「死ぬ前に、私とやってくださいよ。折角、まだ死んでないんだから。弥四郎さんなら、深傷《ふかで》でも私に剣を振らせることができるかもしれないですよ。それとも――」

左京が道鑑を見た。

「とどめをさしますか」

「いや、よそう」

なぜか、道鑑が刀を抜いた。馬蹄《ばてい》の響きが聞こえてきている。見れば、クルスをかたどった旗指物をもつ一団が近づいてきていた。あれは、明石全登《てるずみ》の手勢だ。数百はいようか。

「弥四郎殿、これは何事ですか」

先頭で叫ぶのは、玄也だ。

「ここは退く」

「いいのですか」

左京が興秋を見た。朱に染まった大地に、興秋が倒れふしている。

「構わん。すでに虫の息だ。死体を運ぶ役は、弥四郎に任せればいい」

道鑑たちは素早く馬にのり、霧がただよう中を全力で駆けていく。

興秋は地面に倒れたままだ。体を激しく痙攣《けいれん》させている。金創医と思しき男が一団から出てきて、素早く傷をあらためる。

弥四郎は息を整える。怒りはまだ身の内に燻《くすぶ》っていたが、意思の力でねじ伏せる。

「助太刀、感謝する」

近づいてきた、明石家の侍大将にいう。玄也同様に、首からクルスを下げていた。

「お主を助けたのではない。玄也殿の力になれ、と殿がおっしゃったからだ」

武者は部下のひとりに命じ、弥四郎の傷にさらしを巻いてくれた。

「我ら明石勢は、今から大坂城へと退く。同道されるがよいだろう」

弥四郎は玄也と目を見合わせた。うなずいた玄也が口を開く。

「申し訳ありませぬ。我らは大坂の城へは戻りませぬ」

侍大将が怪訝《けげん》そうな顔をした。

「我らの使命は、興秋様を細川家へ連れて帰ることです」

「ほう、ではお主らは東軍の手先か」

「間者ではありませぬ。あくまで興秋様を助けるため、大坂の城へ潜入しました」

明石の手勢の何人かが、こちらへ殺気を向けた。

「それは、誰の命令か」

「忠利様です。忠利様と興秋様は、ガラシヤ様を母とする血をわけた兄弟です」

侍大将の顔に変化が現れたのがわかった。

「なるほど、ガラシヤ夫人の忘れ形見ということか」

侍大将が腕を振った。それだけで、弥四郎らを囲まんとした武者たちの動きが止まる。

「いいのですか」と武者が、侍大将に聞いた。

「わしもグレゴリオ様のもとで洗礼を受けた。ガラシヤ夫人の忘れ形見を救うというその言葉を信じよう。運がよかったな」

グレゴリオは、ガラシヤ夫人も洗礼を受けた宣教師だ。

やがて、金創医の治療が終わった。汗をびっしょりとかいているから、相当な荒治療だったようだ。

「ひとまず傷口は縫いました。しかし、予断は許しませぬ」

「あとは、デウスの御心《みこころ》に任せるしかあるまい」

侍大将が弥四郎を見た。

「馬を一頭、くれてやる。我らができるのはここまでだ」

さらに、侍大将は玄也へ目をやった。

「玄也殿、ここでお別れだ。生きて会えることはあるまい。貴殿は使命を全うするがいい。いずれパライソで会おう」

侍大将は胸で十字を切った後、馬上の人に戻る。

「これより大坂へ戻り、最後の合戦にいどむ。これは神戦《かみいくさ》ぞ。邪教の東軍など恐るるに足らず」

勇ましい声とともに明石の軍勢が去っていく。

残っていた霧によって、姿はすぐに見えなくなった。

十

山中の荒屋で、弥四郎はじっと外をうかがう。時折、徳川方の兵が街道を進むのが見えた。こちらに注意を向けることなく通りすぎたので、ほっと胸を撫でおろした。

「興秋様の具合はどうだ」

振り返って背後にいる玄也に聞いた。莫蓙がしかれ、その上にさらしを巻いた興秋が寝かされている。手負いの興秋を担ぎ、なんとか大坂を脱出したのが十日前のことだ。その翌日には、豊臣勢は大坂城の城下で最後の決戦を挑み、全滅した。城は紅蓮《ぐれん》に包まれ、真田信繁ら主だった武将たちは討ち死にした。明石全登も行方知らずとなったときく。

「何度か目を覚ましましたが、すぐに気を失います。水を飲ませるだけで精一杯です」

玄也の表情は沈鬱《ちんうつ》だ。部屋にたかる蠅の数が増えているような気がする。あるいは、興秋の死が近いのだろうか。

玄也と交代しようとした時だった。莫蓙に寝かされた興秋がうめき声をあげた。

「興秋様」と、玄也がすぐさま近づく。興秋の目がうっすらと開いた。

「ここは……どこだ」

「大坂と京の間の村です。わかりますか、玄也です」

弥四郎も玄也の後ろで膝をついた。今までは目を覚ましても言葉を発することはなかった。

「戦はどうなった」

玄也が口ごもった。

「負けました。大坂方は全滅です。城も燃えました」

いったのは、弥四郎だ。

「秀頼《ひでより》公や淀殿は……」

「自害されたとのことです」

沈黙が降りた。

「私は助かるのか」

「も、もちろんです。気を強くお持ちください」

玄也が必死の声でいう。興秋の唇がゆるむ。苦笑したように見えた。あるいは、玄也の嘘に気づいたのかもしれない。

「私を、父のもとに連れていってくれ」

玄也と弥四郎が目を見合わせる。

「腹を切る」

しばし、弥四郎は絶句した。玄也も同様だ。

「命懸けであなたを助けたのは、切腹させないためです。それは知っているでしょう」

「わかっている」

「俺たちの働きは徒労に終わります」

「徒労ではない」

弥四郎の眉間《みけん》にしわがよる。

「私は……父の命令で腹を切るのではない」

興秋が咳《せき》をする。それだけで、口から赤いものが飛び散った。手についた己の血を見て、今度ははっきりと興秋は笑った。全てを達観した表情だった。

「どうせ、死ぬのなら、この命を使いきりたい」

「なぜです。敗戦の責をとるためですか」

興秋は首をふった。

「父に恨みはあれど、細川家や弟にはない。ならば、自分の意思で腹を切りたい」

弥四郎はしばらく黙っていたが、意を決し口を開く。

「お覚悟のほどわかりました。光殿に——忠利公にお伝えすることがあれば聞きます」

「光千代は、今どこに」

忠利は、九州から兵を率いていたが大坂の陣に間に合わなかった。大坂落城後に兵は国許に返し、わずかな供とともに江戸へ急行しているはずだ。そのことを弥四郎は伝えた。

「そうか。ならば、母とともに先に待っている——と伝えてくれ」

興秋は、血の香りのする息を吐き出した。

「雲林院弥四郎、最後のお言葉、確かに承りました」

「うじい、あの雲林院松軒の——」

こくりと弥四郎はうなずいた。

「光千代が、松軒の一子のもとで剣を学んでいると耳にしたが」

「私は誰かの師になるほどの器量ではありません。ただ、若き頃に忠利公と切磋《せっさ》琢磨《たくま》した間柄であるのは確かです」

「ならば、弥四郎よ、お主に頼みがある……」

十一

弥四郎は首桶《くびおけ》を持って、作法通りに庭を歩いていく。縁側で待っていたのは、細川忠利だ。今、江戸の細川屋敷で忠利と弥四郎は対面している。

左右に並ぶ家臣たちの目差しは鋭い。細川一族の興秋を介錯《かいしゃく》したゆえだろう。忠興は別のものに介錯させようとしたが、弥四郎はそれを拒み半ば強引に興秋の首を落とした。その時の軋轢《あつれき》は、間違いなく伝わっている。縁側の上の忠利の表情は硬い。口元は強張《こわば》っているように思う。首桶の蓋《ふた》をとり、右手で髷《まげ》をもち、左手を興秋の首の頬にそえた。

忠利の眉間に深いしわがよる。

「うむ、確かに興秋公の首なり」

左右の家臣が満足気にうなずいた。みな、安心したように息をつく。死んでくれてよかった、とその顔がいっていた。

「弥四郎とやらご苦労」

退場をうながす家老を、忠利が片手で制した。

「兄は、最後に何かいっていたか」

硬い声で、忠利が聞く。何かを必死に耐えている顔だった。

「はい。忠利様へのご遺言をあずかっております」

「では、申せ」

「できかねます」

家老が厳しい声で命じる。

「なに」

「興秋様より、余人には聞かせるなといわれました。恐れ多いことですが、お近くまでよろしいでしょうか」

「殿、行くのですか」

戸惑う家臣の声を無視して、忠利が立ち上がる。縁側をおりて、ゆっくりと間合いをつめた。

近くまできて、忠利の目のまわりが赤くなっていることに気づいた。

口は、真一文字に結んだままだ。忠利が片膝をついた。

「教えてくれ」

「は」

弥四郎は顔を近づけた。互いの呼気がまじりあう。

「父の命令で腹を切るのではない。そうおっしゃってました」

忠利の目が見開かれた。

「それが最後の言葉か」

「いえ、ちがいます。まず、興秋様のご本心を伝えるべきと愚考しました」

忠興の命令で死んだのではないことを知ってほしかった。

「そうか、兄はご自分の意思で腹を召されたのだな」

負った荷が、すこしでも軽くなったであろうか。

「あらためて、最後の言葉をお伝えします」

さらに弥四郎は声を潜める。

「母とともに先に待っている――と」

忠利の体がびくりと動いた。

「それが……最後の兄の言葉か」

声が湿っていた。目は真っ赤になっていたが、涙は流れていない。

「弥四郎、ご苦労だった」

皆に聞こえるように、忠利がいう。弥四郎は一礼して、退出した。屋敷を出て、流れる雲を見る。

最後――介錯の間際に興秋がいった言葉が嫌でも頭をよぎる。

『剣友ならば、光千代を支えてやってくれ』
弥四郎は空を見上げた。大坂につづく江戸の空は、雲ひとつない晴天だった。
ひばりが軽やかに鳴いている。

四章　剣難

一

雲林院弥四郎が手に持つのは、柳生新陰流の袋竹刀《ふくろしない》だ。四つに割った竹を、赤漆を塗った皮で巻いている。握りしめて振ると、袋竹刀が心地よくしなる。

「いざ、弥四郎殿、まいられよ」

同じく袋竹刀を構えて気合いの声を発するのは、太い眉《まゆ》と精悍《せいかん》な顎髭《あごひげ》をもつ村田久次だ。弥四郎は今、村田の営む江戸の道場で立ち合っている。といっても弟子はおらず、ふたりきりだが。

弥四郎の打ち込みを、村田は船帆の足捌《あしさば》きで待ち受ける。後の先は――とれなかった。弥四郎の袋竹刀が先行し、村田が守勢に回る。十数合のやりとりの後、村田が道場の壁際まで追い詰められた。胴に袋竹刀を打ち込むと、たまらず村田が膝《ひざ》をついた。

「どうだ、村田殿」

「お主の勝ちだ」

参ったと言わないのが、村田らしい。大坂の陣で豊臣家が滅んでから、六年がたっている。道場の用心棒役で糊口《ここう》をしのぐのは相変わらずだが、弥四郎は月に何回か村田の道場を訪れるようになった。そこで激しい手合わせをするのが常だ。

「また、強くなったな」

村田の言葉は世辞ではない。だが、弥四郎に喜びはなかった。逆に、焦りを募らせる己がいる。

思い出すのは、大坂の陣で立ち会った足利道鑑のことだ。弥四郎の剣が先んじたが、切っ先が折れていた。はたから見れば、あと一歩の勝負だ。が、実質、道鑑は弥四郎の剣の異変に気づいていた。肉迫しているように見えて、大きな差が存在する。

「随分と怖い顔をしているな。あの道鑑という男のことを考えているのか」

村田には、道鑑との一件は伝えている。

「無理もない。獅子《しし》身中の虫となるやもしれん男ゆえな」

細川家には、足利将軍家に仕えていた家臣が多い。将軍落胤《らくいん》の道鑑を慕う家臣はきっと多い。道鑑がもし細川家に干渉してくれば、間違いなく大きな脅威になる。

「弥四郎殿、お主とは大坂の陣で戦った。あの時から実力ではお主が上だ」

だが、弥四郎は村田に勝ち切れなかった。

「どうしてだと思う」

弥四郎は黙したまま答えられない。

「それはな、お主に殉ずるものがないからだ」

「殉ずるもの」

「そうだ。わしは新陰流に殉ずると決めた。己の命より大切なものがある時、死地にあって常以上の力が発揮できる。大坂の陣でお主と戦った時がそうだ。道鑑もそうであろう。奴は新当流にその身を捧《ささ》げている。だがな、お主にはそれがない」

「面白いことをいう」

確かに、弥四郎の剣は我流だ。型などはない。得意な技はあるが、それは稽古《けいこ》をするうちに変化する。ひとつの術理を突き詰めてはいない。

「お主には、命より大切なものはあるか」

思い出したのは、若きころに出会った朱子固の姿だった。自分の村を守るために日本軍が猛威をふるう朝鮮へ戻り、討ち死にした。弥四郎にとって大切なものとは何か。きっと朱子固と変らないのではないか。朝鮮の村に、主君や大切な宝はない。ただ、大切な場とかけがえのない時をともに過ごした人々がいた。

「友のためならば命は捨てられる」

かつての河原稽古の風景を思い出す。

「その結果、何が後世に残る」

村田がいうには、それは殉じるということではないらしい。そういえば、あの宮本武蔵も流派を立ち上げた。弥四郎だけが取り残されているのではないか。焦りがさらに募る。村田に向き直った。

「どうしたのだ。思い詰めた顔をして」

「村田殿よ、俺を弟子にしてくれ」

「お主はわしより強いではないか。何より、お主の技は柳生新陰流ではない」

「俺が教えて欲しいのは技ではない。死地にあって、常以上の力を発揮できる男になりたいのだ」

そういって深々と頭を下げた。

二

男の目の前には、日ノ本の絵地図があった。金箔《きんぱく》をおした海の中に、六十余州が描かれている。名を竹中重義《たけなかしげよし》といい、九州府内《ふない》二万石の大名で、母方の伯父《おじ》は豊臣秀吉の軍師といわれた竹中半《はん》兵衛《べえ》である。重義は、日ノ本の地図の中の府内をじっと見つめる。あまりに小さい。そして、横にある地球儀を見た。JIPANGUと書かれたケシ粒のような日ノ本がある。この地球に比べれば、重義の領地など針の穴よりも小さい。

もっと大きな領地が欲しい。

もっと莫大《ばくだい》な財貨が欲しい。

重義は、湧き上がる渇望を抑えることができない。世界はこれほど広いのに、なぜ重義の思うままにならないのだ。四十手前の重義の心身は、まだ老成にはほど遠い。

床を踏む音が聞こえてきた。襖《ふすま》の向こうで人が控える気配がする。

「首尾はいかがであった」

「青山《あおやま》様らには抜かりなく差配しておきました」

「土井《どい》様はどうなのだ」

「ちと、難しい気配があります」

「金は倍を出す。いや、三倍でもいい」

青山や土井は、幕閣である。重義は彼らを賄賂《わいろ》でもって籠絡《ろうらく》しようとしていた。

「ですが、新たに雇った食客たちのこともあります」

「道鑑様とその剣士たちを養うだけでも、相当な費えがかかります」

大坂の陣の後、重義が辞を低くして迎えたのが足利道鑑だ。将軍落胤という貴種は、必ずや何かの役にたつ。何より道鑑自身、相当な手練《てだ》れである。ただ、重義は刺客としてはあまり期待していない。あまりにも気位が高すぎる。将棋でいえば大駒だが、それゆえに牛刀をもって鶏を割くような遣い方をすれば、たちまち気分を害する。

「長崎奉行になれば、いくらでも取り戻せる。賄賂も費えも出し惜しみすることは許さん」

長崎奉行は、本来なら旗本が任命される。それを、重義は大名の身でありながら欲している。無論のこと、密貿易の美味《うま》い汁があるからだ。

「愚考しますに、土井様を動かすのは金では無理かと」

かつて重義の伯父の竹中半兵衛は、わずか十六人で稲葉山城《いなばやまじょう》を奪取してみせた。その時の一味に、重義の祖父も加わっていた。重義の五体には、半兵衛の策士の血が流れている。

何か手はないのかと、思案にふけった。ほどなく、答えは出る。

――キリシタンだ。

土井は、禁制となったキリシタンに頭を悩ませている。当然のごとく、長崎にはキリシタンが多い。それは、府内も同様だ。過去、キリシタン大名の大友宗麟が支配していたからだ。喉《のど》から笑いがこぼれる。謀《はかりごと》を思いついた時、常に愉悦が込み上げる。つくづく己は、策士の一族だと実感する。きっと、伯父の竹中半兵衛も稲葉山城を攻め落とそうと思った時、同様に笑ったであろう。

ちがうのは半兵衛には野心がなく、すぐに稲葉山城を手放したことだ。

「伯父上、見ていてくだされ」

天井にむかっていう。

「稲葉山城などという、ちっぽけな城ではわしは満足しない。もっと大きな領地と財をかすめと

って、竹中重義の名を天下に……否、世界に轟《とどろ》かせてみせましょう」

三

重義は江戸城の廊下を粛々と歩いていく。案内の坊主が止まり「竹中様のご到着です」と声をかける。「うむ」と返事がして、襖が開いた。五十手前の武士――土井利勝《としかつ》が文机《ふづくえ》の前に座していた。ゆっくりと書をくっている。案内の坊主が退室し、重義は土井利勝とふたりきりになった。

「竹中殿、今日は何用かな」

目を書にやったまま利勝はきく。

「賄賂を持って参りました」

利勝が鋭い一瞥《いちべつ》をくれる。

「こちらをご覧ください」

重義は懐にしまっていた一冊を取り出し、恭しく差し出す。利勝は両手で持ち、慎重に一枚一枚くる。利勝の表情に変化はないが、書をくる手が時折驚いたかのように止まる。

「わが領内にいるキリシタンを弾圧いたしました。その数、二百人。お渡ししましたのは、その一覧でございます」

利勝は無言で書をくりつづける。ゆっくりとした動きは、処刑した人名を全て覚えようとして

いるかのようだ。

「竹中殿、見事なお働きだ。他の大名も見習ってくれればよいのだがな」

キリシタンは弾圧の対象だが、手心を加える大名も多い。南蛮との交易の利を考えれば、弾圧するのは得策ではないからだ。

「九州に移封されて、私めもキリシタンの多さに驚きました」

重義は、さりげなく先任者の非を伝えた。こくりと利勝はうなずいた。

「なかには、家臣にキリシタンがおるのに黙認している大名もいる」

「なんと、そんな不届きな者がおるのですか」

重義は大袈裟《おおげさ》に驚いてみせた。

「細川家がそうだ」

ここで小倉三十九万石の大領主の名前が出るとは思っていなかった。が、当代藩主の細川忠利の母がキリシタンであったのは誰もが知ることだ。

「しかし、あの細川様が公儀やご禁制に歯向かうでしょうか」

あえて、重義は忠利を弁護するようなことをいってみせた。

「小笠原玄也という細川家の家臣は知っておられるか」

「細川家のキリシタン家臣であった小笠原少斎の一族でしょうか」

「そうだ。少斎の三男だ。あやつめ、細川家からの棄教の命を拒んだらしい。だけでなく、忠利殿に『不転《ころばざ》る書物』なる一書を差し出し、野に下りいまだ信仰を捨てていない」

「玄也という家臣に、忠利様は処罰を加えたのですか」

利勝は首を横にふった。

「遺憾でございますな。キリシタンたちが九州を虎視眈々《こしたんたん》と狙っているのは事実でございます。それを座視するは、日ノ本の領土を夷狄《いてき》に売り払うに等しい――」

重義が言葉を止めたのは、利勝が文机に向けていた体をこちらへ正対させたからだ。

「重義殿、お主は賢い。賄賂、たしかに頂戴《ちょうだい》した。これこそが、わしが最も欲していたものだ。金銀以上にな」

利勝は両手で重義の持参した書を顔の前に持ち上げた。

「そなたが長崎奉行になれば、きっとキリシタンを根絶やしにしてくれるであろう」

「勿体《もったい》なき、お言葉。ですが、長崎奉行の地位を与えていただけるならば、三年のうちにキリシタンを滅ぼしてみせます。長崎はおろか、九州全土においてです」

「うむ、とはいえ順番もあるゆえな。すぐに奉行を任せるわけにはいかぬ」

そこで利勝は言葉を濁した。

「序列を乱してまで、私めも奉行の地位は望みません。とはいえ、その間にキリシタンどもが跋《ばっ》扈《こ》することを考えると――」

謙虚さと貪欲《どんよく》さを、重義は交互に使いわける。利勝の顔に憂いが増した。この男は、重義とは違う。欲や野心はない。かわりに日ノ本の行く末を――いや、徳川幕府の行く末を純粋に憂えている。だからこそ、キリシタンが跋扈する九州に危機感を覚えている。

「重義殿が、わしの片腕に足るかどうかを知りたい」

重義を試すということか。

「なんなりとお命じください」

「松平忠直《まつだいらただなお》公のことは知っているな」

松平忠直は秀忠の甥《おい》にあたる。父は家康次男の結城秀康《ゆうきひでやす》。この松平忠直が、病を理由に参府を怠っている。父の結城秀康は、現将軍の秀忠の兄にあたる。本来なら結城秀康が将軍でもおかしくないが、越前《えちぜん》の大名に甘んじていた。子の忠直はそれが鬱屈《うっくつ》になったのか、奇行や乱暴が多い。

馬鹿な男だ、と重義は思う。大坂の陣が終わり、大名の改易が相次いでいる。二年前に五十万石の福島家《ふくしまけ》、一年前に三十二万石の田中家《たなかけ》など、大藩といえど容赦はない。

秀忠の甥とはいえ、いや甥だからこそ身を慎まねばならぬ。

「忠直公を処罰するのでしょうか。で、あればこの重義めも動きましょう」

「忠直公など、始末しようと思えばいつでもできる」

参府を怠った時点で、勝負はついているといいたげな口調であった。

「では――」

「忠直公の改易は確実だ。あとは、身柄をどこの大名に預けるかだけ。ただ、それだけでは惜しいと思った」

重義はうつむいて考える。つまり、忠直の失策を活かし、他の大名も道連れにしろということか。では、どの大名を道連れにするのか。先ほどの会話が布石だとすると、キリシタンをお目《め》こぼししている大名の誰かであろう。忠直と通じているとでっちあげ、改易に追い込む。その手腕を認められれば、長崎奉行の地位が今すぐに転がりこんでくる。

「どの大名をお望みでしょうか」

あえて、直截《ちょくせつ》に尋ねる。利勝は無言だ。己の頭で考えよ、ということか。それとも、言質は与えぬという意味か。重義の頭によぎったのは、足利道鑑の姿だ。将軍落胤であれば、元幕臣の細川家をゆさぶる切り札を持っているはずだ。

四

かつて六道たちと稽古を繰り返した河原で、弥四郎は釣り糸をたらしていた。魚影はあるが、釣り針には見向きもしない。ひとりの武士がやってきた。貧乏御家人という風情だが、顔立ちは上品だ。細身の体は、よく鍛えられていることがわかる。

「光殿、久しぶりだな。貧乏御家人の姿がよく似合うではないか」

「弥四郎殿も下手な釣り人になりきるのがお上手ですな」

忠利は、弥四郎の横に座った。

「釣れますか」

「エサばかり持っていかれている」

釣り竿《ざお》を持ち上げると、半分ほどになった小エビが刺さっていた。新しいのに替えて、また川へと投げこむ。忠利は、懐から煙管《キセル》を取り出して一服した。かつて六道が持っていたもので、管がゆがんでいる。

「悩みごとがあるのか」

「ええ」

「また、無理難題か」

「細川家を改易せんとする謀があるらしいです」

「それは慶事だな。おめでとう、光殿。これで自由の身になれるぞ。殿様なんて柄じゃないのは知っているぞ」

「そういってくれるのは、弥四郎殿だけです」

煙をこぼしつつ忠利が笑う。

「自由の身になれるならば、細川家などいくらでも潰《つぶ》してもいい、といいたいところですが……細川家が越前の松平忠直公と謀反の連絡をとりあっているというものです。根も葉もない讒言《ざんげん》ですが、これを将軍様が真《まこと》だと判断すれば、私の首は飛びますよ。自由になっても、命がないんじゃ意味がない」

それほど大掛かりな謀ならば、忠利の首ひとつではすまないだろう。多くの者が処刑される。罪もない女子供もだ。

「安心しろ。いい坊主を紹介してやる。美声で経文を読んでくれれば、きっとすげえ極楽につれてってくれるぞ」

釣り竿を持ち上げると、今度は小エビの頭しか残っていなかった。

「防ぐ手はあるのか」

「今、近藤用可《こんどうようか》という旗本が越前にいっています。病気で参府しない忠直公が虚言をいっていないかを調べるためです。その近藤殿が帰路で襲われます。だけなく、その刺客が、細川家に雇われたという偽りの証《あかし》を置いていくそうです」

「随分と乱暴な謀だな」

そうはいうものの、釣り竿を握る手に汗がにじむのを自覚した。

「近藤とかいう旗本は、いつ帰ってくる」

「二月の頭に越前を出るということです」

あと三日で、二月になる。釣り針を水面から出した。餌は、無惨にも全て食べられている。

「じゃあ、越前旅だな。寒いのは苦手なんだがな」

「申し訳ありません」

「別に、光殿に頼まれたわけじゃない。俺が行きたいから行くだけだ」

事実、頼むとは一言もいわれていない。これは弥四郎の意思なのだ。

忠利は、袋に包まれた刀を弥四郎の横に置いた。

「やっとできたのか」

「ええ、百振ほど刀鍛治《かたなかじ》に造らせたでしょうか。納得のいくものがとうとう完成しました」

弥四郎は包みを乱暴にはぎとった。できたのは、異形の刀だ。柄《つか》が長く、刃は薄く長い。柄や鍔《つば》、鞘《さや》こそは日ノ本の造作だが、これは苗刀《みょうとう》である。

すらりと鞘から抜く。

にやりと弥四郎は笑った。日ノ本の鍛治に苗刀を打たせたので、刃文がある。

村田との問答、大坂の陣での道鑑との立ち合いを何度も反芻《はんすう》した結果、弥四郎は使い慣れた得物を変えることにした。選んだのが、苗刀だ。しかし、明や朝鮮から入ってくる苗刀は、どうにも弥四郎の手に馴染《なじ》まない。型に溶けた鉄を流しこむ外《と》つ国《くに》の製法のせいかもしれない。日ノ本の刀に比べると、刀身に粘りがないのだ。

だが――

「やはり重いな」

日ノ本の鍛治が打っただけあり、今までの苗刀とはちがう。

「ですが、粘りがあります。心地よくはありませんか」

どうやら忠利も何度かこの苗刀を振ったようだ。日ノ本では、鍛造という手法で刀を造る。熱した鉄を何度も折り曲げて打ち、粘りと強さを出す。

「ああ、手に吸いつくようだ」

あるいは、これこそが弥四郎の求めていた唯一無二の佩刀《はいとう》かもしれない。

五

越前と美濃の国境は、残雪があちこちにあった。冷気は、街道横の茂みに隠れる弥四郎の肌を強張《こわば》らせる。

「兄貴」と声がした。ふりむくと、長羽織を着た若者が立っていた。宇多丸といって、偽の道場破りを演じた男である。

「見つけたぜ。刺客たちで間違いないと思う。山道で待ち伏せしている」

白い息を吐きつつ近づいてくる。なんでも、宇多丸は風魔《ふうま》一党の出らしく、忍び働きもできるというので、旅の相棒に抜擢《ばってき》した。

「数は」

「ちょうど十人だった」

「腕はたちそうか」

「俺と同じで忍び崩れのようだ。まあ、兄貴と俺にかかれば楽勝だよ」

さらに相手の陣容を確かめた後、ふたりは間道を伝って待ち伏せの場所まで歩いていく。先ほどとはちがい日当たりはよく、木の根元に残雪はない。はたして、道をふさぐようにして刺客たちはいた。弥四郎の眉間《みけん》が硬くなったのは、すでに骸《むくろ》が何体か横たわっていたからだ。みな、旅装姿だ。女性もいる。これだけ派手に道を塞《ふさ》いでいるのだから、通った者は次の宿場で間違いなく通報する。それを防ぐためとはいえ、無慈悲がすぎる。

「ふん、宇多丸よ、柄にもなく義憤ってやつを感じるぜ」

「兄貴、俺も同じくよ」

宇多丸が短弓を取り出した。

「ひとりも逃したくない。まずは、俺が南から斬りかかる。お前は北へ逃げる奴がいれば仕留めてくれ」

「ちぇ、つまんねえ役だな」

「最低、ひとりは生かしておく。首謀者の名前を吐かせないといけないからな」

「じゃあ、兄貴と俺でひとりずつ生かしておくという形にしよう」

宇多丸が腰をあげた時だった。

「まずいぜ、兄貴。人が来た」

宇多丸が地面に耳をつける。

「多分、三人ほどだ。北からだ」

弥四郎らの襲撃と鉢合わせすることになる。やり過ごすべきか。いや、やり過ごすにも刺客たちが旅人を無事に通すはずがない。しばらくもしないうちに、談笑する声が聞こえてきた。道を塞ぐ刺客たちが殺気をみなぎらせる。背負い行李《ごうり》をかついだ連雀《れんじゃく》商人三人だった。道を塞ぐ男たちを見て足を止めるのと、刺客が矢を番《つが》えるのは同時だ。

「宇多丸、いくぞ」

弥四郎は地面を蹴《け》った。宇多丸の放った矢が次々と弥四郎を追い越していく。

「曲者《くせもの》だ」

刺客たちから上がった声に、はっと笑った。

「どっちが曲者だ」

頭の中で線をひく。五人の男をなめるようにして伸びる、曲がりくねった線だ。弥四郎の体が線をなぞり、剣光が五度ひるがえった。ひとりは胴を、ふたりは喉笛を、残るふたりはそれぞれ片腕を斬った。

全身が痺《しび》れるような衝撃があった。弥四郎が考えていた以上に剣が走る。

「これは、使いこなすのが大変だ」

忠利に造ってもらった苗刀を目の前にやる。下手をすれば体を壊すかもしれないが、なぜか顔が緩む。刀身に映ったのは、弥四郎を囲まんとする男たちの影だ。数は三人。残りの二人は、短弓を繰り出す宇多丸と矢を応酬している。連雀商人たちは腰を抜かし、動けないでいた。ちらと横を見た。先ほど腕を斬り落としたふたりが絶命していた。口から大量の血泡を吹いている。自ら舌を切ったのだ。生け捕りにしようと思っていたが、無理かもしれない。敵が放つ棒手裏剣を難なくよけて、苗刀で斬り伏せた。致命傷は与えなかったが、すぐに三人は舌を嚙《か》み切ったのか動かなくなった。

「兄貴、連雀たちを頼む」

すでに、宇多丸は短弓でふたりの刺客を仕留めていた。骸に駆け寄り、荷や懐をあらためる。細川家が謀反に加担する証拠の品を必死に探す。

「立てるか」

その間に、弥四郎は商人たちを抱えおこした。肩から外れた背負い行李の荷が溢れている。馬《ば》蹄《てい》の響きが聞こえてきた。宇多丸を見ると、書状を手に握っていた。無言でうなずく。目当てのものは手に入れたようだ。

「ひいい、悪党どもの加勢だ」

「おらたち、皆殺しにされるぞ」

「俺の後ろに隠れていろ。逃げてもいいが、待ち伏せが先にいないという保証はないぞ」

刀を右手に持ち、商人たちを安心させるためにいつもより大きく構えた。

曲がり角を飛び出てきた三騎は、武士たちだった。髪に白いものが目立つようになった四十代の男が長《おさ》だ。近くで見るのはこれが初めてである。松平忠直糺問《きゅうもん》の使者、近藤用可だ。斬り合いの音を聞きつけ、馬を飛ばしてきたのだろう。

「何事だ。これは」

近藤が大喝した。

「悪党どもが道を塞ぎ、旅人を害せんとしておりました。見過ごすこともできず、斬り合いになりました」

弥四郎は半ば正直に答える。ちらと連雀商人たちを見た。

「ま、間違いありませぬ。このお方が、わしらを助けてくださいました」

近藤の眉間に険が宿った。

「お主らふたりで、これだけの人数を殺《や》ったというのか」

うなずいたのは連雀商人たちだ。

「名前を聞いてもよいか」

「弥四郎と申します」

あぐねていた。

「苗字は」

「牢人《ろうにん》ゆえご勘弁を」

ここで近藤と鉢合わせする手筈《てはず》ではなかった。はたして吉と出るか凶と出るか、弥四郎は計りあぐねていた。

「恐ろしい剣の腕だな。流派は何を修めた」

「牙流です。牙《きば》の流派と書きます」

いったのは、宇多丸だ。

「おい」とたしなめるが、遅かった。

「ほう、あの牙流弥四郎か」

「知っているのですか、俺のことを」

「江戸の道場破りをことごとく退けているのだろう。柳生と同等の剣腕との評判もあるぞ」

近藤が馬から降りたのは、弥四郎らを信用に足ると判断したからだろう。

近藤は従者に命じて、変事を報《しら》せるために隣町まで駆けさせた。遅れて、駕籠《かご》をかつぐ一行がやってくる。近藤がこの駕籠に乗り、越前からの帰路を急いでいるのは知っていた。騒動を聞きつけ馬に乗り換えたようだが、なかなかに機をみるに敏な男だ。

「そうだ。弥四郎とやら、江戸へ戻るのならば共に参らぬか」

駕籠の中に体を押し込もうとしていた近藤がいう。

「いいのですか」

近くに侍《はべ》ることができれば、次の襲撃にも容易に対応できる。

「太平になって久しいのに、まだ山賊がいるとはな。この先の道中でも用心したい——というのは口実だ。あの牙流弥四郎と出会えたのだ。お主の話をゆっくりと聞かせてくれ」

六

驚いたことに、弥四郎が雲林院松軒の一子だということを近藤は知っていた。

「まさか、そのようなことまでご存じとは」

宿場町の一室で、盃《さかずき》をまじえつつ弥四郎は頭をかく。大坂の陣では、村田久次はじめ柳生の剣士たちと戦った。案外、その辺りから素性が漏れたのだろう。

「へえ、兄貴の親父って新当流の松軒だったのか。どうりで腕がたつわけだぜ」

隣にいる宇多丸も素直に感心している。この男は酒場で己の活躍を講釈師のように語っている。柳生と宇多丸から漏れ聞こえた逸話が、世間に映る弥四郎の姿を随分と大きなものに変えているようだ。

「お主には、いくつか仕官の話もきておろう。道場で一流をたてる道もあるはずだ」

「牢人暮らしが性にあっているんだと思います。一流をたてるとなると、人を育てねばなりませんし」

技を押しつけるなど、柄でもない。かつての河原稽古のように、対等な立場で学びあうならば興味はある。が、そんなもので銭が稼げるとは思えない。

「だが、新当流には一《ひとつ》の太刀という秘伝があるのだろう。知りたいとは思わぬのか」

「いや、それが全く」

そもそも、弥四郎は奥義に興味がない。通常の面打ちでも、二十年を費やしてもまだ未熟なものが多い。達人といわれる剣士でも、だ。修行の終盤に奥義や一の太刀を教えても、その習熟などたかが知れている。弥四郎にとって奥義とは、初伝で学ぶ面、胴、籠手《こて》の打ち方だ。

「まあ、人に学ぶのではなく、自分で考えろ、と常々思っているもので」

何より、昨今は奥義を学ぶことが目的となっていることが気に入らない。あくまで技は手段であるべきだ。

「面白い男だ。直截な弥四郎の弁に、近藤の表情がゆるむ。

「牢人だが仕官に汲々《きゆうきゆう》としていない。士農工商の色に染まらず、どんな流派の型にもはまらない。実はな、お主の生き方をわしは羨《うらや》ましく思っておったのじゃ。だから、お主のことを調べた。しがらみの多い世で、自在に生きる。実に羨ましいことだ」

弥四郎の尻《しり》がむず痒《がゆ》くなる。別に信念があって、自由に生きているわけではない。

「ただ、嫌な道から逃れてきただけです。近藤様のように、旗本としてお役目を果たす方がよっぽど立派です」

偽らざる気持ちだった。

「別に、武士になりたくてなった者ばかりではないぞ。お主のように、自在に生きる強さがないゆえ、武士の道にしがみついているだけの者も多い」

それは近藤自身のことをいっているのだろうか。旗本ではない生き方を、近藤が欲しているのか。忠利が、かつて外つ国に渡ることを夢見ていたように。

「ですが、私には生き方の芯《しん》がありませぬ」

酔ってきたせいか、らしくないことを口走ってしまった。嫌でも村田とのやりとりを思い出す。

弥四郎には、殉ずべきものがない。

いびきが聞こえたので横を見ると、宇多丸が舟をこいでいた。

「私は、武士でも牢人でも剣客でもありません。農の人でも工芸の人でも商いの人でもありません。傾奇《かぶき》や奴《やっこ》のように、男伊達《おとこだて》をほこるわけでもありません」

口にするたび、己の存在が危うくなるような不安があった。村田ならば、己のことを柳生の剣士だと言い切れるだろう。目の前の近藤ならば幕府旗本と胸をはれる。忠利にしても、細川家藩主として立派に務めを果たしている。

「お主には望みはないのか」

望みといわれて、思いうかんだのは忠利の顔だ。忠利に悲しい思いはしてほしくない。が、これは望みだろうか。情という言葉の方がふさわしいように思う。

腕を組んで、沈思する。もし、望みというものが過去にあったとするならば。

「宮本武蔵」

ぽつりとつぶやいた。九州石垣原の合戦での勇姿を思い出す。あの男と渡りあいたい。強烈にそう思った。これこそが、己の渇望ではないだろうか。

「ある男と戦いたいと思っています。それが私の望みかもしれません」

「なぜ、その男と戦わぬ」

その想いは、あえて封印した。

武蔵と戦えば無事ではすまない。大切な人を守れないかもしれない。

「お主でも自在にならぬことがあるのだな。そうだ、頼みがある。佩刀を見せてくれぬか」

いわれるがままに苗刀を差し出す。近藤がすらりと抜き放ち、刀身をあらためる。

「ふむ、奇妙ななりだな」

「明国の苗刀に似せております」

「いい刀だ」

「ですが、使いこなすのが難しくあります。とんだじゃじゃ馬ですよ」

「どうだ。江戸につくまで貸してくれぬか」

弥四郎は半眼で見つめる。

「かわりにわしの佩刀を貸そう」

拵《こしら》えの美しい一振りを、弥四郎の目の前に持ってきた。

「これは、お主が自在に生きてきた証の品だろう。わがそばに置いておいて、その薫りを味わいたいのだ」

切実な目差《まなざ》しでそういわれれば、弥四郎は否ということができなかった。

七

ふと目を覚ましたのは、人の気配がしたからだ。具足のこすれる音が近づいてくる。布団を撥《は》ね飛ばす。宇多丸はいないが、それは宿の外を見張っているからだ。ふたり交代で夜を警戒すると決めていた。刺客たちであれば、近藤が危うい。弥四郎は二階の部屋を宛てがわれており、近藤は一階だ。しかし、同時に違和感も抱いていた。大きくなる足音は、間違いなくこの部屋へ向かっている。近藤のいる部屋と間違ってくれたのならありがたい。

襖を開けたのは、鎖帷子を着込んだ武者たちだ。昼の刺客たちと雰囲気がちがう。

「お主が弥四郎か」

「そうだが」

すでに刀は引き寄せていた。近藤からあずかった刀の鯉口《こいぐち》を密《ひそ》かに切った。

「もうひとりはどうした」

「小便だろう」

武者たちの視線が弥四郎のもつ刀に注がれる。

「それは、近藤殿の佩刀だな」

なぜ、刺客が近藤のことを殿づけで話すのだ。

何よりこれだけの人数が押し込んだのに、ほとんど騒ぎになっていない。

「佩刀を交換した。江戸につくまでの間という約束だ」

何人かが嘲《あざけ》りの笑いを漏らした。

窓の外に提灯《ちょうちん》の灯《あか》りが何十とある。外も包囲されている。

「来い。抵抗すれば斬る」

刺股《さすまた》に囲まれて、廊下を歩かされた。急な階段を降りて、近藤の部屋の前までくる。血の臭いが鼻をついた。がらりと開いた部屋の中央に、近藤が倒れていた。喉から流れた血は固まっていたが、畳の上の血溜《ちだ》まりは男たちの足音でさざなみができている。

横にあるのは、切っ先が真っ赤に染まった弥四郎の苗刀だ。

「これがお前の佩刀であることは、近藤殿の従者たちからすでに聞いている」

弥四郎は舌打ちをした。斬り抜けることはできるが、間違いなく深傷《ふかで》を負うだろう。何より状況がわからない。なぜ、刺客が忍びこむのに気づかなかったのか。いや、そして囲む武者たちである。こやつらは役人だ。

「宇多丸はどうした」

「お前の連れか。それはこちらが教えてほしいな」

男たちの言葉に嘘はないようだ。宿の外を見張っている間に、宇多丸も気付かぬうちに近藤は殺された。そして、捕物に訪れた役人たちに素早く宿に踏み込まれてしまった。

「刀をおけ」

「手荒なことはしないでくれよ」

武者たちの影が動いている。殺気はないが、害意は過分に感じる。近藤の佩刀を床においた刹那《せつな》、頭の後ろに衝撃がはしった。

「下手くそが」

くるとわかっていたので気絶こそはしなかったが、手足が震える。棒の先端が凄《すさ》まじい勢いで迫り、弥四郎の顎を撥ね上げた。

八

口の中は血で満ち、右目は完全に塞がれていた。全身は痛むが、手鎖で縛《いまし》められた両手首は気が狂いそうになるほど痒い。

場所はわからない。気づいた時には目隠しをされて、駕籠に押し込められていた。そのまま、どこかの牢屋へと放り込まれた。かなり広い獄舎で、牢屋がいくつもある。

「約束通り、手荒なことはしなかったが」

男が、床で寝転ぶ弥四郎にそう声をかけた。嘘ではないだろう。今までは殴る蹴るだけだった。本気ならば、鞭《むち》打ちや石抱きなどにかけられていたはずだ。

「だが、もうすぐ、奉行様が来る。残念ながら我らとちがって優しくない」

男たちは汗をぬぐいつつ笑う。先ほどから何度か奉行という言葉をいっている。こ奴らは本当に役人のようだ。

横を見ると、弥四郎の苗刀を牢番のひとりが物珍しげにあらためている。

「手荒なことをされたくなくば、素直になることだ」

弥四郎は赤い唾を吐き捨てた。

「いつまで強がりがもつかな。おい、見苦しいことがないよう、廁《かわや》へ連れていけ。血はいいが、便の処理をさせられるのは御免だからな」

両脇を持ち上げられ、小突かれつつ廁へと連れていかれた。

腰縄が体にめりこみ、体がさらに痛む。

廁には戸がなかった。恐ろしく臭い。床に切り欠きの穴が空いているだけだ。

「見るんじゃねえよ」

「そのへらず口がいつまで続くか見ものだな」

臭いから逃げるためか、牢番たちが離れていく。だが、腰縄はしっかりと握っていた。

膝を折り曲げると、全身に痛みが走った。

「兄貴」

廁の穴から声がした。

「宇多丸か」

声をひそめる。

「そうだ。兄貴、無事か」

ちらと背後を見る。廁へ連れてきた牢番ふたりは談笑していた。

「殴る蹴るのやられたい放題だ。それよりお前、紙持ってるか。糞《くそ》したいけどよ、見たところ紙がねえんだ」

「相変わらずだなぁ」

「にしても、お前すげえとこに潜むんだな」

「今、用を足すのは勘弁してくれ。こういう仕事をしたくなかったから、忍びを抜けたんだぜ」

すぐ下から声がするということは、床板の裏に張りついているのか。

からりと音がした。手の中に隠せるような小さな短刀が床に転がる。

「糞はついてねえだろうな」

いいつつ、手の中に隠した。梟《ふくろう》の声がすぐ近くでする。足の下からだ。

「これが合図だ。梟の声が三度したら、牢を破ると思ってくれ。今は人を集めているところだ」

「そんな必要はないよ」

もらった短刀で腰縄を引き裂いた。

「あ、兄貴、正気か」

「廁から侵入するお前にいわれたかねえぜ」

立ち上がり、「おい」と怒鳴りつける。

「なんだ、貴様、黙って用を足せ」

「紙がねえぞ、手でふけってか」

いいつつ腰縄を引っ張った。牢番が持っていかれまいと踏ん張ったところで握っていた手を離す。切れた縄を摑《つか》んでいた牢番は呆気《あっけ》なく後ろへとひっくりかえった。

残る牢番には蹴りを見舞い気絶させ、後ろに倒れた牢番の腹に両の拳《こぶし》を落として悶《もだ》えさせる。ふたりの脇差を奪った。

「あにきぃ」

厠の穴から情けない声が聞こえてくる。

「宇多丸、三度鳴け。梟の声だ。今が牢破りの時だ。景気づけに盛大に鳴けよ」

弥四郎は狭い牢獄の中を駆けた。自然と咆哮《ほうこう》がもれる。獣のような弥四郎の声に、宇多丸の梟の声がまじった。

九

土井利勝は書を読みつつ、手元にある菓子盆から干菓子をつまんだ。音をたてて噛み砕く。書をめくりつつ、竹中重義へと語りかけた。

「随分とこみいった策を使ったものだな」

指についた砂糖の粒をなめとる。あえて細川家に謀をばらし、弥四郎という牢人を介入させたことをいっているのだろう。

「あの弥四郎という男ですが、大坂の陣の折、件《くだん》の小笠原玄也とともに大坂方へ入っておりました。弥四郎めに罪を着せ取り調べすることで、玄也のキリシタンの罪状も追及できると愚考しました」

そもそも松平忠直と細川忠利の関係を捏造《ねつぞう》するのは難しい。逆にそれを餌にして、弥四郎を捕らえる方が確実だ。そう判断した。襖の向こうから「竹中様に使者が参っております」と声がした。利勝の許しをえて入室してきたのは、江戸詰めの竹中家の家老だ。硬い顔で近づき、重義の耳元でささやいた。思わず眉宇が硬くなる。

「引き続き、事にあたれ。土井様との話し合いが終わり次第、すぐに屋敷に戻る」

できるだけ不機嫌な声にならぬよう注意した。家臣が退室するのを待って、利勝の方へ目をやると――

「弥四郎めが牢を破ったのであろう」

思わず、重義は目をむく。

「これは驚きました。土井様の地獄耳は侮れませぬな」

あえて冗談ぽくいったが、利勝の表情は不変だ。まさか、家臣の声が聞こえたわけではあるまい。一体、誰から聞いたのだ。

「本多正純《ほんだまさずみ》殿よ」

「まさか――」

重義は絶句した。本多正純は家康の代から老中をつとめる重臣だ。敵にすれば恐ろしいが、味方にしても同様である。九年前には、当時、徳川家の最大派閥だった大久保《おおくぼ》一派を改易や処刑に追い込んでいた。

「正純殿は、お主の謀を知っておられた。弥四郎とかいう牢人が牢を破ったこともな」

重義はうつむいて唇を嚙む。足利道鑑を温存したのは失策だったかもしれない。

「話を戻すと、長崎奉行は旗本に任せるべきだ、という意見が多い」

「それは……弥四郎を取り逃したからでしょうか。まだ、私めの謀は破綻《はたん》しておりませぬ」

間をとるようにして、利勝は干菓子をひとつつまむ。

「キリシタンの弾圧は喫緊の課題。長崎は無論、九州諸国へ睨《にら》みをきかせられる人材が適当だ。そういうことならば、幕臣である旗本の方がよいというのも理にかなっている。大名というのは、色々としがらみが多いゆえな」

「旗本ならば、誰が長崎奉行に適当と考えているのですか」

「水野守信《みずのもりのぶ》あたりではないかと思っている」

柳生宗矩《むねのり》らとも親しい旗本だ。重要なのは、宗矩は細川忠利の剣の師匠であることだ。細川家を改易に追い込むのは、強権すぎると考える一派がいるという意味だろう。

「水野殿は幸運な御仁ですな。寝ているだけで、長崎奉行の地位が転がりこむのですから」

「勘違いされるな。水野にも仕事を頼んでいる。お主と同じく、ある大名を改易に追い込まんとしている」

一体、どの大名であろうか。九州三十九万石の細川家に匹敵する大名といえば、すぐに思いつくのは山形《やまがた》の最上《もがみ》家だ。五年前から御家騒動がくすぶり、幕府が仲裁をつづけている。が、これについては土井利勝に匹敵する実力者の本多正純が裁いており、重義の競争者である水野守信がつけいる隙はない。

利勝は、誰かを明かすつもりはないようだ。

今後のことを綿密に打ち合わせした後、重義は退室した。江戸にある竹中屋敷に戻り、家臣たちを呼びつける。まだ、弥四郎たちは見つかっていないという。

「ですが、手練れの忍びたちです。必ずや居場所を見つけるでしょう」

「問題は、その後だ。弥四郎は、あの雲林院松軒の一子であろう。忍びで事足りるのか」

忍びの本領は、あくまで潜入や情報収集だ。一対一の戦いでは、剣士の足元にも及ばない。

「さらに金を積んで、手練れの忍びを雇いましょうか」

今までならそれで諾といったであろう。しかし、水野守信や柳生宗矩が競争者だと知った。忍びごときには、この大役は任せられない。速やかに、弥四郎を捕らえる手練れが必要だ。すでに人選はできていた。新当流の達人、足利道鑑。弥四郎は刺客をたやすく全滅させ、牢を破るほどの男だ。牛刀で斬るにふさわしい獲物に思えた。

十

「おい、臭い。近づくな」

「え、兄貴、それはないでしょ。誰が助けたと思ってるんですか」

「それについては感謝している。糞の臭いも我慢する。けど、お前、今、屁《へ》したろ。変な臭いが混じっていたぞ」

「兄貴、鼻がいいんですね。香道のお師匠さんでもやっていけるよ」

たまらず、弥四郎は風上に身を移した。河原で、弥四郎と宇多丸は焚《た》き火にあたっている。人も通らぬ山中の河原だ。牢を破ってから十日ほどがたつ。弥四郎の傷はましになったが、宇多丸はいまだに臭う。そのくせ、屁はそれ以上に臭いから不思議だ。

じゃらりと鳴ったのは、手鎖である。左右の腕をつなぐ鎖はやすりで断ったが、鉄の輪はまだ巻きついたままだ。

「けど、兄貴、これからどうすんですか」

「お前の臭いが消えたら、使いにいってほしい」

忠利のもとへいき、善後策を講じなければならない。宇多丸は変装が上手《うま》いので、臭いさえなくなれば大丈夫だろう。

「けど、上手い手がありますかね」

「光殿がなんとか考えてくれるだろうさ」

頭を使うのは苦手だ。落ちていた小枝を折って、焚き火に放りこんだ。

「おい、風上にくるなっていったろ。ていうか、また屁したな」

腰をあげた宇多丸にいった時だった。

「兄貴、鼻が効かねえから気づくのが遅れたよ」

真剣な表情で、宇多丸がいう。前と後ろから、剣士たちがやってきていた。黒ずくめの男たちだ。先頭にいるのは足利道鑑だ。もう五十代の後半になるはずだが、その所作は若々しい。人差し指のない掌《てのひら》だけは、歳相応にしわが入っている。

「久しぶりだな、弥四郎」

殺気を隠そうともせず、道鑑が近づいてくる。剣士以外に、見慣れぬ男たちもいることに気づいた。

「忍び崩れだ。街道で倒した仲間たちにちがいない」

宇多丸がささやいた。

「まさか、道鑑様が追手とは」

弥四郎はわざとらしくため息をついてみせた。手に持つのは、苗刀だ。牢を破る時に首尾よく奪い返していたことが、とてつもない幸運に感じられる。

「忍び崩れもいるってことは、この中に近藤殿を殺した者もいるということですか」

仲間を殺されたゆえだろうか、忍びたちの表情は険しい。

「まさか、道鑑様、あなたが近藤殿を殺したのか」

「近藤という旗本を殺したのは、わしではない」

「では、一緒にいる忍び崩れですか」

問い詰めるため一歩近づいた時、道鑑が刀を抜いた。刃を自身に向ける御剣の構えをとった。

今から殺しあう。道鑑の所作はどんな言葉よりも雄弁だった。

弥四郎も苗刀を構えた。道鑑相手に先手をとられてはならない。新当流の〝先の先〟の剣術にはまれば、勝ちの目はない。

わかっていたはずなのに、最初に動いたのは道鑑だ。恐ろしい跳躍で間合いをつぶし、斬撃を浴びせる。弥四郎は必死にかわす。すかさず一刀を繰り出すが、霞《かすみ》の型でやすやすと受け止められた。道鑑の反撃が弥四郎の肩の肉を削る。さらに、いくつもの刺突が襲う。先の先をとる苛烈《かれつ》な攻めに、弥四郎は息を継ぐひまもない。さばくだけで精一杯だ。

剣士たちと忍びは、囲ったままで襲ってこない。

宇多丸は火縄銃を向けられ、身動きを封じられていた。

「道鑑様、本当にあなたが近藤殿を殺したのではないのか」

弥四郎は、道鑑と鍔迫《ぜ》り合いをしつつ問う。

「ちがう、わしではない」

一際強い力で押し返され、弥四郎の体がぐらついた。

「では、誰が」

「近藤は、自分で命を断ったのだ」

叫んだのは、背後にいる忍びだ。

「それはどういう意味だ」

忍びに構っている余裕はない。しかし、聞かずにはおれない。道鑑は構わずに圧をかけてくる。

弥四郎は後退しつつ必死に攻めをさばく。

「奴は殉死を拒んだ過去がある。武士にあるまじき臆病《おくびょう》な男だ。だから、死役をいいつかった。息子のためにな」

またしても、忍びの声が飛ぶ。明らかに動揺を誘うための罠《わな》だ。しかし、嘘とは断じかねていた。忍びの声と道鑑の剣が、弥四郎を交互に襲う。

「お前に殺されたようにして死ねば、息子は助けてやる。そういわれたそうだ。臆病者の息子が、武士の世界でどんな扱いを受けるか、お前でもわかろう。馬鹿な男だ。どうせ死ぬなら、最初に死んでおけばよかったものを」

弥四郎の額を刃がかすり、血が噴きでた。

「弥四郎、お前は罠にはまったのだよ」

視界の半分が朱に染まる。だが、まぶたは閉じない。痛いほど強く歯を食いしばった。

道鑑の追撃が止んだ。弥四郎の怒気が、囲む男たちをざわつかせる。

道鑑が半身になり、警戒の構えをとった。

激情が、弥四郎に痛みを忘れさせていた。

「弥四郎、往生際が悪いぞ。大人しく道鑑様に成敗されろ」

叫んだのは、道鑑の弟子だ。

「黙れ」

弥四郎が前へと跳ぶ。渾身《こんしん》の一刀を、道鑑が霞の型で受け止めた。弥四郎の力を利した反撃の一刀を、同じように弥四郎が霞の型で受け止める。これは、相霞の型だ。新当流の達人同士が真剣勝負をすると、ままある。霞の型で、互いの攻めを受け反撃を繰り返す。千日手のように、どちらかの体力が消耗し尽くすまで続く。だが、こたびは弥四郎が不利だ。痛めつけられた体は最初から万全ではない。その上に、幾度も道鑑の剣を受けた。

腕が限界を迎えている。呼吸が苦しい。

十数度目の斬撃は、今までの何倍も苛烈だった。刀を動かしていてはさばけない。弥四郎は手鎖で、道鑑の一刀を受け止めた。手首に鈍い痛みが走る。間違いなくひびが入ったはずだ。

追撃の剣は襲ってこない。見ると、道鑑も肩を大きく上下させていた。

道鑑もまた疲れているのだ。

回復は、弥四郎の方が速かった。

弥四郎の渾身の片手打ちを、道鑑は受けきれなかった。大きく体勢を崩す。二の太刀は、鳥居の形で受け止められた。弥四郎は構わずに力をこめる。道鑑は両腕と額を刀に押し付けて、何とか耐える。

弥四郎は、素早く大上段に構えた。そして、斧《おの》を振り落とすように斬撃を見舞う。

肉を断つことはできなかった。鳥居に構える道鑑の刀が邪魔だったからだ。しかし、刀ごと額を強打することはできた。

苗刀が激しくしなり、まるで鐘が音を響かせるように揺れた。

酩酊《めいてい》するように道鑑の体が揺れ、どうと背後に崩れ落ちる。

しんと静まりかえった。黒衣の剣士たちも何が起こったかわからないようだ。

土を踏む音がした。散策するような場違いな足音が近づいてくる。

見れば、二十歳になったばかりと思《おぼ》しき青年がいる。長い髪を後ろに束ねていた。剣士たちと同じく黒ずくめの衣服だが、腰には反りの少ない刀ではなく尋常の刀を佩《は》いていた。

「弥四郎さん、見事だよ。まさか、道鑑様に勝っちゃうなんて」

弥四郎の肌に粟《あわ》が生じる。声の質は低くなっているが、語りに覚えがある。

「嬉《うれ》しいなあ。前より強くなってるんじゃないですか。それに、その刀、面白いですね」

西山左京が邪気のない笑みを向けてくる。

「道鑑様を倒したあなたなら、斬る気になるかもしれないなあ」

何を思ったか、左京は無造作に片手を伸ばす。忍びの腰の刀を掴み、あっという間もなく奪った。それを弥四郎へと投げる。

「それを使えばいいですよ。さっき刃に毒を塗っていたから、かすらせるだけでも私を絶命させられる」

確かに刃に油のようなものが塗られていた。

「俺に情けをかけているのか」

「そうだよ。今の弥四郎さんじゃ、何をやっても私には勝てないからね。その異形の刀は面白いけど、まだ使いこなせてない。将棋でいう駒落ちですよ。面白くないからね」

込み上げる怒りは封じる。左京は挑発しているわけではない。本当に勝負を面白くするために、毒刃を弥四郎に渡したのだ。

「相変わらず、まだ斬ったことはないのか」

そういってから、毒刃を蹴って遠くへとやる。得物は苗刀で十分だ。

ゆっくりと弥四郎は近づく。刀をだらりとたらし、左京は待ち受けていた。

「そうだよ。私はいまだに自分の意志で、相手の肌に刃を走らせたことはない。滑稽だよね。道鑑様も弥四郎さんも必死に刀を振って斬ろうとしている。そんなことしなくても、勝手に相手から斬られに来てくれるのに」

舞うようにして、左京は切っ先を振った。見えぬ誰かと戯れるかのようだ。

「今が好機かもしれないよ。前に飛び込めば、私の振った刀で弥四郎さんは斬られる」

「俺が斬られたら、何かいいことでもあるのか」

「自分の意志で弥四郎さんの肌や肉に刃を走らせるようなことがあれば、その時は弥四郎さんの勝ちでいいよ。見逃してあげるから、どこぞへと消えたらいい」

「勝手なことをいうな」

忍びが叫ぶが、それを左京は一瞥だけで黙らせた。左京にやすやすと刀を奪われているのだ。その実力差が相当なことは童でもわかる。

弥四郎は左の片手で大上段に構えて、悠然と間合いを縮める。

「兄貴、正気か」

宇多丸が叫んだ。弥四郎は腹をがら空きにしたまま、左京の剣の間合いに入っていた。そして、そのまま左京の足を踏みつけた。

「足を封じたぐらいで、斬れるとでも」

依然、左京の口元には微笑がただよっていた。

「思っちゃいないよ」

左京の顔から笑みが消えた。弥四郎は、残った右手で左京の刀を握った。刃の部分を素手で無造作に摑む。刀は、刃が走ることで肉を斬る。摑むだけでは斬れない。

「左京、刀を封じられた気分はどうだ。それとも、刀を動かして俺の掌を斬るか。その時は、俺の勝ちでいいんだよなぁ」

弥四郎はあえて踏んでいた足を外し、左京を自由にする。

「弥四郎さん、あなたは私が考えていた以上に馬鹿だったようだ。本当に無茶苦茶だよ」

弥四郎は左手にもつ刀を一閃《いっせん》させた。手応《てごた》えはない。左京は、刀を捨て背後へと大きく跳んでいた。右手を見ると、握られた刃があった。

得物を捨ててまで、斬りたくなかったのか。

いや――

弥四郎の右手が熱くなる。指の隙間から血が流れた。ほんのわずかにだが、左京は刀を動かした。つまり、斬ったのだ。右手を開くと、刀が溢れ落ちた。指の腹は切れているが、傷は深くない。指が動くことを確かめると、どっと汗が噴き出た。我ながら無謀な賭《か》けに出たものだ。

「私らしくないな。迷ってしまいましたよ。指を斬って負けを認めるか、それとも刀を捨てる屈辱を選ぶか」

左京がため息をついた。結果、その迷いが左京に弥四郎の指を斬らせた。

だが、切断にいたらぬ浅い傷をつけただけだ。

「これは、斬られたってことでいいんだよな。つまり、俺の勝ちだ」

弥四郎は血だらけの掌を左京に見せつけた。

「勿論《もちろん》ですよ。気分がいいですか」

嫌味な野郎だ、と弥四郎は内心で吐き捨てる。

「じゃあ、さっさと退《ひ》いてもらおうか。負け犬の皆様よ」

忍びが色めき立つ。

「馬鹿が、我らは遊びではないぞ。このまま帰せるか」

「残念だけど、私にとっては遊びなんですよ」

左京は脇差を抜いていた。切っ先が忍びの喉仏に添えられる。

「ただし、遊ぶ時は命懸けですけどね。こたびは私たちの負けです。退きましょう」

「我らを裏切るつもりか。道鑑殿、なんとかいってください」

まだ膝をつける道鑑が首をふった。

「左京の技量は、わしを凌駕《りょうが》している。その左京が負けたというのならば、我らは負けたのだ」

「依頼主が、それで納得すると思っているのか」

そう叫ぶ忍びに、道鑑は右腕を突き出した。

「仕事を果たせなかった報いは払う」

道鑑はつづいて左京を見た。左京は忍びにつきつけていた脇差を上段に構えなおす。

「おい、待て」「何をするつもりだ」

弥四郎と忍びの声が重なった。

左京が持つ刀が唸《うな》る。血飛沫《ちしぶき》が飛び散り、道鑑の右腕がごとりと大地に落ちた。大根でも拾うように、左京はそれを持ち上げた。そして、忍びの胸に押しつける。

「不手際の始末は、わが右腕が相当であろう」

いったのは、片腕を失った道鑑だ。顔からは急速に血の気が失《う》せつつあった。

「受け取ってください。新当流先代師範、足利道鑑の右腕です。これでも足らぬというならば、

「当代師範のこの私、西山左京の技でもって払いましょう」

十一

江戸の河原で、弥四郎は腰を落としていた。道鑑や左京たちと戦った頃の傷は、まだ痛む。あの一件から一年近くがたつというのにだ。あの後、左京や道鑑たちは退いた。弥四郎にかなうはずもない、忍びたちも同様だった。それ以降も山に籠《こも》った。

討ち手たちが、また来るはずだと思ったからだ。近藤の無念をはらすためにも、なんとか黒幕の名前を聞きだしたかった。刺客の気配を感じつつ、じりじりと襲撃を待つこと数ヶ月がたった。一変したのは、夏になってからだ。刺客の気配がぴたりと止み、忠利の使者がやってきた。そして、弥四郎は江戸の河原に戻ってきた。道場破りの用心棒を務める暮らしは、不思議なほどいつもと変わらない。

釣り糸を垂らしていると背後から気配が近づいてきた。貧乏御家人といった風情の忠利が腰を下ろす。手には弥四郎と同じく釣り竿があった。ふたりならんで、釣り糸を垂らす。

「随分と遅かったな」

「すいません、色々と後始末が大変で」

「もう危機は去ったのか」

「まあ、ひとまずは」

「どうやったのだ」

「本多正純殿が改易されたのは知っておりますか」

「ああ、あれは驚いた」

弥四郎が江戸に戻ってきて、しばらくしてからのことだった。山形最上家の改易の始末のため、出羽《でわ》国へと出張していた本多正純のもとに上使が訪れたのだ。そして、本多正純に改易を告げた。その理由は――

居城である宇都宮城《うつのみやじょう》に釣天井の罠を仕掛け、将軍秀忠を暗殺しようとした。

あまりにも荒唐無稽であるが、なぜか正純は一言の弁解もせずに罪を認めたという。

「細川家を改易せんとする謀ですが、実は次の長崎奉行をめぐる政争の一端でした」

忠利の説明を、弥四郎は黙って聞く。針の先の餌を魚がつついているのはわかったが、手は動かさなかった。

「なるほど、光殿は竹中って大名にまんまと騙《だま》されて、俺に依頼をしてしまったわけか」

「申し訳ありません。道鑑殿の伝手《つて》をつかい巧妙に噂を流されて、まんまと騙されてしまいました」

しかし、竹中の謀略は途中で頓挫《とんざ》した。長崎奉行に大名が就任することを嫌った旗本たちが反発したからだ。いや、正確には老中の土井利勝が旗本たちを焚きつけた。竹中が細川家を改易させようとしている。それに匹敵する手柄を旗本たちがあげれば、竹中の願いは却下しよう、と。

三十九万石の細川家に匹敵する手柄――それは伊達家や熊本加藤《くまもとかとう》家などの大藩を改易に追い込むことだ。あるいは、石高は細川家に及ばなくてもそれを凌駕する権益をもつ大名を葬る――有体にいえば土井利勝の政敵を失脚させる。

標的に選ばれたのが、本多正純であった。

「旗本たちは、見事に本多正純を改易に追い込みました。その手筈ができた時点で、竹中の負けです」

「つまり、俺を襲う必要もなくなったわけか。だが、正純の罪状はどうでっちあげたのだ。まさか、本当に釣天井を口実にしたわけではあるまい」

「すでに将軍様の内意は取り付けておりますれば、罪状など何でもいいのですよ」

つまるところ、将軍の秀忠が細川家ではなく正純の失脚を選んだということか。そこに何かの正義があるようには思えない。天上人の気まぐれで助かっただけのように思える。

「ただ奇妙なことがありまして。正純殿ですが、釣天井の件を弾劾された時、反論をしなかったのです」

「それは、抵抗するだけ無駄だと悟ったのだろう」

「ですが、驚きや狼狽《ろうばい》も一切なかったそうです。正純殿ほどの知恵者なれば抵抗は無意味だと悟るとしても、少しの混乱も見せないのは奇妙だと思いました」

「まるで、そうなることを知っていたかのようだといいたいのか」

忠利は口を真一文字に結んでいる。

「弥四郎殿、どうしてか知りたくないですか」

「光殿が知りたいのだろう」

「三十九万石の藩主は忙しいのですよ。正純殿は出羽国の由利《ゆり》に押し込められております。そこを訪れてくださりませんか。幕閣や目付に渡りはつけております」

弥四郎は釣り針を持ち上げて、糸を竿に巻きつけた。こたび、血を最も流したのは弥四郎だ。騒動の後始末として、正純改易の真相を知らねばならない。

十二

出羽国の由利にある正純の屋敷は、高い塀でぐるりと囲まれていた。人の背丈の倍ほどはあり、屋敷の屋根がかろうじて見える。門はあるが外から板で封印され、足軽たちがものものしい警護をしていた。案内をしてくれたのは、柳生の高弟の村田久次だ。宗矩から託された書状を足軽大将に渡すと、横にある潜り戸を開けてくれた。

中にある屋敷も異様だった。広い庭はあるが木々はなく、踏むと音が鳴る砂を敷き詰めている。大きな屋敷は広縁が一切なく、小さな窓がいくつかあるだけだ。出入り口は、弥四郎の正面にある引き戸ひとつだけのようだ。

これが閉門用の屋敷かと嘆息した。上等な牢屋といった方がしっくりとくる。

薄暗い一室に、本多正純はいた。小さな窓が天井近くにあるが、北向きのためにほとんど光が入ってこない。昼だというのに燭台《しょくだい》に火を灯《とも》していた。

「お主が細川殿のお使いか。見るところ、牢人のようだが」

歳の頃は六十の手前で、吊り上がった双眸《そうぼう》が狷介《けんかい》さを醸すかのようだ。

「はい。雲林院弥四郎と申します」

「ほう、お前がか」

「私のことをご存じなのですか」

「無論だ。これでも神君家康公の御代から老中だった身ぞ。土井と竹中めが、細川を罠にかけんとしているのは知っていた」

ぴくりと弥四郎の耳が動く。

「もしや、まんまと罠にはまる私のこともご存じだったのですか」

「当たり前だ。何度もいうが、わしは神君家康公の御代より謀略を駆使してきたのだぞ。利勝や重義あたりのひよっことは年季がちがうわ」

葬ってきた敵の数と巨大さで、この男に勝るものなど今の日ノ本にはいないであろう。

「奇妙ですな。それほどの策士が、どうして今の境遇に甘んじているのか」

策士、策に溺《おぼ》れる。そんな喩《たと》えが、嫌でも弥四郎の頭をよぎった。

「もう疲れたからよ。わしは少々、政敵を葬りすぎた。豊臣家は無論のこと、徳川の家臣もそうだ」

徳川家最大派閥だった大久保忠隣《ただちか》を失脚させた。いや、最大の敵は、その家臣で天下の総代官といわれた大久保長安《ながやす》だ。本多正純と熾烈《しれつ》な政治闘争を繰り広げたのは有名だ。そして、勝利したのは正純だった。天運に見放された長安は急死し、それを見計らったかのように不正蓄財が発覚し、長安の遺児七人が処刑され、大久保忠隣だけでなく長安派の大名も次々と改易された。

「わしの行き着く先はわかっていた。大久保長安と同じだ。奴もわしも、多くの政敵を粛清してきた。わしは、ああはなりたくなかった」

弥四郎に向けた瞳《ひとみ》は、意外なほど穏やかだ。

「弥四郎よ、政略争いの連鎖から抜け出すにはいかにすればいいと思う」

畳に目をやり考える。答えはすぐに出た。弥四郎も忠利にそれを提案したことがある。半分冗談混じりではあるが――

「殺されぬ程度の罪をかぶり、改易の罰を受ける」

正純はにやりと笑ってみせた。

「そんな時に、利勝の下で竹中と旗本たちの争いが起きているのを知った。旗本たちが、何とか竹中を出し抜こうとしていた。その生贄《いけにえ》を求めていた」

そして、正純は自らその生贄となることを決めた。

「旗本たちの耳に入るように、釣天井の噂を流した。無論、そんなものは宇都宮城にはないがな。そういう疑いが出たというだけで、十分に処罰には値しよう」

土井利勝にとっても、正純を失脚させられるのは願ってもないことだった。正純を排除できれば、幕府の権力の全てを掌中に収められる。どんな巨大な大名を改易するよりも大きな手柄だ。その結果として、細川家への謀略は止められた。

「そして、わしは見事に望むべき地位を得た」

明かりが差し込まぬ部屋を誇示するように、正純は両手を広げた。

「ここならば、もう誰も傷つけずにすむし、誰からもわしは傷つけられない。一生の安泰を得たのじゃ」

それが、弥四郎にとっては幸せだとは思えなかった。

「わしはこの歳になって、初めて安眠というものを知った」

はっと弥四郎は顔をあげる。正純の顔は歳よりもずっと老けて見えた。政敵との戦いが、いかに心身を疲弊させたかを如実に物語っている。

「のう、弥四郎よ、忠利殿はきっとわしのことを羨ましいと思っているであろうな」

忠利は三十九万石の大名の地位などは望んでいない。そういう意味では、目の前の正純と似ている。だが、忠利はその地位を守ろうとし、正純は躊躇《ちゅうちょ》なく捨てた。

「わしと忠利殿の違いはなんだと思う」

「忠利様は優しいお方です」

「もう少し詳しく」

「正純様のように家臣を見捨てて、ひとりだけ身の安泰を求めるのをよしとはしません」

「大した肝だ。閉門の身とはいえ、元老中のわしにそこまでいうか。だがな、そんな忠利殿は愚かだと思わぬか。好きな道を進めず、己を殺し、他人のために心をすり減らす」

「ですが、私はそんな光殿のことが好きであります。男児として好ましく思っています」

「だから、お主は命がけで忠利殿を助けたのか」

こくりと弥四郎はうなずく。

「忠利殿は果報ものよな。もし、お主の様な男がわしの――」

途中で正純は言葉を飲み込んだ。皮肉に満ちた笑みを顔に貼りつける。

「もう、いくがいい。これ以上の面会は怪しまれよう。だが、ひとつ忠告をしておこう。竹中めを甘く見ないほうがいい。奴はまだ長崎奉行の地位を諦《あきら》めておらぬし、きっと細川家の所領もだ」

弥四郎をじっと見つめる。

「わしならば、玄也を消す」

玄也を匿う限り、貪欲な重義は細川家を追及する手を止めぬであろう、という。

「とはいえ、優しい忠利公には無理な注文だろうがな。弥四郎とやら、覚えておけ。時に憐憫《れんびん》は残酷な結果を生む。玄也ひとりをかばうために、こたび以上の難局に立ち向かわねばならぬであろうよ」

弥四郎は立ち上がり、ひとつしかない出入り口へと向かう。

戸を開く前に、正純へと顔を向けた。

「きっと、それは光殿も承知の上でしょう」

「そして、お主もそれを承知の上で忠利殿を守るのだな」

一礼して部屋を辞した。木がひとつもない庭を抜けて、潜り戸から屋敷の外へと出る。空には鳥が羽ばたいている。高い塀を飛び越えて、正純の屋敷の屋根に止まった。

五章

剣悼

一

「旦那《だんな》様、この銭だと、あと百文追加してくれないと……」

申し訳なさそうにいったのは、宿屋の主人だ。掌《てのひら》の上には、先ほど弥四郎が払った銭の束がある。変わった銭銘で〝小倉通宝《つうほう》〟と書かれていた。

「なんだよ、ちゃんと枚数は足りてるはずだぞ」

「こちらの小倉通宝は、一枚一銭という訳にはいきませんで」

「これは細川藩が鋳造した銭だろう。まさか、小倉でもびた銭扱いか」

小倉通宝は、小倉三十九万石を領する細川家が鋳造した銭である。幕府は金銀の管理はしているが、銅銭は中国からの輸入品か民たちが勝手に鋳造したものしかない。黒田家や島津家は、従来の永楽《えいらく》通宝を鋳造して小さいながらも利益を出している。だが、忠利たち細川藩は、小倉通宝という全く新しい銅銭を鋳造したのだ。

「まさか、小倉で小倉通宝がこんなに価値が低いとはなあ」

「兄貴、やばいよ。これじゃあ、帰りは安宿にしか泊まれねえよ」

宇多丸が、残りの銭を必死に勘定している。

「じゃあ、光殿に無心しないといけないな」

今、弥四郎たちは光こと細川忠利の治める九州小倉へ来ている。忠利から招待を受けたのだが、旅費として支給された小倉通宝がまさか一枚一銭の価値がないとは思わなかった。なんとか、足りない分を手持ちの銭から出していると視線を感じた。宿屋の入り口に、若い武士たちが何人もたむろしている。

「兄貴、あいつらは何者かな」

宇多丸の声には、明らかに一悶着《ひともんちゃく》を楽しみにする風情が混じっている。

「さあな、まあ知らんふりしてさっさと部屋に行こう」

「もし、牙流弥四郎殿か」

はたして、武士たちが声をかけてくる。

「ちがう」と弥四郎が答える前に、「左様でございます」と宇多丸が即答する。

「我は、細川家家中の須佐美権之丞《すさみごんのじょう》と申す。殿が江戸から牙流なる兵法者を招聘《しょうへい》したと耳にしました。ぜひ、一手手合わせ願いたい」

若い武士たちは、腰の刀以外にも木刀を何本も持っていた。

「もちろんです。牙流に売られた喧嘩《けんか》を買わない法はありません。ねえ、弥四郎先生」

こういう時だけ、宇多丸は先生と呼ぶ。

「では、近隣の道場に参りましょう。もう、話はつけております」

こうなれば、先導する須佐美の後をついていくしかない。お忍びの忠利と落ち合うことになっていたのだが、少々予定が狂いそうだ。

「ちょっと待ってくれ」と、声をかけて足を止めさせた。「なにか」と、不機嫌そうに須佐美権之丞が振り向く。

「道場まで行くまでもないだろう。ここでやろう」

弥四郎が指さしたのは、川浜辺だ。

「しかし、それでは衆目が――」

無視して、弥四郎は浜へと降りていった。無礼な武士のいうがままにされるつもりはない。すでに喧嘩は始まっている。こちらの呼吸で勝負する。

「どうしたのだ。やらないのか。それとも道場でないと無理か」

須佐美らは、弥四郎の挑発にたやすく乗った。腕をまくり浜へと降りてくる。

互いに木刀を構えた。砂浜に滲《にじ》むような気合いを発している。

「若いなあ」と、弥四郎は目を細めた。あるいは、かつては弥四郎もこんな構えをしていたのかもしれない。もう、数えで五十二歳だ。須佐美ほどの力も速さもない。

凄《すさ》まじい勢いで打ち込んできた。勢いに抗《あらが》うことなく、弥四郎は後退していく。力も速さもなくなったが、決して弱くなったとは思わない。

事実、打ち込む須佐美の顔に玉のような汗が浮きはじめる。一方の弥四郎の呼吸は平静なままだ。鍔《つば》迫《ぜ》り合いに持ち込もうとする相手をいなし、体をいれかえ反撃へと移る。

弥四郎の木刀が、次々と相手の肌をかすった。若くはないが、今の剣が絶頂だという自負はある。事実、須佐美を赤子扱いしている。

相手の十の剣撃を、三の力でいなせるようになった。

太刀筋に緩急をつけ、見た以上の疾《はや》さを相手に感じさせる技も体得した。

最後は足を払い、喉元《のどもと》に木刀を突きつけて勝負をつけた。

「次は、それがしが相手だ」

別のひとりが木刀で打ちかかってきた。抜き胴で勝負をつけるのは容易《たやす》かったが、あえて受けた。江戸から小倉までの旅の道中、稽古《けいこ》は休んでいた。なまった体を目覚めさせるには、ちょうどいい。

「真っ正直に戦うんじゃなくて、砂を蹴《け》り上げて目潰《めつぶ》しとか色々と頭を使わないと」

ふと見ると、宇多丸が先ほど倒した須佐美に駆け寄って、弥四郎を倒す策を授けている。相手の突きをいなして、背中に軽く木刀を叩《たた》きこんだ。

「よし、次、行け」

宇多丸にけしかけられて、三人目が奇声とともに打ち込んできた。あえて大木まで後退して、相手の一刀をかわす。強《した》かに大木を打った相手の鳩尾《みぞおち》に柄《つか》をめり込ませた。

全員の相手が終わった頃、土手の上からこちらを見る人影に気づいた。

「どうだ。これが牙流弥四郎先生の腕前だ」

宇多丸がわがことのように誇る。

「牙流を連呼するな。今は一応、柳生の弟子という立場だ。それはそうと、お前、あいつらをけしかけたのは、俺と最後にやるためだろう」

「いやあ、ばれてたか。けど、全然、息が上がんないから諦《あきら》めたよ」

「ふん、昔は体の使い方がわかっていなかったのさ」

今の体の使い方と若い頃の力があれば、とないものねだりを考える時が間々ある。歳をとったことで、力みを自覚できるようになった。それを消すように動いていると、不思議と息も上がりにくい。

とはいうものの、坂を上がったりするのはきつくなった。滲む汗をふきつつ土手の頂きへつくと、待っていたのは紙子羽織、頭巾《ずきん》をかぶった商家の旦那風の男だった。

「弥四郎殿、決闘はここ小倉では禁忌ですぞ」

「決闘ではないさ、光殿。稽古をつけてやっただけだよ。しかも頼まれて仕方なく、だ」

細川忠利であった。以前、お忍びであった時は貧乏御家人の風だったが、今のほうが似合っている。忠利の目元には、しわがうっすらと入るようになった。

「それにしても宿の主人に一言、言い置いてもよかったでしょう。捜しましたよ」

「すぐに終わらせるつもりだったのだが、案外、楽しくなってな。それよりも、光殿の町を案内してくれるか」

忠利は、護衛らしき武士を従えていた。一応、忠利の姿にあわせて商人の姿をしているが、醸す武辺の気は隠しようがない。

忠利と歩く小倉の町は、潮をふくんだ風の香りが心地よかった。大河のような海峡が横たわり、向こうには門司《もじ》の町が見えている。港には人夫や商人が忙しげに行き来していた。商いの店をのぞくと、南蛮渡来と思《おぼ》しき壺《つぼ》や絨毯《じゅうたん》、天鵞絨《びろうど》の衣服などが売られている。

「しかし、町の様子はいいが、いただけないのはこれだな。一枚一文の価値もないなんて、びた銭もいいところだぞ」

弥四郎が取り出したのは、先ほどの小倉通宝だ。忠利の顔に苦いものが走る。

「いじめないでください。幕閣や大名仲間にも十分に笑われております」

小倉でとれる銅で鋳造したが造れば造るほど赤字になる銭だと、恥ずかしそうにいう。その割には、まだ鋳造所は閉鎖していないという。

「商いの様子はよくわかったよ。今度は、町民の街へ連れてってくれ」

長屋がひしめく狭い路地を歩いていると、聞き慣れぬ声が聞こえてきた。お経のようでも歌のようでもある。足を運ぼうとすると、「弥四郎殿」と忠利に止められた。

「そちらは行き止まりですよ」

「いや、聞いたこともないお経が聞こえたから」

「もう行きましょう。そろそろ船が来るころです」

お経から弥四郎を引き剝《は》がし、忠利が歩きだす。

道に不案内な弥四郎と宇多丸はついていかざるをえない。

次に忠利が案内したのは、港だ。大小様々な船がひしめき、人足たちが忙しげに働いている。

停泊した一艘《そう》の船へと入ると、南蛮の卓がありギヤマンの盃《さかずき》が置かれていた。

忠利が、南蛮酒を盃に注ぐ。

商人然とした忠利だが、掌には剣だこがある。精進は怠っていないようだ。

「弥四郎殿の武運を祈って」

「光殿の国つくりの成功と小倉通宝の失敗を祝って」

ふたりは盃をかちりとあわせた。

飲み干した時、一人の武士が船に近づいてくるのに気づいた。細川家の家臣のようだ。

「殿、江戸にて変事出来です」

武士が甲板の上で跪《ひざまず》いた。ちらりと弥四郎を訝《いぶか》しげに見る。

「構わぬ。今、ここで申せ」

「熊本加藤家に謀反の疑いありとのことです。噂が真《まこと》ならば、由々しき事態かと」

そういって武士は、熊本のある南方を不安げな表情で見る。

熊本加藤家は七本槍《しちほんやり》の加藤清正《きよまさ》を祖とし、石高は細川家をしのぐ五十四万石。今は清正の息子が統治している。謀反が起きれば、細川家にも間違いなく飛び火する。

二

料理屋の廊下を、弥四郎は歩いていた。襖《ふすま》の前を通りすぎるたびに、芸者たちの歌声や酔客たちの歓声が耳をついた。異国のものと思しき歌も聞こえてきたのは、港町小倉らしい風情だ。

「兄貴、この部屋のようだよ」

宇多丸がいったので、弥四郎は勢いよく開けた。

「久しぶりだな」

中で待っていたのは、浜田弥兵衛だった。日に焼けた肌ははりがあるが、髪は灰色になっている。ギヤマンの盃に赤い南蛮酒がなみなみと注がれ、ひとり手酌でやっていた。

弥四郎と宇多丸は、浜田と対面する位置に座った。

すでに三人分の膳《ぜん》は置かれている。

「御曹司、懐かしい刀を持ってるじゃないか」

目ざとく、弥四郎の苗刀《みょうとう》を見つけた。

「鍛造で苗刀を造ってみたんですよ」

差し出すと、浜田が鞘《さや》を抜いて刀身をしげしげと検分する。

「朱子固のことを思い出すな。いい得物を見つけたもんだ」

朝鮮から渡ってきた朱子固と弥四郎の稽古を面白がって見てくれたのは、浜田だった。そういえば、石垣原の戦いの時に苗刀をわざわざ贈ってくれたこともある。

「それはそうと、手酌とは浜田さんらしくないですね」

「末次の先代の顚末《てんまつ》は聞いているだろう。派手に遊んで目をつけられたくない」

浜田の主《あるじ》である末次平蔵《へいぞう》が処刑されたのは、二年前のことだ。密貿易をした罪とも、密貿易に加担した大名たちに口封じで処刑されたともいわれている。今はその息子が二代目末次平蔵として商売に精を出している。

「じゃあ、清介や雨勘がどうなったかはわからないですか」

「先代が死んでからは、危ない仕事からは足を洗った。ふたりの消息も耳にはしていない」

「なぜ、足を洗ったのですか」

「仕事を横取りされたのさ。竹中重義は知っているか」

本多正純が失脚した事件で、細川家を改易せんとした男だ。旗本との権力争いに敗れたが、その後に復活。今は、念願であった長崎奉行の地位を手に入れた。

「あの男に先代は足元をすくわれた。密貿易を持ちかけられて裏切られた」

末次屋が密貿易に手を染めていたのは、公然の秘密だ。少なくない幕閣や大名を儲《もう》けさせた。

「おかげで、先代の密貿易の美味《うま》い汁を全部、竹中に持っていかれちまった。牢人《ろうにん》を外《と》つ国《くに》に送る仕事も、だ。俺の育てた雲組もかっさらわれた。今や、末次屋は清く正しい朱印船貿易の商人に堕《お》ちちまった」

「じゃあ、竹中ならば清介や雨勘の消息を知っているんですかね」

「かもな」と、不味《まず》そうに浜田が酒を呑《の》む。

「浜田さん、熊本加藤家が謀反を起こすって噂は知っているかい」

「江戸の手代から飛脚で教えてもらった。子供の火遊びを謀反とは片腹痛いぜ」

謀反の真相は、たわいのないものだった。江戸の幕臣の屋敷に、謀反をもちかける書状が投げ入れられたのだ。熊本加藤家の家来が投げ入れたとわかった。その内容たるや杜撰《ずさん》なもので、将軍家光《いえみつ》が日光東照宮《にっこうとうしょうぐう》参拝のおり、その宿舎を襲うというものだ。釣天井で将軍を殺すという、本多正純失脚事件の模倣にすぎない。聞けば、熊本藩主の息子はたびたび謀反の真似事を戯れでしていたという。問題は、謀反の計画が真実か否かではない。幕閣は、豊臣恩顧の加藤家をよく思っていない。これを口実として、間違いなく改易に追い込む。

だが、加藤家は尚武の藩だ。家臣たちが抵抗することは十分にありえる。

細川家はじめ九州の諸侯は万が一の戦支度に忙しく、小倉の町も騒然としていた。

「加藤家の騒動に、竹中が噛《か》んでいるということはあるかな」

かつて細川家改易の謀《はかりごと》に加担した竹中重義なら、ありえると思った。

「それはわからねえ。竹中好みの謀なのは確かだ。ひとつ確実にいえるのは」

浜田が酒で濡《ぬ》れた口元をぬぐった。

「竹中は、この機を逃さない。熊本加藤家が改易されれば、竹中にとっては加増の好機だ。肥後《ひご》熊本を頂戴《ちょうだい》しようと考えてもおかしくない。末次屋から密貿易の美味い汁を奪ったようにな」

「もし、浜田さんが竹中ならどう動く」

「普通に考えれば、競りあう相手を罠《わな》にはめる。幕閣に賄賂《わいろ》を贈って熊本をもらうより、ずっと安上がりだ」

「競りあう相手ってのは誰がいると思う」

「そりゃあ、第一は細川家だろう」

やはりそうなるか、と思った。

「細川家が熊本に移れば、三十九万石から五十四万石の加増だ。ちょうどいい塩梅《あんばい》だ。だが、竹中はそれだと面白くない。間違いなく細川家に罠をかける」

三

「なあ、兄貴、いつまで小倉にいるんだよ」

宿屋で朝食を頬張りつつ、宇多丸が聞いてきた。かれこれ、一月ほども小倉に滞在している。

「仕方ねえだろう。加藤家が改易されるかもしれないんだぞ。細川家も間違いなく騒動に巻き込まれる」

「兄貴は細川家から禄《ろく》をもらってないだろう。お人好しだな」

「細川家のためじゃねえよ」

もっと個人的な紐帯《ちゅうたい》のため、だ。

「まあ、兄貴の心配事は当たるかもしんねえけどな」

「どういうことだ」

そうきいてから、漬物を口の中に放りこみ飯と一緒に噛み砕いた。宇多丸が顔を近づけ、小声でささやいた。

「小倉の町を散策した時、聞き慣れぬお経があったろう。あれは、キリシタンのオラショだ。細川家は禁制のキリシタンを匿《かくま》っている――とはいわないが、お目こぼししている」

オラショとは、節をつけたキリシタンの祈禱だ。元はラテン語だったらしいが、禁制になってからは日ノ本の言葉や節まわしをとりいれるようになったという。そういえば、オラショを聞いた時、忠利はやけに焦っていた。

「一方で竹中様は、キリシタンをむごく扱うことで知られている」

漬物をつまむ箸《はし》で、宇多丸は弥四郎の鼻先をさす。長崎のキリシタンを、竹中重義が過酷な拷問で転宗させたり処刑したりしているのは有名だ。島原《しまばら》の松倉家《まつくらけ》を説得し、雲仙《うんぜん》の火口に信者を放り込む地獄責めなども考案した。

「キリシタンの取り締まりに不備ありといわれたら、細川家は窮地に陥るかもしれないということか」

弥四郎は、皿の上の煮干しを指でつまみ口の中に放り込んだ。

「宇多丸、ちと行きたいところができた」

「どこへだよ」

「昔の馴染《なじ》みのところだ」

弥四郎は立ち上がり、さっさと出立の支度をする。慌てて、宇多丸がついてきた。

目指したのは、小倉の町外れにある村だ。

「なあ、ここに小笠原玄也殿はいるか」

村人に訊《き》くと、露骨に警戒の目を向けられた。

「あんた何者だ」

「昔の連れだよ。一緒に大坂にいった仲だ。雲林院弥四郎という」

名前を明かすが、まだ村人は信用しきっていないようだ。聞いたことのないお経が、弥四郎の耳をなでた。村人の顔も険しくなる。宇多丸を見ると、「お察しの通りで」とささやいた。この村は隠れキリシタンたちの住処《すみか》といったところか。

「諦めな。もう玄也さんはいないよ」

「ほう」と、弥四郎は顔をなでた。

「昔はいたのかい」

村人は無言だ。拒絶の気配が濃く伝わってくる。民家から村人たちが続々と出てきた。弥四郎たちを遠巻きに囲む。手には鍬《くわ》を持っているが、畑を耕すには時季外れだ。

「玄也殿が戻ってきたら、弥四郎が訪ねてきたと伝えてくれ。小倉の宿にいる」

これ以上刺激するのは得策ではないと判断し、宿の名前も教えた。

弥四郎は村人たちに背を向けた。敵意のこもった視線が背中にいくつも刺さる。

「兄貴、村を探ろうか」

宇多丸がそっと声をかけた。

「さて、どうしようかなあ」

弥四郎は呑気《のんき》な声で応じる。探るのはいいが、彼らの信仰の秘密を暴くようで気が引ける。村にいる玄也が、弥四郎の泊まる宿を訪ねてくれればいいのだが。

「もし、弥四郎様ですか」と、背後から声がかかった。

ひとりの女性が立っている。歳の頃は二十歳くらいか。美しさと鋭さを兼ね備えた瞳《ひとみ》は茶色で、高い鼻梁《びりょう》が意志の強さを感じさせる。枇杷《びわ》色の小袖《こそで》に黒袴《くろばかま》、腰には刀を差していた。

「そうだが、何か御用かな」

「本当に弥四郎様でしょうか」

鋭い目つきを崩さずに、女はいう。

「無礼な奴ですねぇ。呼びかけておいて、名乗りやがらねえ」

そういうわりには、宇多丸は嬉《うれ》しそうだ。またしても一悶着を期待しているのだ。

「もちろん、まことだ」

「確かめてもよいでしょうか」

「おれが本物の雲林院弥四郎かどうかをかね」

「ご本人かどうかはもちろんですが」

女が腰を落とした。居合の構えをとる。

「噂通りの力量かどうかを確かめたくあります」

「失礼だろう」

「百も承知」

女の体が沈みこむや地面を蹴った。糸をたぐるように、弥四郎の懐へと飛び込む。居合は鞘内の勝負、抜かせてしまえば力は半減する。弥四郎はあえて女の間合いで受けてたつ。

鞘走りの音と剣光は同時だった。唐竹割りの太刀を、刀の柄で弾《はじ》く。反動を利して、鞘で女のこめかみを狙ったがよけられた。女の二の太刀、三の太刀は、居合よりもずっと疾《はや》かった。しかし、弥四郎はすでに見切っている。

「これで力量の証左にはなったのでは」

いまだ弥四郎の刀は鞘の内だ。

「まだまだです」

女は片手打ちで胴を払った。両手打ちよりも間合いは長いが、その分、御するのが難しい。かすらせるようにしてよけ、一気に間合いをつめた。足を払い勝負をつける。そう思った刹那《せつな》、空いていた女の片手が動く。黒光りする銃身が見えた。

短筒だと気づいた時には、轟音《ごうおん》が響いていた。弥四郎の頭に火薬の燃え滓《かす》が降り注ぐ。女が握る短筒を、すんでのところで鞘のついた刀で上へと撥《は》ねあげていた。

「お見事です」

そういうわりには、女の表情は全く変わっていない。

「おい、女、短筒とは卑怯《ひきょう》じゃないか」

食ってかかる宇多丸を「よせ」と弥四郎は止めた。

「別に短筒を使っちゃいかんという約束はしてない。お前だって俺と真剣勝負すれば、手裏剣を使うだろう。それと同じだ」

先ほどの音から察するに、弾は入っていなかったはずだ。火薬だけを筒に詰めたのだ。短筒を使った奇襲を見抜けるか否かで、弥四郎の実力を測ろうとしたのだろう。

自然と弥四郎の頬がゆるむ。大したものだ、と思った。女は、短筒をあえて至近で撃った。遠《とお》間《あい》でなく、近間《ちかま》を制する太刀がわりに使ったのだ。よほどの胆力の持ち主でないとできない。

「珍しい得物だな。火打ち石が火縄がわりの短筒とはな」

弥四郎は女の短筒を見た。火縄がついていない。ゆえに、弥四郎は懐に隠した短筒に気づけなかった。尋常の短筒ならば火縄からでる煙の臭いを、嗅《か》ぎとったはずだ。

「この絡繰銃を知っているのですか」

「大友様が火打ち石の鉄砲を南蛮人から贈られたと聞いたことがある。見るのは初めてだがな」

火縄のかわりに引き金を引くことで火打ち石が発火する。ただ、精度はよくない。

「それにしても、よく引きつけたものだ。反応が遅れていれば、負けていたな」

戦いにおいて、独自の工夫ができる者を見ると無性に嬉しくなる。その気性は昔からあったが、歳をとってなおその傾向が強くなったような気がする。

「こんなの技でもなんでもねえよ」

一方の宇多丸は、珍しく不機嫌だ。忍びとして、隠し短筒に気づかなかったことに腹を立てているのだろうか。

「で、お主は何者なのだ」

「失礼いたしました。小笠原玄也が娘、景《けい》といいます」

「ほう、玄也殿の娘御か」

それにしては顔が似ていないな、と思った。茶色の瞳と高い鼻梁が、なおさらその印象を強くする。

「弥四郎様と見込んでお願いがあります」

景は両膝《りょうひざ》をついた。刀と短筒を地面に置く。

「わが父を救っていただきたいのです」

そして、深々と頭を下げた。

四

「よりにもよって、熊本へ行ったのか。しかも、仇討《かたきう》ちだと」

弥四郎は頭を抱えた。ふたりが案内されたのは、山中にある炭小屋だ。景が語るには、玄也は子や妻を置いて、熊本へ旅立ったという。

熊本のある肥後国は過半を加藤家が領有しているが、元々は小西行長と二分されていた。加藤家が北半分、小西家が南半分。加藤清正は熱心な日蓮《にちれん》宗徒で、小西行長は篤実なキリシタンだった。関ヶ原合戦に負けた行長は処刑され、その領地を清正が併呑《へいどん》した。肥後南半国のキリシタンに、加藤家は弾圧を徹底し、玄也の知人が多く殉死した。

「その時、キリシタンたちを多く手にかけたのが、高田《たかだ》禅兵衛《ぜんべえ》と武藤《むとう》道沈《どうちん》という加藤家の家臣です。父の仲間も多く磔《はりつけ》や火炙《ひあぶ》りにされました。幼い子もいたそうです」

景は淡々と語る。

「お前、女のくせに怖いことを平然というなあ」

茶々をいれたのは宇多丸だったが、景の顔色は変わることがない。逆に、宇多丸が居心地悪そうに弥四郎を見た。

「玄也殿は、その高田禅兵衛と武藤道沈を討ちにいったのか」

「私たちは止めましたが無理でした。届いた便りでは、高田禅兵衛らは改易に反対し、砦《とりで》に立て籠《こも》っているそうです」

ただでさえ、加藤家の改易騒動が注目されている時に、玄也がその渦中に飛び込む。座視すれば、間違いなく細川家が巻き込まれる。

「まさか、兄貴、熊本に行くつもりか」

言外に、細川家に任せろと忠告しているのがわかった。

「牢人の俺なら動きやすいだろう」

下手を打っても、忠利にまで累がおよぶことはない。

「姉貴、誰だ、そいつらは」

炭焼き小屋の入り口から鋭い声がかかった。景とよく似た顔つきの若者が立っている。景よりも双眸《そうぼう》が吊《つ》り上がり、それが美しい顔立ちに悲壮の色を加えていた。油断なく刀の鯉口《こいぐち》を切っている。

「こちらは、雲林院弥四郎殿です」

弟が凄まじい敵意を放っているのに、平然と景が紹介する。

「大坂で父と一緒だった雲林院弥四郎だというのか。本物か」

「そういう言葉は、俺たちの前でいうもんじゃない」

「黙れ」と、弟が一喝した。

「兄貴、怒られたねえ」

宇多丸が嬉しそうにいう。

「よしなさい。喜内《きない》、この方は強い。すでに腕は確かめました」

弟――名前を喜内というようだ――の形のいい眉《まゆ》がぴくりと動いた。

「短筒の技を見破られました」

「姉貴、こいつらを信用するのか」

景は静かにうなずいた。

「じゃあ、好きにすればいい。俺は信用しない。それだけだ」

喜内は背を向けた。

「この姉にして、この弟ありだなあ。性根がゆがんでいやがる」

宇多丸が嫌味をいうが、景の秀麗な顔に変化が起こることはなかった。

五

血の臭いは、弥四郎がいる森の中まで漂ってきていた。カラスがしきりに空を飛来している。

喜内は険しい顔をつくり、景の方はいつもと変わらぬ表情で佇《たたず》んでいる。

「兄貴」と、宇多丸が藪《やぶ》をかきわけて出てきた。

「どうだった」

「三十人ほどはいる。牢人崩れも多いぜ」

弥四郎らは、肥後国熊本へと入っていた。

高田禅兵衛らがこもる村のすぐ近くの森に潜んでいる。

「村人はどうでした」

訊いたのは景だ。かすかに憂いの色が浮かんでいた。高田禅兵衛たちが立て籠るのが、キリシタンたちの村だというのはすでに調べがついている。

「ひでえもんだ。十人ほどが殺されている。女子供もいた。残りは、蔵に閉じ込められているみたいだが、饐《す》えた臭いがした」

「くそ」と、罵声《ばせい》を放ったのは喜内だ。頭上をまたカラスたちが通りすぎる。

「弥四郎様、どうします」

さすがの景の声も重い。

「ふん、玄也殿を待つよりも、悪人退治を優先した方がよさそうだな」

弥四郎は顎《あご》をなでた。高田禅兵衛らの籠る村をはっていれば、玄也に労せずして会えると思っていたが、その前に一仕事が必要なようだ。

宇多丸が探ってきた敵の布陣を地面に書く。それを吟味して、弥四郎が攻め方を考える。弥四郎と喜内が正面から攻め、景が遊撃、宇多丸が後衛として援護する。

「兄貴、二手に別れた方がいいんじゃないか」

宇多丸の提案に、弥四郎は首を振った。

「会って数日の俺たちに連携は無理だ。それに、一方向から攻めるのは理由がある。夕日を背にして、戦えるからだ」

弥四郎が三人を見回した。宇多丸は感心するように顎をなでている。反対の声がでなかったので、さらに細かい内容を詰めた。

「さて、前で戦う喜内にいっておくことがある。敵が多いからといって、力を温存しようなどとは思うなよ」

喜内が怪訝《けげん》そうな顔をした。

「兄貴は、お前がへばっても助けてやるっていってんだよ」

宇多丸の言葉に、喜内が露骨に顔をしかめた。

「あとは、仏頂面の姉ちゃんの方は俺の指示をよく聞いとけよ」

景は宇多丸の嫌味など聞こえていないかのようだが、わずかにうなずいた。

「じゃあ、行くか」

弥四郎のすぐ後ろに宇多丸がつづく。

「いやあ、兄貴も成長するんですね」

「どういうことだ」

「なんか、ちゃんとした策を考えてたのに驚いて。あの姉弟には面倒見がいいっていうか」

そういえばそうだな、と思った。今までは出たとこ勝負か、宇多丸に考えさせることが多かった。あるいは仲間が傷つくことなど考えずに、ひたすら戦った。

「足手まといがいる方が、人間ってのは成長するんだなあって、新たな発見がありましたよ」

宇多丸がわざと後ろにいる姉弟に聞こえるようにいった。喜内は唾《つば》を吐いて不機嫌さを表明しているが、景はただ黙々と歩くだけだ。

木の影が最も長くなる頃、弥四郎たちは村についた。これ以上、遅れれば日が沈む。

「行くぞ」

弥四郎と喜内は同時に走り出した。自らの影を追うように駆ける。先んじたのは、喜内だ。脚力では若い者には敵《かな》わないのか、と弥四郎は心中で苦笑した。

「何者だ」

誰何《すいか》した番兵は三人いた。手を顔の前にかざしているのは、西日がまぶしいのだ。

喜内が飛び込んだ。鞘は払っていない。居合だ。躊躇《ちゅうちょ》なく斬撃を見舞った。吹き上がる血飛沫《ちしぶき》が陽光と混じりあう。

ほう、と弥四郎が声を漏らした。三太刀を浴びせたが、全て居合だった。つまり、ひとり斬るごとに刀を鞘に納めたのだ。事実、今も刀は鞘の中だ。抜刀の速い剣士は多く見るが、納刀が速い剣士は初めてだ。笛が鳴りひびいたと思ったら、敵が大勢現れた。よく訓練されている。さすが熊本加藤家の藩士たちというところか。

「喜内、地の利を忘れるな」

いいつつ弥四郎が、敵を斬り伏せた。飛び出しすぎて囲まれれば、西日を背におう利が消える。

だが、喜内は聞いていないのか、先走るようにして敵への間合いを詰める。

「狼狽《うろた》えるな。敵は四人だけだ」

遠くから指示の声が飛ぶ。見ると、屋根の上に人がいる。ふたりだ。佇まいから、高田禅兵衛と武藤道沈だろう。前衛、遊撃、後衛に役割分担する弥四郎らは縦に長い布陣だ。横腹をつかれるとまずい。事実、屋根の上の男ふたりは的確に指示を出している。

こちらを分断する意図は明白だ。

「景、お前が射《う》て。こっちは死角だ」

宇多丸の指示に、景が短筒を構える。銃声が響き渡るのと、屋根の上から男がひとり滑り落ちるのは同時だった。当たったのではない。間合いを一気につめるため、屋根の上を滑ったのだ。

庇《ひさし》から飛び降りた男が反りの強い刀を抜き、景へと襲いかかった。

短筒を捨てた景の居合の一刀を難なく受ける。つづく二の太刀を景は繰り出せなかった。敵の斬撃の方が速い。景は受けるので精一杯だ。弥四郎は助けにいけない。もうひとりの男が、屋根から滑りおりて弥四郎の前に立ち塞《ふさ》がっている。頭を丸めた僧体だった。長い袖は縛っており、手には薙刀《なぎなた》が握られている。きっと、この男が武藤道沈だろう。

宇多丸は横から襲ってきた敵と矢戦を演じ、突出した喜内は大勢の敵に囲まれていた。もう刀を鞘に戻す暇もなく、敵と斬り結んでいる。

高田禅兵衛と思しき武者の刃が、景の肩を切った。枇杷色の小袖に血が滲みだす。

「女、貴様も邪教徒だな。火縄のない短筒とは、キリシタンはよくよく妙術もどきの技を使いおるわ」

高田禅兵衛は、足元に落ちていた短筒を蹴った。

景は無言だ。汗と血を流し、肩で息をしている。

「刀を鞘に戻してみろ。邪教徒の居合など通用せんことを、わしが教えてやる」

景の眉がぴくりと動いた。素早い動作で、刀を鞘に戻す。腰を極限まで落とした。半身になり、反対側の腰を相手に隠すような異様な構えだった。

高田禅兵衛の一刀がうなりをあげて襲う。

銃声が轟《とどろ》いた。高田禅兵衛の額に孔《あな》が穿《うが》たれている。放ったのは、景だ。半身になった左手で、もう一挺《ちょう》隠し持っていた短筒を射ったのだ。

「短筒の二刀流とはな」

弥四郎はうなった。一方、斬り結んでいた武藤道沈の顔がゆがむ。

「頭がやられた」

「逃げろ」

賊たちが散り散りになって逃げていく。武藤道沈もそれにつづく。

「宇多丸は、蔵の中の人を救え。景殿も、だ」

喜内にも指示を飛ばそうと思ったが、もう敵を追いかけている。

弥四郎は、喜内の背中を追った。林の中を、どんどんと奥へと分け入っていく。カラスたちがけたたましく鳴いていた。日は暮れようとしている。

「くそ」

木を蹴りあげる。完全に見失った。武藤道沈だけでなく、喜内もだ。空はまだ紺色の明るさを残しているが、足元は覚束《おぼつか》ない。

「あの若造、戻ったらぶん殴ってやる」

喜内が先走ったため地の利を失い、窮地に陥った。だが、すぐに怒りがしぼむ。横腹を手でさする。若い者に負けるつもりはないが、走りも感情ももう体力が追いつかない。

ぼうと、木々の間から灯《あか》りが見えた。

誰かがいる。弥四郎は刀を握りなおし、慎重に近づいた。法体の男が倒れていた。あれは、武藤道沈だ。大きく袈裟《けさ》掛けに斬られている。手下たち数人も血の海に沈んでいた。血刀を持つ男が、十人ほどはいるだろうか。弥四郎は木陰に身を隠す。なぜ、武藤道沈たちを殺したのだろうか。正体がわからぬうちは、姿を現すのは危険だ。

「ふん、口ほどにもねえ」

長《おさ》と思しき男は小兵で、奇妙な得物を持っていた。杖術《じょうじゅつ》の棒で、両端に刃物がついている。切っ先はどちらも血肉がこびりついていた。

なぜか、弥四郎の胸が苦しくなる。

「これだけか」

そう問う男の顔は影になって見えない。

「高田禅兵衛って奴もいるそうです。三十人ほどで村に籠っているという話です」

「そりゃよかったぜ。まだ殺し足りねえ」

男が手下に命じて持ってこさせたのは、煙管《キセル》だ。随分と管が短い。火をつけて甘い匂いのする煙を立ち込めさせる。

手下の持つ松明《たいまつ》が、何度か男の顔に落ちた影を洗う。傷が縦横に走っていた。

「あと何人残っていたって、俺たち雲組の敵じゃあないだろうがな」

思わず弥四郎は立ち上がる。手下たちが一斉にこちらへと振り向いた。

「なんだ、貴様は」

「道沈たちの仲間か」

槍や刀を突きつける手下を、煙管をくわえる男が棒で制した。弥四郎の心臓が極限まで跳ねる。もう、息はできない。

「かなりの腕前と見た。お前が高田禅兵衛か」

白い煙を弥四郎に吐きかけるが、届くほどの間合いではない。

「今、なんといった。雲組といわなかったか……」

ぴくりと男の肩が動いた。

「その声は──」

男の語尾が震えていた。手下たちが怪訝な目をよこす。

「ど、どこかで聞いたことがある」

男は頭を抱えた。ひどく苦しそうにして考えこむ。指に挟んだ煙管が小刻みに揺れた。

「勘十郎さん、大丈夫ですか」

松明を持つ手下のひとりがよりそった。勘十郎と呼ばれた男の体を浮かび上がらせる。小兵だが、筋肉はがっしりとついていた。

「勘十郎だと」

つぶやいた己の声を聞いて、弥四郎の総身が震えた。男は傷だらけの顔を、弥四郎に向ける。目が見開かれ、指に挟んでいた煙管がぽとりと落ちた。

「お、お前……まさか、弥四郎か」

かつて河原で稽古を積んだ仲間──雨森勘十郎がそこにいた。

六

「まさか、こんなところで弥四郎と会えるとはな」

傷だらけの顔を引き攣《つ》らせて、雨森勘十郎が笑った。ふかす煙管の煙がやけに甘い。

「雨勘、清介はどうした」

「雨勘か、懐かしい響きだぜ」

眠たげな目をむけてそういう。

「そんなことより、清介だ。あいつはどうしてるんだ」

「せいすけ」

鼻から白い煙を漏らしつつ、雨勘が首をかしげた。

「清介だ。中間清介。河原稽古の仲間だ。お前と一緒に、海を渡ったろう」

「ああ」

焦点のあわぬ目を彷徨《さまよ》わせ、雨勘がつづける。

「死んじまったよ」

「死んだだと、どうしてだ」

「…………」

「なんだ、なんといった。殺されたのか」

雨勘の肩に手をやろうとしたら、無理矢理に振り払われた。

「腹の病で死んだよ。呆気《あっけ》なかったな」

どこを見ているかわからぬ目でいう。

「勘十郎さん、他の仲間を呼ぶぜ」

手下のひとりがそういって笛を鳴らした。草を踏みしめる音がやってくる。ひとりでなく大勢だ。讃美歌《さんびか》も聞こえてきた。木組みの十字架を旗指物のように掲げる一団だった。雲組を名乗る雨勘らと違い、荒事とは無縁の雰囲気がただよっている。

「や、弥四郎様」

「玄也殿か」

十字架を先導するように歩いていたのは、小笠原玄也だった。以前会ったときは小柄で細身だと思ったが、より一層痩《や》せて頰骨が浮かんでいる。口を覆う髭《ひげ》が、信仰者然とした雰囲気を醸していた。

「なぜ、ここにいるのですか」

「熊本に変事ありと聞いてな。ああ、あんたの娘と息子も一緒だよ」

「それは、景と喜内ですか」

「そうだ。キリシタンの村にいる」

「わしのことは放っておけと、あれほどいったのに」

玄也が木を殴りつける。修道服を着た信徒が、ひとり歩みよってきた。白い髭と力士のように恰幅《かっぷく》のいい体を持っている。微笑で目を細めつつ「マテウス殿」と玄也を洗礼名で呼ぶ。

「こちらの方は、お仲間でしょうか」

「ああ、ペドロ様、そうです。昔の仲間です。弥四郎様といいます。キリシタンではありませんが、信用できる方です」

玄也らのやりとりを聞きつつ、一団の様子を見る。新たに現れた仲間はクルスを体のどこかに身につけているが、雲組を名乗る雨勘ら牢人たちはそれがない。キリシタンに雇われた牢人だろうか。

「マテウスさんよ、高田禅兵衛のほうは弥四郎とかいうこっちの御仁がやっつけてくれた。俺たちは、この武藤道沈っていう糞《くそ》坊主を斬った」

雨勘の手下が笑いかけた。玄也が武藤道沈の骸《むくろ》に駆け寄り、松明を近づけ顔を確かめた。

「異教徒め、キリシタンを苦しめた報いだ」

そう叫んで、唾を吐きかける。

「おい、よせ」

弥四郎が玄也を止めるが、雨勘の手下たちはにやにやと笑って傍観するだけだ。

「雨勘、お前の宗派は浄土宗《じょうど》だったな。キリシタンに鞍替《くらが》えしたのか」

騒動の間も、雨勘は切り株に気だるそうに腰を落としていた。

「浄土宗……だと。ば、馬鹿馬鹿しい。この世に……神や仏なんていると思っているのか。デウスも……またしかりだろう」

また煙管を口にくわえるが、もう煙は出ていない。

「どうしたんだ、お前らしくない」

よりそおうとした弥四郎を、手下たちが遮った。

「勘弁してやってくれ、勘十郎さんは疲れているんだよ」

雨勘の前に厚い人の壁ができた。仕方なく、玄也へと振り返る。

「これで満足したろう。キリシタンたちの仇はとれた。ちがうか」

「いいえ」

玄也が首を横にふった。

「まだ殺したりないのか」

「仇よりももっと大切なことがあります」

玄也が首にかけたクルスの位置を整えた。

「私はとうとう見つけたのです」

「見つけた、だと」

「はい、奇跡の子です。日ノ本のキリシタンを救ってくれる救世主を、とうとう見つけたのです」

その目は感激のためか涙で潤んでいた。

七

玄也たちが乗った小舟が、夜の海を渡っていく。村で救出したキリシタンたちが大勢乗っていた。その一方で、玄也と宇多丸にはいくつも銃口が突きつけられる。

「不便をかけて申し訳ありませぬ。我らの姿を見られた以上、自由に動いてもらうわけにはいかぬのです」

そう詫《わ》びる玄也の左右を、銃を構える男たちが守っている。

「どこへ連れてゆく気だ」

ちらと横を見ると、もう一艘の船がある。小早船《こばやぶね》といって、弥四郎らが乗る小舟の倍以上の大きさだ。そこに景と喜内がいた。弥四郎たちのように銃は突きつけられていない。乗る前に、信徒が教義について何度も質問していた。キリシタンとして認められたのだろう。

「今から奇跡の子のもとに行きます。救世主の御業《みわざ》を見れば、弥四郎様も私たちの信じるものが正しいとわかってくれるはずです」

島が見えてきた。一刻半もあれば一周できそうな大きさだ。暗がりのなかだが、民家や林、田畑がある。しかし、灯をともした民家はない。田畑も荒れている。島に人が住んでいたのは過去の話のようだ。瓦礫《がれき》が散乱する港へと入った。突きつけられた銃に誘われるようにして砂浜を歩き、鬱蒼《うっそう》としげる林の道を行き、洞窟《どうくつ》へといたる。奥には格子で覆われた牢屋があった。

「明日の夕方までお待ちください。奇跡の子を見れば、きっと弥四郎様も我らの行いに賛同してくれるはずです」

そういって、玄也は弥四郎と宇多丸を牢屋へと閉じ込めた。ご丁寧に、ふたり別々の牢屋だ。隣同士なのが唯一の救いだろうか。

「今回は、廁《かわや》を使って逃げる手は使えないな」

異臭がする桶《おけ》が足元にあり、廁がわりだとわかる。

「俺は助かったぜ。逃げるためとはいえ、糞まみれになるのはごめんだからさ」

宇多丸はさっさと寝る用意をしている。岩肌が剝《む》き出しになった牢屋で、薄い茣蓙《ござ》があるだけだ。吹き込む風が嫌な音を立てている。門番は近くにはいないが、洞窟の入り口には人の気配があった。ちらちら見える影から雨勘の手下——雲組の衆のようだ。

「景殿と喜内が頼みの綱だな」

弥四郎も寝転んだ。

「あの姉弟は機転がききそうにねえからなあ」

宇多丸は、姉弟には厳しい。

弥四郎はいつのまにか眠っていた。目を覚ましたのは、洞窟の入り口からさしこむ太陽の光に気づいたからだ。とはいえ、できることはない。宇多丸とへらず口を叩きつつ、夕方になるのを待った。

差し込む陽光が赤みを帯びはじめる頃になって、弥四郎たちは牢を出された。後ろ手に縛られて、洞窟から一町ほど離れた浜に座らされる。風はなく、海は鏡面のように澄んでいた。砂浜には、痩せ細った民たちがいる。二十人ほどか。病や怪我をおっているのか、戸板に寝かされている者がほとんどだ。

「今より、奇跡の子、ジェロニモ様が参られます」

大きな声でいったのは、玄也だ。

「ご存じの方もおられるでしょうが、ジェロニモ様は耳が聞こえませぬ。とはいえ、騒々しいと精神の集中にさわりがあります。くれぐれも大きな声を出さぬよう」

そういって玄也は海へと目をやった。夕日を負うようにして、舟が現れた。舟の上には小さな人影がある。歳のころは、十歳ほどだろうか。舟が砂浜に乗り上げ、童の顔貌《がんぼう》がわかるようになった。大人びた顔立ちは小姓を思わせる。

「ジェロニモ様」

「どうか、我らに奇跡を」

「恩寵《おんちょう》をお与えください」

額を砂浜にすりつけ、民たちが懇願する。戸板に乗った傷病人は、苦しげに頭をあげていた。

ジェロニモと呼ばれた童は、ゆっくりとひとりの男へ歩みよる。病に苦しむ五十代の男で、吐血だろうか寝る戸板が赤く汚れていた。従者が差し出した盃に手をいれてジェロニモは指を濡らし、男の胸へぬった。次に従者が取り出したのは、管の短い煙管だ。厳かな所作で喫《す》い、白い煙を吐き出す。従者たちが讃美歌を歌う。ジェロニモが、苦しむ男の口に煙管をあてがった。胸を上下させて吸い、鼻や口から白い煙を漏らす。

「おおお」

歓声があがった。土気色になっていた男の顔色がよくなっている。

苦悶の表情は消え、安らかな笑みさえ浮かべる。

ジェロニモはさらに隣の男に歩みよる。むごく鞭《むち》打たれ高熱を発していた。同じように煙管を喫わせると、苦しげな声はぴたりと止み、しばらくすると顔色が穏やかになる。芝居かと思ったが、ちがう。目の前の男たちが痛みに苦しんでいたのは確かだ。

「奇跡の子だ」

「ママコス神父の予言は本当だったのだ」

民たちの歓声が夕焼けに溶けていく。

八

再び閉じ込められた牢の中で、弥四郎は腕を組んで沈思していた。ジェロニモという童のなした業を思い返していた。

「兄貴、まさかあんなインチキを信じているんじゃないだろうな」

隣の牢の宇多丸が声をかけた。

「しかし、病人や怪我人を治したぞ」

「兄貴、あれは治したんじゃない。痛みを感じなくさせただけだ。煙管で甘い煙を吸わせただろう。あれは、『本草綱目《ほんぞうこうもく》』にある阿芙蓉《あふよう》（阿片）だ」

「あふよう？」

「痛みを和らげる薬だ。夢見心地になって、痛みや苦しみを忘れさせてくれる。とはいえ、恐ろしく高価な薬だから、俺も以前に一度見たきりだけどな」

闇の中でもわかるほど、宇多丸は険しい顔をしている。阿芙蓉は芥子《けし》の実からでき、タイオワンがある高砂国《たかさごこく》（台湾《たいわん》）の民たちは、檳榔樹《びんろうじゅ》や煙草と混ぜて燃やしてその煙を吸うという。

「なるほど傷や病気が治ったわけじゃないわけか。おい、お前、なんでそんな怖い顔をしているんだ」

「阿芙蓉の薬は、たちが悪いんだよ。喫いすぎると、よくない症状が出る。手が震えたり、呂律《ろれつ》が回らなくなったり、悪寒を感じたり、起きながら悪夢を見たり……余命幾ばくもない人に使うのはいいさ。どうせ死ぬなら、苦しまない方がいい——うん、おい、兄貴、聞いているのか」

弥四郎の体が震えだしていた。脳裏によぎったのは、雨勘の姿だ。奴も、煙管を喫い、白い煙を吐き出していた。呂律も怪しく、まるで起きながら寝るかのようだった。

その時、風にのって甘い匂いが牢屋に運ばれてきた。月明かりを背負う人影がいる。十人ほどか。先頭の男は短い煙管を吸っていた。虚《うつろ》な目で雨森勘十郎が牢の中を睨《にら》みつける。以前とちがうのは、煙るほどに体から殺気がただよっていることだ。

宇多丸を見ると、こくりとうなずいた。やはり、だ。雨勘は阿芙蓉を喫っている。

扉を開けて弥四郎の牢に入ってきた。手には太い棒を持っている。

「弥四郎、お前が清介をやったのか」

「なんのことだ」

「とぼけるな。お前が清介を殺したんだろう」

虚な目がひび割れたように血走る。弥四郎は牢の外で待つ男たちを見た。

「お前たち、何を吹き込んだ」

「ほう、随分と察しがいいな」

男のひとりが笑った刹那、頭に衝撃が走る。勢いあまって、床に叩きつけられた。

「兄貴」と、宇多丸の声がする。首をひねると、血濡れの棒を持つ雨勘が立っていた。

「なぜ、殺した。仲間をどうして裏切った」

憎しみをこめて、雨勘が棒を振り下ろす。頭をかばい、なんとか背中で受けようとするが、蹴りを腹にいれられた。呼吸ができない体を、棒を使ってひっくりかえされ、さらに打擲《ちょうちゃく》が飛ぶ。

「お前が清介を殺したんだろう。呂宋で、清介の頭を砕いたのはお前だ」

「俺は、日ノ本にいた。どうやって殺すんだ」

血が口の中に入るのも構わずに、弥四郎は叫んだ。雨勘の両肩がびくりとはねる。目が揺れていた。苦しそうに頭を抱える。

「勘十郎さん、そいつの言葉に騙《だま》されちゃ駄目だ」

「そうだ。俺たちもそいつが清介さんを殺したのを見た」

手下たちの言葉に、雨勘がぶるぶると震え出す。

「勘十郎さん、これが切れたんだろう」

新しい煙管を、牢の隙間から手下が差し入れた。雨勘がひったくる。

「雨勘、やめろ。それは毒だ」

弥四郎の叫びも虚《むな》しく、雨勘はむさぼるようにして煙管を喫う。

「ああ……」

嗚咽《おえつ》とも愉悦ともとれる声を漏らした。

「許せねえ……」

雨勘の目が吊り上がる。

「清介を殺した奴は許さねえ」

怒声とともに棒を振り上げ、弥四郎に叩きつけた。できるのは、歯を食いしばり耐えることだけだった。打擲が終わったのは、雨勘が急に動かなくなったからだ。糸が切れた傀儡《くぐつ》のように、だらしなく格子にもたれかかる。

「弥四郎とかいったか、兄貴の相手をしてくれて礼をいうぜ」

手下たちが牢の中へと入り、雨勘の両脇を持って外へと運びだす。

「何日かに一度、ああなっちまうんだ。まあ、次もああなったらまた相手をしてやってくれ。古い馴染みなんだろう」

弥四郎は腫《は》れたまぶたを持ち上げた。視界はうっすらと朱色を帯びている。

「せ、清介は殺されたのか」

「そうらしいな。俺たちが雲組に加わったころには、勘十郎さんはこの様《ざま》さ」

「誰に殺されたんだ」

手下たちは運んでいる雨勘を見た。ぐったりとうなだれている。

「勘十郎さんだよ。呂宋で敵の捕虜になった時だ。清介って奴と一緒にな。敵は、ふたりに殺し合いをさせたらしい。どっちか一人を生かしてやるってな。まあ、外つ国での日ノ本の人間の扱いなんてそんなもんさ。犬や猫と変わらねえ。で、勘十郎さんは清介とかいう奴を殺して、この様になった」

九

潮騒と音曲が、竹中重義の耳朶《じだ》の中で混じりあっていた。船の揺れを感じつつ、酒の味を堪能《たんのう》する。

「竹中様、いかがですか。乗り心地は」

重義の前で平伏したのは、肥前《ひぜん》国島原の領主松倉家の家老だ。誇らしげに船のしつらえを説明する。

「さすがは外つ国を攻めるための船。実に心地よい乗り味だ」

松倉家は、将軍家光に呂宋への出兵を献策していた。キリシタンの本拠地を根絶やしにするというのが口実だ。そのために遠征用の船を造っていた。今、竹中らが乗るのがその中の一隻だ。竹中自身も初代末次平蔵が手がけた牢人派遣の商売を奪った身である。松倉の呂宋派兵計画は、商いを大きくするには渡りに船だった。

「その言葉を聞けば、わが殿も喜びましょう」

家老は目を細めていう。松倉家の当主の重政《しげまさ》は江戸におり、この場には不在だ。一方の竹中は長崎奉行を務める身である。長崎奉行は、異国船が多く訪れる六月から十月は長崎にいなければならない。竹中は加藤家の謀反騒動でさわがしい江戸を五月の半ばに出立して、今は九州の海で船に揺られている。

「先代様も竹中様によくしてもらいました。今の殿も大いに頼りにされております。今後とも深いお付き合いができれば、これに勝る幸運はありませぬ」

竹中は、松倉家の先代にキリシタン弾圧の方法を教え、それが雲仙普賢岳《ふげんだけ》での地獄責めへとつながった。

「何より、新しい領地を得るには、竹中様のお知恵は欠かせませぬ」

熊本加藤家は間違いなく改易される。だが、それだけなら細川家あたりが移封されて終わりだ。竹中らには、分割された旧細川領を加増される程度だ。が、細川家も同時に改易にあえばどうなるか。キリシタン弾圧に功があり、さらに呂宋出兵計画を進める竹中、松倉らに大領が転がりこむ。

「そのためには、細川家も改易に追い込まねばならぬが」

竹中は酒で湿った唇を舌でねぶった。

「ぬかりはありませぬ。細川家の旧臣どもが奇跡の子に食いつきました」

家老はさも嬉しそうに報告する。キリシタンの禁制が出てから、細川家のキリシタン家臣の多くが野に降った。彼らが、信仰の芯《しん》となる存在を希求しているのは知っている。

「それにしても、神がかった容色に奇術もこなす童を、よくぞ見つけたものですな」

「年貢を払えず、餓死した百姓の子が売られておった。なかなかの容色ゆえ、秘蔵した」

利用したのは、美童だからという理由だけではない。今から二十一年前の慶長《けいちょう》十六年、島原を追放された宣教師ママコスの予言があったからだ。

——今より二十六年後、幼い善人が出現する。
——その善人は、習わずとも文字を知る。
——出現の印は天にも現れるだろう。
——その時は野山に白旗が上がり、みなの額に十字架がたつ。
——東西の空の雲は焼け、人々の住処も野山の草木も焼滅する。

あと五年で、ママコス神父の予言の〝二十六年後〟になる。隠れキリシタンたちの間で予言への期待——幼き善人を希求する声が高まっていた。竹中はそれにつけこんだ。

「口も耳もきかぬゆえ、秘事を聞かれる心配も口外される恐れもありませんしな」

家老から十分に追従の言葉を引き出した後、竹中は「さて」と膝を打った。

「そろそろ最後の仕上げの刻《とき》よ」

奇跡の子とそこに集うキリシタンたちを一網打尽にし、裁きを受けさせる。

「竹中様、私めが兵を動かして島に集うキリシタンを捕らえてみせましょう。雲組と名乗る牢人の一団を、キリシタンの中に潜りこませております」

竹中は失笑を口の中で嚙み潰した。雲組と呼ばれる牢人たちを松倉に斡旋《あっせん》したのは、竹中だ。初代末次平蔵から奪った外つ国派兵の牢人たちを売ってやったのだ。

十

「弥四郎様」

女の声で、弥四郎は腫れたまぶたを持ち上げた。それだけで顔に激痛が走る。洞窟の入り口から景が走ってくるのが見えた。小袖と袴姿ではなく、白い修道服を着ている。その後ろには喜内がいて、こちらは首に白いひだ襟を巻く以外は、いつもと変わらぬ姿だった。

「大丈夫ですか」

格子ごしに声をかけてくる。

「だ、大丈夫だ。それより玄也殿は」

「父は、檄文《げきぶん》を書いております。細川家を辞したキリシタンの元家臣たちを集めるためです。多忙ゆえ、私たちがかわりに弥四郎様たちの様子を見るようにと……。一体、誰がこのような無体を」

「くそったれが」

弥四郎は血の唾を吐く。檄文とは穏やかではない。元細川家のキリシタンが挙兵すれば、細川家にも累がおよぶ。

「景殿、奇跡なんてまやかしだ。あれは全部、種がある」

「どういうことですか」

弥四郎は亜芙蓉のからくりを語ってきかせる。

「そんな細工があったのですか」

表情を変えずに驚く景には調子を狂わされるが、喜内は素直に感心してくれた。

「景殿、喜内、あんたらはキリシタンとしてこの馬鹿な企《たくら》みに殉じるつもりか。幕府に歯向かって勝てると思うのか」

景の顔に珍しく困惑の色が浮かんだ。

「俺は父のやることには反対だ」

いったのは喜内だった。

「あまりにも無謀すぎる。今ならキリシタンでも、静かに暮らしていける。危ない橋を渡る必要はない。父は間違っている」

「おい、姉貴の方はどうするんだ」

急《せ》かすようにいったのは、宇多丸だ。

「私は――」

唇を噛んで、景はしばし考える。

「私は父を救いたい。ただ、それだけです。私たちを育ててくれた恩があります」

「育ててくれたってことは、もしかして養子か」

弥四郎の問いかけに、景と喜内がうなずいた。

「死んだ母は、平戸《ひらど》で遊女をしておりました。南蛮の商人や船乗りを相手にすることが多く、生まれてきたのが私たちです」

「混血か」

宇多丸がうめいた。禁教令がでてから、混血児は冷遇されている。いずれ、国外に追放されるという噂だ。

「父を救うためなら、いかなることでもします」

景が膝をついた。弥四郎は宇多丸に目をやる。

「きっと黒幕は、雲組とかいう牢人たちだ。奴らの正体を探れ。あと、牢を破りたい。できれば鍵《かぎ》が欲しいが――針金があればこの錠ならば外せると思う」

宇多丸が錠前を指で弾いた。

「わかった。いう通りにしよう」

喜内がちらと背後を見た。洞窟の入り口の門番二人は談笑に忙しいようで、こちらを気にする素振りはない。

十一

景は磯の間に身をひそませ、談笑する雲組の牢人たちを見張っていた。釣りに興じる者や銛《もり》で魚を突こうとしている者、博打《ばくち》に興じる者など様々だ。牢人たちが騒ぎ始めた。あるいは気づかれたのか、と思ったが、彼らは景に背を向けたままだ。

海の上に大きな影が見えた。今まで見たことがないほど巨大な船だ。甲板から何艘かの小舟がおり、島へと漕《こ》ぎ出してくる。ここから離れた場所に無人の漁村があり、そこがキリシタンや牢人たちの住処になっていた。小舟は、そこを目指しているようだ。

「おい、連絡の船が来たぞ」

「やっとかよ待ちくたびれたぜ」

牢人たちが砂浜を走る様子から、これから大切な用事があるとわかった。景も漁村へと走った。

廃屋を装った家から時折、押し殺した礼拝の声が聞こえてくる。景は玄也のような熱心なキリシタンではないが、聞くだけで心が落ち着いた。

牢人たちが入っていったのは、かつての庄屋の屋敷だ。ところどころ屋根が破れている。

景は足音を殺し、屋敷へと近づく。途中で短刀を取り出し、裾《すそ》の長い修道服を切り太ももで結んだ。積まれた廃材を足場にして、屋根に上り破れた穴に体をねじこむ。梁《はり》の上を慎重に歩き、天井の割れ目でまた下に降りた。納戸のようで、灯りがないので薄暗い。手槍や薙刀、安物と一目でわかる甲冑《かっちゅう》が転がっている。埃《ほこり》が充満し、咳《せ》き込みそうになるのを必死にこらえた。話し声が近づいてくる。戸の向こう側からだ。

「ご家老様、それにしてもお早いおつきで」

声のあとに、足音が十以上もつづく。

「たるんでいるぞ。船がつく刻限は伝えていたはずだ」

権高な声が壁を震わせるかのようだ。納戸の入り口が音をたてて揺れる。

「畜生、いつもこの戸は開かねえんだ」

「いっそのこと蹴り破るか」

景は慌てて物陰に身を潜めた。

乱暴に戸が開き、十人ほどの男たちが入ってきた。

「ふん、もう少しましな場所はないのか」

先ほどの権高の声の持ち主は、裃《かみしも》を着た武士だった。顔を覆面で隠している。

「ご家老様には少々埃臭い思いをさせますが、まあ我慢してください」

牢人のひとりが具足櫃《びつ》の上に腰を下ろした。裃を着た武士は、従者の持っていた床几《しょうぎ》に尻《しり》を落とす。

「で、お話というのは」

「その前に、頭はいないのか」

「それは名目だけの頭ですか。それとも――」

「阿芙蓉で頭のおかしくなった神輿《みこし》に用はない」

「なら、もう少し待ってください」

また戸が乱暴に開かれた。入ってきたのは、白髯《はくぜん》の信徒だ。確か、名をペドロといったか。

「失礼、ミサが長引いたもので」

「信徒姿も板についておるではないか、白龍《パイロン》。倭寇《わこう》で暴れ回った男とは思えぬな」

「ご家老様にそういってもらえると、化けた甲斐《かい》もありますな」

白龍という男は、修道服を乱暴に脱ぐ。その上半身には、龍の刺青《いれずみ》が大きく入っていた。修道服を部下にあずけ、袖なしの小袖に腕を通す。きっと、こちらが本来の姿なのだろう。

「そろそろ、仕上げにかかれとのご命令だ。キリシタンたちを一網打尽にしろ」

「なるほど、松倉家と竹中家のお手柄となるわけですな」

「口を慎め」

「大丈夫ですよ。ネズミぐらいしか聞いちゃいない。それはそうと、生け捕りですか」

「いや、生かすのは数名だ。あとはいらん。殺せ」

裃の武士が紙切れを白龍に手渡した。手下が燭台《しよくだい》を近づけた。景が隠れていた行李《こうり》の影が動き、足があらわになる。慌てて引っ込めた。

「ほう、細川家の旧臣は残すのですか」

「なんとしても生かして捕らえろ。殺すことはまかりならん」

「まあ、大丈夫でしょう。キリシタンたちは自害を禁止されておりますから。よほどのことがない限り、生け捕れますよ」

指で白髯をとかしつつ白龍がいう。

「兄貴、ジェロニモの名前がねえぞ。殺しちまうのか」

燭台を持つ男が、白龍のもつ紙に顔を近づけた。

「口のきけぬ童にどうやって口を割らすのだ。筆談させる手間が惜しい」

武士は吐き捨てる。

「なるほど、わかりました。で、決行はいつですか」

「二日後だ。その日に、奇跡の御業をまた披露するのだろう」

「そりゃ、急だな」

「抜かりなく用意をしておけといったはずだが」

「もちろん、いつでもやれますよ。で、民たちを砂浜に集めた時にやりますか」

「いや、その後の祭礼の時の方が包囲しやすいだろう」

武士と牢人は淡々と謀を詰めていく。聞く景の脇に汗がにじむ。埃が喉を汚し、咳き込みたい衝動を必死に抑えた。

「さて、これで打ち合わせは終わりですね」

白龍が仲間に合図をした。牢人のひとりが棒を持ち、天井の板を動かす。景が忍びこんだ穴が塞がれた。

「何をするつもりだ」

武士の怪訝な声に、白龍は嘲《あざけ》りで返す。

「気づきませんでしたか。曲者《くせもの》ってやつが、潜んでいるんですよ」

「なんだと」と、武士が床几から腰を浮かした。鞘走りの音があちこちから聞こえる。景はそっと手を動かし、隠していた短筒を握る。あとは、短刀を持つだけだ。どうやっても敵わないが、覆面の武士を人質にとればあるいは――。

床に落ちる牢人や武士たちの影を凝視する。埃が口に入り、胸が痛くなった。

「出てこい」

「いるのはわかっているんだ」

牢人たちが納屋の中の行李や具足櫃、笊《ざる》を蹴りあげた。

飛び出すため、景は体勢を変えた。みしりと床が鳴る。一斉に牢人たちが振り返った。

景が潜む場所に、影がゆっくりと近づいてくる。

「ほう、こりゃまた珍しい曲者じゃねえか」

牢人の影が、景の隠れる場所を通りすぎた。ひとりでなく、二人三人とだ。隙間からそっと窺《うかが》った。ひとりの童が立っていた。燭台の灯りを受けて、大人びた瞳と整った輪郭が浮かびあがる。

奇跡の子のジェロニモだった。

「厄介だな。奇跡の子に聞かれたのか」

武士が吐き捨てた。

「ご安心を、こいつは耳も口も使えませんよ。そういう子を、ご家老様が連れてきたんでしょうに」

白龍がジェロニモの腕をとり、乱暴に引きずりだす。

「お前の見間違いだな。女が忍びこんだといっていたから、楽しみにしてたのによ」

「うるせえよ。忍びこんだ者は確かにいたんだから、間違いじゃねえ」

戸口を守る牢人の口論を、白龍が睨みつけて黙らせた。

「ジェロニモ様よ、そろそろ寝る刻限ですぜ」

牢人が無理矢理に引っ張るのを、ジェロニモは全力で振ってあらがった。胸で十字を切り壁をしきりにさす。とうとう両手をあわせ祈りはじめた。

「こんなところでお祈りするつもりか」

見れば、ジェロニモの向く壁に、クルスに見えなくもないシミがこびりついていた。

「聖痕《せいこん》とかいいだしかねないぜ。気味悪い」

「決行は近いんだ。余計な騒ぎにはしたくない。放っておけ。さ、ご家老様は辞去するのがよろしいかと」

白龍が目でうながすと、手下が軋《きし》む戸を無理矢理に開いた。ぞろぞろと牢人たちが出ていく。最後に白龍が、戸を乱暴に閉じた。

ジェロニモのために残された灯が揺れている。無言の祈りを、ジェロニモは捧《ささ》げていた。その様子を、景は物陰から見る。天井の穴は板で塞がれたままだ。

「もう出てきてもいいよ」

心臓が飛び跳ねた。汗が一気に噴き出る。

誰――と心中で問うた。

「景といったかい。もう出てきてもいいよ」

幼い声だった。ジェロニモがゆっくりと立ち上がり、景の隠れている物陰に顔を向けた。

「もう大丈夫だよ。安心して、密告するようなことはしない」

ジェロニモの形のいい唇が言葉を紡いでいる。景の心臓が早鐘を打つ。

「僕も秘密をひとつ明かした。耳も口もきけるという秘密をね。これでも、まだ僕を信用できないかい」

短筒をもつ腕で額をぬぐうと、びっしょりと汗をかいていた。景はゆっくりと物陰から姿を現す。銃口をジェロニモに向けた。

「私たちを騙していたの」

「仕方ないだろう。生き残るためだよ」

しゃべり慣れていないのか、喉にしきりに手をやっている。

「僕は殺されちゃうようだ。景や喜内はどうなんだろうね。玄也の子供だから、生かして拷問されるのかな。あれはとても辛《つら》いよ。死んだ方がましだ」

脅しているのだろうか。引き金にかける指が震えだす。

「安心して、少なくとも僕は敵ではないよ。まあ、味方というには憚《はばか》られるけどね」

「何を企んでいるの」

「企んでいるのは奴らの方さ。僕はただ生き残りたいだけだよ。景もそうだろう。僕を逃がしてくれないかい。舟とお金を用意してほしい。小舟でいい。二日後には牢人たちに殺される。今すぐに逃げないといけない」

「仲間を見捨てるの。病人や信者はどうするつもり」

「あんな詐術に騙されるような人は、仲間とは思いたくないね」

皮肉に満ちた笑みを、ジェロニモは浮かべる。

「捕まった男二人を助けたいんだろう。僕なら鍵を渡せるよ」

景はゆっくりと短筒を下ろした。ジェロニモが微笑を深める。

「逃がしてくれるんだね」

「ええ、ただし、あなただけじゃない。できる限りの人を救う」

「無理だよ。死ぬならいいけど、下手に生き残ると拷問されちゃうよ」

「覚悟のうちよ」

「これを見てもかい」

景は握る短筒を取り落としそうになった。ジェロニモが上着をはだけ、上半身をあらわにしている。そこにはむごい火傷《やけど》の痕《あと》があちこちにあった。上半身の半分以上を覆っている。火事などではなく、明らかに人の手によるものだった。

「弾圧を受けたの」

ジェロニモは首を横にふった。

「キリシタンだけど、拷問を受けた理由はちがう。それは上手に隠していた。父母が年貢を払えなかったのさ。代官が見せしめに僕を痛めつけた」

景の動揺に満足したのか、ジェロニモが上着で傷跡を隠した。

「僕がこんな体にされて、ようやく父母は年貢を払った。その代償として、ふたりは餓死しちゃったけどね」

「あなたは――」

「何を食べて生き残ったか聞きたいの」

景の体が激しく震えた。ジェロニモの目は傀儡のそれのように昏《くら》く冷たい。

「道端で死にかけていた僕を商人が拾って、竹中って大名に売った。口や耳がきけないふりをしたのは、煩わしいことを聞かれたくないからだ。それが幸いして、面白いものを盗めた」

ジェロニモは何通かの書状を差し出す。

「君にあげるよ。ただし、僕を逃してくれた後にだ。否というなら、この書状は燃やすだけさ」

ジェロニモは牢人たちが残した燭台に、書状を近づけた。揺れる灯が、壁にあったしみを照らしだす。それはクルスというより、誰かの血の痕に近いように思えた。

十二

「このぼんくらが」

宇多丸の罵声は小さかったが、怒りは過剰にこもっていた。

「こんな細い針金で、錠が破れるわけないだろう」

宇多丸が喜内の持ってきた針金を地面に叩きつけた。

「針金をいくつか用意するくらいの機転はきかねえのか」

「う、うるさい。俺は泥棒じゃないんだ。錠破りの針金なんてわかるか。ちゃんと教えないお前が悪いんだろう。待ってろ、太い針金を持ってきたらいいんだな」

「お前、洞窟前の牢番をのしたんだろう。まず、そいつらを洞窟の中に隠せ。ただでさえ難しい牢破りがお前のおかげで――」

「おい、それぐらいにしておけ。喜内、すぐに行動に移してくれ。牢番をここに運べ」

弥四郎の指示に、喜内が背を向けようとした時だ。

「弥四郎様」

景の声がした。洞窟の入り口から駆け寄ってくる。手には鍵を持っていた。さらに背中に負うのは、弥四郎の苗刀だ。

「おお、姉ちゃん、やるじゃねえか。ぼんくらの弟とは大違いだ」

宇多丸がこれみよがしにはしゃぐ。

「どうやって手に入れた」

「奇跡の子です。ジェロニモが鍵の場所を教えてくれました」

「それは、どういうことだ」

「説明は後です」

鍵を差し込むと、呆気なく錠が外れた。腰帯に景が奪い返してくれた苗刀を乱暴にぶっさした。

景が黒幕のことを教えてくれる。松倉家と竹中家が、キリシタンたちを一網打尽にするため刺客を大勢送ってくる、と無表情だが早口でいう。

「ジェロニモは」

「舟で逃げました。それより、これを見てください。ジェロニモが渡してくれたものです」

何枚かの書状を景が差し出す。書かれている文字は実に簡潔で、右上に四角い朱印が捺《お》されていた。

「竹中家に拾われた時、ジェロニモが密《ひそ》かに盗み出したものだといっておりました」

「兄貴、こりゃ、どえらいものだぜ」

宇多丸が上気した声でいう。

「景殿、これを持って細川家へ行ってくれ」

書状を景の胸に押しつけた。

「弥四郎様は」

「刺客たちが来るんだろう。民たちをみすみす殺させるわけにはいかぬさ」

十三

寝床の上の男は、ひどい傷を受けていた。キリシタンの詮議《せんぎ》で、拷問を受けたのだ。傷口は膿《う》み、しきりに苦しんでいる。痛みのため眠ることはできず、苦しみが限界をこえて気絶した時にやっと休息できる有様だ。弥四郎は、男の口に短い煙管を持ってきた。白い煙を吸わせる。それまで苦しんでいた男に異変が起きた。荒い呼吸が平静になり、うめき声も小さくなる。しばらくもしないうちにまぶたを閉じて眠りに落ちた。

「どうだ。玄也殿、これが奇跡の御業の正体だ。キリシタンでもなんでもない俺でも、痛みはとることができる」

弥四郎が振り返った先には、青い顔をした玄也が立っていた。

「そんな、嘘だ。奇跡の子は……本物なんだ。ママコス神父は確かに予言したんだ」

玄也が首を左右にふる。

「痛みをとるために、阿芙蓉を処方するのはいい」

もう助かりようがないこの男のように、と弥四郎は口の中だけでつぶやく。

「だが、やりすぎると毒になる。この島に送られた病人はどうなっている」

「それは……わかりません。雲組が病人たちの寝床を管理していたから……。たまに回復したといって島から出ていった者もいるし、なかには……」

玄也が言い淀《よど》んだので、弥四郎は強い眼光で先をうながした。

「なかには、悪魔が取り憑《つ》いたといって……成敗した病人もいました」

舌打ちしたのは、宇多丸だ。回復したといって船に乗せられた者も怪しい。途中で海に捨てられたのではないか。ばたりと両開きの扉が開いた。入り口を塞ぐのは、牢人たちだ。中央に、修道服を着た白髯の信徒がいる。

「弥四郎殿といったか、勝手に牢を出てもらっては困るな」

「そういうな。奇跡の御業を披露していただけだ」

白い煙を吐き出す煙管を放り投げた。

「ジェロニモのかわりに、俺がやってあげたんだ。感謝しろよ。それはそうと、こんな刻限にどうした。捜しものか。奇跡の子でもいなくなったのか」

図星だったようで、白髯の信徒が顔を歪《ゆが》めた。

「こいつにも覚えがあるだろう」

ジェロニモからもらった書状をひらつかせる。白髯の信徒が叫び声をあげた。修道服を引きさき、龍の刺青が入った上半身が露《あら》わになった。病人たちから悲鳴があがる。

「ジェロニモを、奇跡の子をどこへやった」

怒気で顔を赤らめつつ問う。

「後ろの海を見てみろ。小舟に乗ってるはずだ」

全員が後ろを向いた刹那、弥四郎は合図を送る。喜内が跳んだ。居合でたちまちのうちに三人を斬り伏せ、そのまま外へと走り出た。

追いかけた牢人たちが喜内を囲った隙に、弥四郎も外へと出る。宇多丸の姿はない。跳躍し天井に張りついているのは確かめた。

「二手に別れて囲め」

白髯の信徒――今は刺青を誇示する賊が指示を出した。手には巨大な青龍刀を持っている。日が昇らんとしていた。急速に闇が薄れていく。

「刺青とは洒落《しゃれ》ているな」

弥四郎が笑いかけた。日ノ本では罪人以外に刺青はいれない。

「そういや、龍の見事な彫り物をもつ倭寇がいるとは聞いたが」

「そうともよ、倭寇の白龍とはわしのことだ。太平をむさぼる日ノ本の犬が。我らが呂宋や交趾《こうち》で、どんな戦をくぐり抜けたかは知るまいて」

白龍の指示で、牢人たちが弥四郎に一斉に斬りかかった。弥四郎は抜かない。体をさばいて、次々と刃をよける。全員の斬撃が終わった時、立っている者はいなかった。みなの体に深々と手裏剣が突き立っている。

「兄貴ぃ、俺は役に立つだろう」

屋根の上で手裏剣を投じた宇多丸が飛び跳ねる。歓声をあげる宇多丸をよそに、弥四郎は背後から殺気が近づいてくるのに気づいていた。ゆえに、白龍と対峙《たいじ》できない。ゆっくりと振り返る。煙管をふかす雨森勘十郎が立っていた。だらしなく白い煙を唇からこぼしている。斬り伏せられた牢人たちに虚な目を向けた。骸の一体によりそい、膝をつく。

「よくも……俺の雲組を……」

虚だった目に怒りの色が加わる。

「許せねえ。俺の大切な仲間を」

両端に刃を持つ棒を、音がするほどに握りしめる。

「清介を殺すだけでなく、雲組さえも潰すのか」

棒を旋回させ、刃を弥四郎へと襲いかからせた。懐かしい棒術だ。同時に、両端についた刃の軌跡は未知のものだった。弥四郎は守勢に回らざるをえない。

一方の白龍は喜内と戦っていた。喜内の着衣が裂かれ、血が流れだす。劣勢になったことで、喜内は冷静さを失っていた。居合に戻す暇もなく、必死に斬り結んでいる。

「兄貴、ぼんくらに加勢するぜ」

「いや、いい」

弥四郎は雨勘の攻めを受けつつ叫ぶ。

「喜内、頭を使え。技だけで勝とうと思うな。地の利を考えろ。熊本で俺はどう戦った」

弥四郎の頬を雨勘の刃がかすった。温かいものが流れだす。

なんとか鞘に刀を納めようとする喜内だが、白龍の凄まじい連撃がそれを阻止する。

「馬鹿野郎、間合いをとれ」

宇多丸が叫ぶが、構わずに正面からの斬り合いを喜内が挑む。が、数合もあわせぬうちに後退しはじめた。岩が背後を塞ぎ逃げ道がなくなった時だ。とどめの一刀を振り上げた、白龍の動きが止まる。

喜内の刀が光を放っていた。昇る太陽の光を反射させ、敵の目を射たのだ。

喜内が刀を鞘に戻し、極限まで腰を落とす。

出鱈目《でたらめ》な軌道で青龍刀が振り降ろされた時、白龍の手首が斬り落とされていた。砂浜に青龍刀が刺さり、噴水のように血が噴き出る。すでに、喜内は刀を鞘に戻していた。続け様の居合が、白龍の首を白髯ごと斬り裂く。

「す、すげえ」

宇多丸が屋根の上で立ち尽くすほどの斬撃だった。

その頃、弥四郎は雨勘の刃を鳥居の形で受け止めていた。幾度も刃がかすり、あちこちの肌に血が滲んでいる。

息をひとつつく。喜内が勝負を決めたので、心置きなく戦うことができる。

さらに息を整える。

押し返して間合いをとり、間髪いれずに唐竹割りの苗刀の一撃を見舞う。棒を両断しただけだが、雨勘を数歩、後《あと》ずさらせることに成功した。

「雨勘、覚えているか」

弥四郎は右手一本で、刀を構えてみせた。

河原で何度もやった片腕一本だけの稽古だ。

「心ゆくまで打ち合おう。それとも、両手でないと戦えないか」

雨勘も右手一本の構えに棒を持ち替えた。気合いの声とともに二人の刃がぶつかる。砂浜に踵《かかと》をめりこませるようにして、打ち合った。一歩、二歩と弥四郎が下がる。右の肩が焼かれたように熱を持ち、呼吸が苦しくなる。

横腹が痛い。歯を食いしばり耐えた。

知らず知らず左手が、刀の柄を握ろうとする。雨勘も棒に左手を伸ばさんとしていた。

「雨勘、苦しいんだろう。左手も使っていいんだぜ」

「お前ごときに両手で勝っても恥だ。そういう弥四郎こそ、左手が刀を握りたそうだぜ」

「あまりにもお前が弱すぎて、左手が暇なんだとさ」

意地になって、左手の指で遊んでみせた。

「俺はお前のことが大嫌いだった」

「俺もだよ。皮肉屋のくせに、揉《も》め事があったら誰よりも体をはるお前が大嫌いだった」

「雲組の長を気取っているのに、汚れ仕事をしようとするお前に、俺は何度も虫唾《むしず》が走ったぜ」

「辻斬《つじぎ》り斬りの時に――」

「縁日で徒者と喧嘩をした時も――」

「みんなで、お前の寝ぐらで酒を呑んだ時も――」

「浜田さんに怒られた時もそうだった――」

ふたり互いに罵《ののし》りあう。いくら罵ってもその種はつきない。

「雨勘、もう戻れないのか」

たまらず弥四郎が叫んだ。雨勘の顔が歪む。こんなに苦しそうな表情を、いまだかつて見たことがない。

「弥四郎、もう無理だ。俺は、清介を殺したやつを許しちゃいけない」

ふたりの右腕がぶるぶると震え出す。

「わかるだろう、弥四郎、俺は、仲間を殺した奴を許しちゃいけないんだ」

雨勘が必死に懇願する。その目には狂気の色はない。

「だって……あいつは、最後、俺を……助けてくれたんだ。わざと……俺の刃を……。だから、俺は清介を殺し……を、絶対に許しちゃ、いけ…ないんだ」

弥四郎は、歯を痛いほどに嚙み締める。

「頼む、弥四郎、わかるだろう」

ふたりの武器が弾けた。同時に、攻めを繰り出す。

雨勘の棒を根本から断った。返す刀で、袈裟懸けに斬る。

「弥四郎よ……」

目を空に向けていう。

「ありがとうよ」

それだけいって、雨勘が地に倒れ伏した。

しばらく弥四郎は動けないでいた。感情を殺し、ただ状況を見つめる。それだけに徹した。喜内と宇多丸が、いつのまにか背後にいた。弥四郎は顔を手で荒くこする。

「これが、兄貴なりの供養なのか。そう思っていいのかい」

弥四郎は答えない。足元が、雨勘の血で湿っている。

十四

細川忠利は、小倉城の庭にひとりの男を招いていた。潮焼けした肌をもつ、浜田弥兵衛だ。不敵な面構えは、海賊相手に幾度も船戦を経験していることが読み取れた。

「熊本への移封、お祝い申しあげます。そして、一介の船乗りにすぎぬこの浜田めをお召しいただき、恐懼《きょうく》にたえませぬ」

太い声で、浜田が言祝《ことほ》いでくれた。細川家の熊本移封が決まったのは一月前のことだ。江戸に呼び出された忠利は家光から直々に言い渡され、急いで国に返った。今は、家臣団を熊本へ連れていく支度に忙殺されている。

「何、竹中の件では色々と世話になった」

人払いをした上で、忠利はいった。色づいた紅葉に目をやる。小倉へ入ったころは小さかった木々は、見事に育った。これも見納めだ。

「いいえ、竹中様は先代、末次平蔵様の仇でありますれば、お力になったならばこれに優る喜びはありません」

忠利は、弥四郎の使いの景という女が持ってきた書状を思い出す。左上に四角い朱印が捺され、簡潔な文字が書かれていた。

〝自日本至交趾国舟也〟

――日本から交趾国（ベトナム）にいたる舟なり。

幕府が発行した朱印状だ。それを、奇跡の子は竹中に拾われた時に密かに盗み出したという。さらに裏に受給者の商人の名や日付があった。幕閣に問い合わせたところ、発行した覚えがないという。つまり、偽造したものだ。朱印状のような大それたものを偽造できるのは、長崎奉行の竹中しかありえない。

今は、大目付が竹中周辺に探索を放っている。続々と竹中の不正の証拠が集まりつつあるそうだ。いずれ近いうちに改易――このまま不正が積み重なれば処刑されるだろう。

「先代の仇討ちができたのです。末次屋の船頭として、最後の仕事を全うできました」

「最後の仕事ということは、隠居するのか。まだ気力が衰えているようには見えぬが」

「まあ、船頭以外のやり残しをするには、末次屋の看板が少々邪魔ですので」

ふと思い出す。謁見の前に、浜田が腰に帯びていた刀だ。今は細川家の小姓があずかっていてないが、日本の刀ではなかったはずだ。あれは苗刀ではないのか。なぜ、浜田が――


「お呼びになったのは、お礼をいうためだけではありますまい」

浜田の言葉が忠利の思考をさえぎった。

「そうだ。実は、頭の痛いことがある」

「奇跡の子の騒動に関わったキリシタンたちですな」

「彼らには酷だが、国外へいった方がいい。いずれ、こたびの騒動はばれる。そうなれば、不幸を見るのは彼らだ」

「厄介払いですか」

「否定はせんよ。私のつくった国を守るためだ。そこでだ。末次屋に船を手配して欲しいと思っていたのだ」

「私めは隠居を決めた身ですが、口の堅い船頭を手配しましょう。しかし、それほどの大事であれば報酬はかなりになりますが、大丈夫でしょうか」

大名に大丈夫でしょうか、はふっかけたものだと忠利は苦笑する。隠居を決意したとは思えぬ強欲さだ。

「小倉通宝は知っているな」

「はい、細川家がつくった屑《くず》同然の銅銭でしょう」

悪ぶった口ぶりから、からくりはわかっているようだ。

「蔵にある小倉通宝は、すべてくれてやる。それが報酬だ」

「ならば交趾行きの船を急ぎ手配せねばなりませぬな」

やはり、からくりはわかっていたようだ。永楽通宝などの銅銭は、中国や日ノ本だけでなく呂宋や交趾などの外つ国でも流通している。そして、銅銭は地域によって価値がちがう。日ノ本ではびた銭の小倉通宝だが、実は交趾では高値で取引される。そうなるように、忠利は奉行や鋳造商人たちと銭銘や銅の配合比率などを試行錯誤した。小倉通宝を交趾に輸出することで、細川家は莫大《ばくだい》な利益を得ていた。

「小倉から出る銅が交趾の人々に受けがよかったので、彼の地で流通するよう様々に工夫して鋳造した。だが、国替えになれば銅は使えない」

実は、鋳造事業を一時中止していたのは、さらに価値の高い銅銭を交趾で流通させることを目《も》論《ろ》んでいたからだ。しかし、それも画餅《がべい》に終わる。

「それにしても、大名とは気苦労が多いものですな」

浜田が同情の目をむけた。小倉通宝の日ノ本での悪評を放置したのは、忠利が無能だと幕閣に思わせるためだ。君主に第一に要求されるのは、幕府に警戒されぬ細心さだ。そのためには笑い者になることも辞さない。ため息が唇をこじ開けた。必死になって、よい国をつくろうとした。そのためにキリシタンたちも見逃したし、鋳銭事業にもあけくれた。しかし、幕府の命令でそれもふいになる。

忠利は目を閉じた。国作りは畢竟《ひっきょう》、人創りだ。家康は、貿易は奨励した。南蛮時計などを愛用したのは有名な話だ。だから、幕閣には南蛮人もいた。しかし、次代の秀忠は外つ国への興味はなかった。自然、人の心は外の物より中の物に向く。

己の作りたい国はどんなものだったのか。それは、どんな人を育てたいかと同義だ。

人が自在に生き、自由に国境を行き来し、信じたいものを信じる。なりたいものになれる。そんな国づくりを、幕府が許すはずもない。ただ、外つ国にも通用する小倉通宝などを造ることで、そんな気性を密かに育《はぐく》めればと思っていた。

己は何になりたかったのだろうか。そんなことを、もう若くない身で考える。言葉にはできぬが、目指すものはあったはずだ。

だから、若きころ中間清介や雨森勘十郎たちと外つ国へ渡ろうとした。

鼻をくすぐったのは水の匂いだ。潰れた草の香りもする。河原で、男たちが上半身裸で談笑していた。中間清介や雨森勘十郎がいる。煙管をくゆらす、六道もだ。気難しい顔をして、春日圭左衛門が木刀を素振りしていた。若き忠利が木刀を構えると、その男は微笑を浮かべた。深い懐で、忠利の撃剣を難なく受け止める。

新当流の癖がわずかに残る、我流の技。あの河原稽古の先に、何があったのだろうか。

それを確かめられなかったことが、時折ひどく胸を苦しませる。

「弥四郎殿は――いや弥四郎と申す男はどうしている」

ぴくりと浜田の眉が動いた。島での戦いの後、移封の支度が忙しく会っていない。

「それが、ちょっとした変化がありまして。あの御曹司は、弟子をとったのです」

「弟子だと」

「はい、忠利様のもとにきた景とその弟です」

「し、信じられん。何か悪いものでも食べたのか」

それともキリシタンの呪いで人が変わったのか。

「江戸にいる柳生の村田という剣士に、弟子を紹介するといっておりました。まあ、あの御曹司もようやく地に足がつきかけているということでしょうな。お節介かもしれませんが、忠利様の客分や御伽衆《おとぎしゅう》として御曹司を招聘するのはどうですか」

「それは、弥四郎殿が――いや弥四郎と申す者は諾とはいうまい」

「あいつには手本が必要です。国つくりに悩む忠利様のお姿はよい手本になるかと」

「そういうものなのか」

「まあ、そう難しく考えずに。面白い猿を飼っていると思えばいいですよ。あの男のことです。客分にしても、どうせ一箇所にはいつきゃしませんから」

海の男らしく、浜田の言葉はどこまでも豪放磊落《らいらく》だった。

十五

街道脇の木陰で、弥四郎は体を休めていた。昔のように、何日も通して歩く体力はなくなっている。硬くなった足を必死にもみほぐしていた。隣には旅装姿の景がいる。十日ほど前までは江戸にいた。村田久次と会い、弟子にした景と喜内を紹介し、一年交代でひとりずつ江戸に送るので鍛えてくれるよう頼んだ。さらに忠利の使いだという浜田がきた。

弥四郎は懐に手を入れて、浜田から託された忠利の書状を取り出す。

竹中重義が失脚した今、細川家に喫緊の危機は存在しないと書かれていた。

その上で、弥四郎の大願を果たせと記されていた。

弥四郎にとっての大願――それは宮本武蔵と手合わせすることだ。忠利を守るために、今までその想いを封印してきた。確かに、よい機会かもしれない。二十代や三十代の頃に見《まみ》えれば、生きるか死ぬかの立ち合いになったはずだ。が、もう若くはない。今ならば、互いの技量を純粋にぶつけあえる。喜内を江戸に残し、武蔵と戦うための旅を急いだ。武蔵が今、明石の小笠原《おがさわら》家の食客となっているのは知っている。

「さあ、武蔵め、会ってくれるかな」

何の因果か、細川家が熊本に移封が決まり、旧領の小倉に入ることになったのが明石を治める小笠原家だった。明石に来たはいいものの、武蔵ら小笠原家一行はすでに小倉に向かっており、慌てて弥四郎たちは追いかけている。

「弥四郎様は、武蔵殿と面識があるのですか」

景がきいてきた。

「うーん、向こうは覚えちゃいないだろうなあ」

九州石垣原の戦場で見えたが、武蔵は坐禅《ざぜん》を組んでいた。声を聞いて思い出してくれればいいのだが。

小笠原家の泊まる宿場町は、活況を呈していた。藩主や家老たちは船で小倉を目指し、ここにはいないらしいが、それでも隣町から来たと思しき物売りがしきりに声を張り上げている。弥四郎たちは一軒の旅籠《はたご》の前で止まった。

「生憎《あいにく》ですが、満室ですよ」

出てきた番頭が忙しそうにいう。

「宮本武蔵殿が泊まっていると聞いたんだが」

「あんたもかい。勘弁してくれよ。武蔵様は誰とも会わないってよ」

「名前だけでも告げてくれないか。雲林院弥四郎だ。関ヶ原のおり、九州の石垣原で会った仲だといってくれ」

「無駄だよ。さあ、帰って帰って」

水でも撒《ま》きかねない勢いだった。

「弥四郎というのは、牙流弥四郎殿ですか」

背後から声がした。見ると、ひとりの小姓が立っている。歳のころは二十歳ぐらいだろうか。

落ち着いた顔立ちをしている。

「俺のことを知っているなら話が早い。あんたは小笠原家の人だろう。武蔵殿と立ち合いたい。昔、刀を突きつけたことがある。その時の再戦だ。別に真剣でやってくれとはいわん。木刀でも袋竹刀《ふくろしない》でもいい。剣で語りあいたいんだ」

小姓が顎に手をやり、弥四郎や景の姿を凝視する。

「再戦というのは」

「まあ、そんなに誇れる話じゃないが」

弥四郎は包み隠さず、武蔵との邂逅《かいこう》を伝えた。

「なるほど、義父上《ちちうえ》らしい話ですな」

小姓はそういって微笑した。

「ほう、もしやあんたは武蔵殿の養子かね」

「宮本伊織《いおり》と申します。小笠原忠真《ただざね》様に仕える小姓であります」

「伊織殿、無理は承知だ。武蔵殿と会わせてくれぬだろうか」

「ですが、義父は勝負を封印しております」

「せめて面会だけでもできないか」

伊織が腕を組んで考えこむ。

「弥四郎様、ひとつこちらの案を呑んでいただけませんか。それならば、義父と立ち合えるよう私も協力します」

「なんだい、なんでもいってくれ」

「義父に白刃を突きつけたといいましたね。それと同じことをやってほしいのです」

「それは――」

「その上で、義父の具合を見立ててほしいのです」

「見立てというのは、武蔵殿は病にかかっているのか」

「まあ、そのようなものです。さあ、どうぞこちらへ」

戸惑いつつも、弥四郎は宿の中へと誘《いざな》われた。武蔵は病にかかっているのか。ならば、なぜ刃をつきつけるのだ。

あるいは、これは罠だろうか。万が一を考えて、景は宿の前で待たせた。

しかし、伊織からは害意は感じられない。襖が数間先に見えている。どうやら、あの先に武蔵はいるようだ。

「義父は祈りを捧げているはずです。襖を開けたとて、振り向くことはありません」

「俺を騙し討ちするなんておちは止めてくれよ」

「牙流弥四郎ともあろう方が、騙し打ちを恐れるのですか」

挑発半分、驚き半分という風情でいう。そういわれれば、行くしかない。音がしないように、襖を開けた。

ひとりの男が、端座していた。両手をあわせ無言で祈っている。仏壇や位牌《いはい》、仏像があるわけではない。白髪のまじるようになった総髪が、窓から吹きこんだ風に揺れている。

胸の鼓動が大きくなる。武蔵に聞こえるのではないかと思った。

ふと、首を傾げた。違和がじわじわと迫り上がる。坐禅と祈りの違いこそあれ、初めて交わった時と今の状況は似ている。だが、何かがちがう。

鞘走りの音がしないよう、慎重にぬく。背後から白刃を武蔵の首に近づけた。

弥四郎の額から汗が一条流れ落ちる。武蔵が気づいていないはずがない。

にもかかわらず不動だ。

「殺《や》るならばさっさとすればいい」

武蔵の声は、感情を削《そ》ぎ落としたかのようだった。

「なぜだ」

返事があるとは思えなかったが、問いかけざるをえない。

違和の正体がわかった。三十二年前、武蔵は強靭《きょうじん》な精神の力で恐怖や反撃の本能をねじ伏せていた。生命力に満ち溢《あふ》れながら、あえて死の覚悟を固めていた。

もし、あの時、弥四郎が武蔵を斬ったならば、勝ったとは思わないはずだ。逆に敗北感に打ちひしがれただろう。それほどまでに、あの頃の武蔵には侵しがたい巨大で強靭なものが満ち溢れていた。

だが、今はそうではない。

武蔵は——

弥四郎は首を横にふり、考えを打ち消した。刀が武蔵の首に吸いこまれようとしている。見えぬ手で切っ先を握られているかのようだ。

武蔵は、死にたがっているのだ。その心に剣が感応し、弥四郎の腕を動かさんとしている。

なぜ、生きた骸のように成り果てたのだ。

刀を鞘に戻し、弥四郎は部屋を出た。武蔵と同じ部屋にいたのは、三十を数えるほどの間だけだったはずだが、心身はぐったりと疲れていた。

「いかがでした」

「それはこちらが聞きたい。武蔵殿に何があった」

「六年ほど前からあのようになってしまいました」

「六年前だと」

「義父上が、私以外に養子を何人かとっているのは知っていましょう」

「確か、水野《みずの》家家臣中川《なかがわ》殿の息子を養子にしたと耳にしたが」

「六年前、養子にとった宮本三木之助《みきのすけ》殿が死んだのです」

「それでああなったというのか」

解せなかった。乱世を生き抜いた武蔵が、養子の死にそこまで衝撃を受けるだろうか。弥四郎の戸惑いを察したのか、伊織が口を開く。

「三木之助の義兄上《あにうえ》は、殉死されたのです」

「殉死だと」

「はい、六年前、三木之助殿の仕える本多忠刻《ただとき》公が逝去されました」

思い出した。徳川四天王のひとり本多忠勝《ただかつ》を祖父に持つ本多忠刻は、家康の孫娘の千姫《せんひめ》を娶《めと》るなど将来を期待されたが、六年前、三十一歳の若さで病死した。

「その時、義兄上は――三木之助殿は忠刻公の後を追い、その墓前で腹を切ったのです」

伊織の表情からは感情が読み取れない。

「以来、義父上は心を塞がれてしまいました」

「どうして、だ」

「義父上の心を、私ごとき者が推しはかるのはおこがましいこと。ただ、義父の目指した剣は——」

伊織はつづけるのを躊躇した。

「教えてくれ。武蔵殿の目指した剣とはなんなのだ」

「人を活《い》かす剣です。ことある時は落命も恐れず戦いますが、決して生を軽んじる剣ではありません。逆に剣術の理を学ぶことで、規矩術《きくじゅつ》や絵画、陶芸、商い、町割にも活かすことを目的としたもの。私の言葉でいえば、義父上の剣は生を充実させる手段のひとつ」

いつのまにか、伊織の顔は厳しいものに変わっていた。

「ですが、義兄上にはそれがわかっていなかった。あるいは、義父上の教えを誤って受け止めていた。人々は、亡き君の墓前で腹を切った三木之助殿を見事と称賛いたしましたが、そのことが義父上を変えてしまいました」

伊織は武蔵のいる部屋を見た。

「義父は、剣を捨てたのです」

それは、戦いを捨てたという意味でも強くなることを諦めたという意味でもあるだろう。だが、もっと深い意味がある。きっと、武蔵は剣に生きることに絶望したのだ。

「若き頃に因縁のある弥四郎様ならば、父の心に変化の兆しが現れるやもと思いましたが」

伊織の顔に沈鬱さが増す。

「こういう次第でありますので、お引き取りください」

伊織は深々と頭を下げた。

気づけば弥四郎は宿を出ており、心配そうな顔で景が見つめていた。

「何があったのですか」

答えられない。

ただ、「武蔵よ」と言葉をこぼしていた。

憤りと落胆は過剰にある。同時に、武蔵の心にも共感できた。もし目の前の景や江戸にいる喜内が、弥四郎の教えを誤って理解し道を踏み外したら。背に宿った冷気は、きっと恐怖だろう。死への恐れとは別種だが、あるいは御すのはずっと難しいと思われた。

拳《こぶし》を握りしめる。

武蔵の絶望はわかる。それでもこう言わずにはいられなかった。

——武蔵、なぜ剣を捨てた。

暮れはじめた空に星が瞬いている。

六章

剣乱

一

見えてきた湯治場は、あちこちから湯気が立ち上がっている。硫黄《いおう》の臭いも鼻をかすめた。弥四郎は宇多丸とふたりで、細川家が用意してくれた馬に乗って進む。

一際大きな湯治宿の前には、すでに出迎えの武士たちがいた。

「お待ちしておりました」と、小姓が馬の口をとってくれる。

「殿は湯を上がられ、今は茶室でお待ちしております。どうぞ、こちらに」

小姓に誘われるまま弥四郎は進む。庭には茅葺《かやぶ》きの茶室があった。

「忠利様のご体調はどんな具合かね」

「湯治の甲斐《かい》あってか、今日はご気分はよいようです」

宇多丸を外で待たせて、躙口《にじりぐち》から入る。簡素な茶室には、一輪の椿の花が生けられてあった。

頬がこけた忠利が、その前に座している。顔色はよくない。

小姓たちの気配が遠くなってから、「弥四郎殿、よく来てくれました」と声がかかった。

「光殿、つらそうだな」

「ああ、少し痰《たん》がからむのです」

かすかに忠利が顔をゆがめた。

「だけならいいが、父が卯は痰の毒だといってうるさいんですよ」

細川忠興はいまだ健在だ。隠居地の八代城《やつしろじょう》は、細川家の支藩の位置づけにある。

「本当かね。卵は滋養がつくと評判だがな」

「父は頭が固い。この歳になって、親に隠れて物を食うはめになるとは思いませんでした」

ふたり同時に苦笑をこぼす。

「そうそう、この後、春日さんと会うんだ」

「へえ、懐かしいですね」

雲組をいち早く抜けて、旗本の子弟の傅役《もりやく》になっていた春日圭左衛門だが、教えていた子が成人して手が離れたという。最近は剣を握りなおし、体を鍛え直す日々だ。久々に剣を手合わせしてみるのもいいかもしれない。そんな風にひとしきり近況を伝えあった後、弥四郎は空になった茶碗《ちゃわん》を置いた。

「で、何か心配事でもあるのかい」

「どうしてそう思うのですか」

「いや、治療を焦っているように思えてね」

「九州がきな臭くなりつつあります」

「また、どこかが改易されそうなのか」

「キリシタンへの立ち返りが増えているようなのです」

「それは肥後の国でか」

「わが領国では、今のところ立ち返りはありません。まあ、お目こぼししたキリシタンがいるのはわかっております。それよりも、天草《あまくさ》や島原です」

天草は肥後国だが、細川藩の支配の外にある。肥前国唐津《からつ》の寺沢《てらざわ》家が、飛地として支配している。監視の目が届かぬのをいいことに、キリシタンが息を吹き返しているのか。一方の島原は、天草と内海を隔てているだけだ。支配するのは、松倉家である。かつて、細川家が熊本に移封される時に竹中重義と共に一悶着《ひともんちゃく》あった藩だ。竹中は切腹に追い込まれ、松倉家も家老がひとり断罪に処された。

「しかし、名のある宣教師はほとんどが国外追放か、殉教しただろう。そんな中で、どうやってキリシタンをまとめるんだ」

「立ち返りの中心には、奇跡の子と呼ばれる少年がいるそうです」

弥四郎の眼光が強くなってしまう。奇跡の子のジェロニモとの騒動があったのは、五年前だ。生きていれば十代の半ばになっているはずだ。

「奇跡の子が数々の秘術をみせて、領民たちを教化しているようです」

「それがジェロニモか」

「わかりません。風の噂では天草四郎《あまくさしろう》と名乗っているとか」

ふん、と鼻息を強く吐く。弥四郎と四郎、字が一字少ないだけなのが気に食わない。

「歳の頃は十代半ばとか」

ならば、ジェロニモと歳格好はあう。

「民たちにとって、天草四郎の奇跡は媚薬《びやく》に等しい効果があるようです。玄也の一件もあります」

奇跡の子の騒動に加わった小笠原玄也は、国外へ逃した。だが、二年前に密《ひそ》かに熊本へ舞い戻り、キリシタンの教えを広めんとした。長崎奉行に密告する者がおり、熊本城のほど近くにある丘で磔《はりつけ》にされた。

弥四郎の脳裏をよぎったのは、玄也が口にしたママコス神父の予言だ。

幼い善人が出現し、民の額に十字架がたつといっていた。空は焼け、人々の住処《すみか》や野山の草木も焼滅する、という。

予言が成就するのが、今年にあたる。

キリシタンが予言にすがっているのは容易に想像できる。

「頭が痛いな。他領の騒動に細川家が口を出すわけにもいかんしなあ」

「そうです。武家諸法度が、枷《かせ》になっております。天草や島原で乱がおこっても、隣国の細川家が兵を派することはできません」

武家諸法度は、軍を他領へ派遣することを強く戒めている。軽々に軍を動かしては、幕府に改易の口実を与えかねない。

二

もともと痩《や》せぎすだった春日圭左衛門は、歳をへても体格はそれほど変わっていなかった。剣士よりも学者然とした雰囲気が若いころからあったが、それはさらに増している。

「春日さん、お元気そうで何よりです」

旗本から与えられた隠居の長屋はよく片付けられていた。読んでいた書物を膝《ひざ》の横に置いて、春日が向きなおる。目を何度ももんでいる仕草は、若いころにはなかったものだ。

「弥四郎も久しいな」

旗本を継いだ教え子が贈ってくれたという饅頭《まんじゅう》を勧めてくれた。

「今日のご用件は昔話ですか、こっちの方でもお相手しますよ」

剣を振る真似をしてみせた。春日の硬い顔がわずかにほころぶ。

「実はな、雲組のことだ」

振っていた腕を弥四郎は思わず止めた。

「雲組はもうありませんよ。春日さんにも伝えたでしょう」

いってしまうと口に苦いものが溜《た》まる。清介も雨勘も、もうこの世にはいない。

「教え子が旗本を継いだのは知っているな。長崎から妙な噂が聞こえてきているらしい。雲組を名乗る倭寇《わこう》が、海を跋扈《ばっこ》しているとな」

頭によぎったのは白龍という倭寇だ。奴らの一味が、生き残っているのか。

「悪さをしているのですか」

「まあ、するさ。奴らは海賊だからな。随分と近海を荒らし回っている。それだけならいいが、宣教師を九州に送りこもうと企《たくら》んでいる噂もあるそうだ」

さすがの弥四郎も身構えざるをえない。

「雲組が……いや、雲組を騙《かた》る奴らが九州に宣教師を送ろうとしているんですか」

「とはいえ、南蛮人の宣教師は目立つ。日ノ本を追放された日本人の信者や宣教師を、今は密かに送りこんでいるようだ」

嫌でも思い出すのは、湯治場での光との会話だ。島原や天草でキリシタンへの立ち返りが増えているという。外から仕組んだものか。あるいは、ジェロニモと雲組が結託したのか。

「春日さんは、支度が万全になってからしか話はしない。もっと知っているんでしょう」

辻《つじ》斬り斬りの時、調べをするのは春日の役目だった。

「雲組を名乗る倭寇となれば、弥四郎ならばまず何が思いあたる」

「末次家の浜田弥兵衛……ですか」

「そうだ。末次屋が竹中の陰謀で没落し、しばらくして浜田は末次屋を辞めた。弥四郎は知っていたか」

首をふる。雨勘との一件が終わってから、浜田とは音信不通になっていた。

「タイオワン事件の時の荒くれ者を引き連れて、行方をくらましたらしい」

弥四郎は腕を組み、沈思する。タイオワンで辣腕《らつわん》をふるいオランダにも勇名を轟《とどろ》かせた男が、今は雲組を名乗り九州にキリシタンを送り込んでいる――かもしれない。

胃の腑《ふ》を焼くような緊張が徐々にせりあがる。

「で、俺に雲組の後始末をしろ、と」

「俺たちで、だな」

春日と弥四郎の目差《まなざ》しがぶつかった。

「確かに俺はいち早く雲組を抜けた。とはいえ、その名前を使って日ノ本で悪さをする奴を座視はできんよ」

お前もそうだろう、と春日が目で問うてくる。

「俺も九州に用があったんですよ。奇遇にもキリシタンがらみです」

弥四郎は忠利から聞いた九州の情勢を教えた。春日の顔がさらに険しくなる。

「ならばやるか、弥四郎」

「辻斬り斬りを思い出しますね。いや、こたびは偽雲組斬りかな。それはそうと、偽雲組の特徴などはありませんか」

春日がちらと見たのは、弥四郎の佩刀《はいとう》だった。忠利が誂《あつら》えてくれた鍛造の苗刀《みょうとう》である。

「雲組の手練《てだ》れたちは、いずれも苗刀の遣い手だという噂だ。まあ、倭寇らしい武器だな」

九州石垣原での戦いで、浜田から苗刀を贈られたことを嫌でも思い出す。

三

寒々しい光景が広がっていた。船から港についたというのに、賑《にぎ》わいがすくない。店はあれど半分ほどが閉まっている。開いていたとしても、軒先に並べられた商いの品は江戸の何倍もした。歩く人々の顔色も悪い。弥四郎と春日は、九州島原の地へと下りたっていた。奇跡を操る少年が、島原で出没しているとの噂が届いたからだ。

「こりゃ先が思いやられるな。春日さん、贅沢《ぜいたく》はできませんよ」

忠利から託された銭があるのが、唯一の救いだ。

「まだここは街だ。村はもっとひどいだろうさ」

ふたりは黙々と歩いた。街を出ると荒れた田畑がつづき、病人のような村人があちこちにいた。昼時だというのに、炊煙をあげる民家はまばらだ。

街道横の倒木に、春日は腰をおろした。冬だというのに、汗が額から流れている。足が悪いのは以前からだが、遅れることは滅多になかった。走ると人よりも遅いが、それでも懸命に食らいついてきた。その春日の気性は、今も健在だ。

弥四郎と春日は水筒で喉《のど》を潤した。

「春日さん、どうして雲組を抜けたんですか」

「今さら、なぜ、そんなことを聞く」

「一番に組を抜けたわりには、偽雲組の始末をつけることにこだわっているじゃないですか。なんでだろうってね」

春日は手にもつ水筒をじっと見た。

「俺が抜けたのは、皆の足でまといになりたくないからだ。この足で戦はきついからな。別に身を固めようとも、戦に嫌気がさしたわけでも、六道のように外《と》つ国《くに》が怖かったわけでもない」

最後の言葉は冗談めかしていた。

「確かに、六道は喧嘩《けんか》っ早いのに臆病《おくびょう》というか人見知りなところがありましたよね」

ふたりで乾いた笑いをこぼす。が、すぐにしぼんだ。春日もあたうことなら、皆と一緒に行きたかったのだ。だが、それを断念せざるをえなかったし、その意志を表に出して悔しがることも若い頃はできなかった。

「だが、この歳になって雲組を騙る奴らがいることを知った。別に過去の我らが正義だというつもりはない。しかし、悪名を看板にするにしても許せるものと許せないものがある」

春日は、キリシタンを密入国させ謀反を企むのは許せない、という。

「じゃあ、春日さんは日ノ本の大名が、キリシタンを弾圧するのは是、だと」

つい問答をいどむ形になった。それほど機会は多くはなかったが、若い頃は弁のたつ春日と言葉遊びのように論じることがあった。

「追放されたキリシタンが馬鹿だっただけだ。いくらでも日ノ本で共存する方策はあった。一向《いっこう》宗のようにな。だが、キリシタンは衝突する道を選び、負けた」

武人らしい答えだった。

「弥四郎はどうなのだ」

「俺はキリシタンの友がいました。隠れて信仰する分には目をつぶればいいと思います。ただ、今さら波風を立てるのは見過ごせませんね」

しばし、ふたりで是非を論じ合った後に、弥四郎は「懐かしいですね」と首をこきりと鳴らした。

「そうだな。弥四郎とはいつもこれありで論じていたっけ」

春日が酒を呑《の》むふりをした。

「もう酒はやっていないんですか」

「傅役になってからは一滴も呑んでないよ」

「じゃあ、教え子は春日さんの裸踊りを見てないんだ」

「見せてたら、今ごろ江戸を追い出されているさ」

「この件が終わったら行きましょうよ」

弥四郎も酒を呑む仕草をする。

「悪くないな。ただし九州でやろう。江戸で悪評はたてたくないからな」

真顔でいうから春日は面白い。

「いい酒場を探しておきますよ。小倉や熊本なら何軒か馴染《なじ》みがあるんですがね」

話が途切れたのは、街道の向こうから十人ほどの人が歩いてきたからだ。縄を打たれた女性たちだ。鎖骨が落ちるのではないかと思うほど肉が削《そ》げている。

「おい、これはどういうことだ。なぜ女たちが縄を受けている」

縄をもつ役人の前に弥四郎が立ちはだかった。

「なんだ、旅の者か。仕事の邪魔をするな」

棒を振って乱暴に弥四郎たちを追い払う。弥四郎の肩を春日がつかんだ。まだ、ここで騒動を起こすわけにはいかない。自重しろ、という意味だ。

「春日さん、どう思います」

「キリシタンかもしれんな。それにしては、身なりに異な点がなかったが」

キリシタンを引き立てる時は、それとわかるように高札や持っていたキリシタンの品などを掲げるはずだ。

「年貢を払えなかった罰だよ」

後ろの声に振り返ると、昏《くら》い目をした農夫が立っている。

「キリシタンではなかったのか」

弥四郎の問いに農夫の顔がゆがんだ。

「どうやら転びではあるようだな」

「ここ島原じゃあ、転びは珍しくない。わしだってそうだ。もう、教義は捨てた」

「しかし、女たちを捕らえてどうするつもりでしょうかね」

「水籠《みずご》めだよ」

弥四郎と春日は目で先をうながす。

「女たちを川の中に閉じ込めるのさ」

弥四郎たちは女たちの後を追った。

「これは……」

思わず弥四郎もうめく。縄を打たれた女の死体が川にいくつも浮いていた。役人が縄を伝って引き上げ、かわりに棒で叩《たた》かれて入水するのは先ほど連行されていた女たちだ。弥四郎の目が見開かれる。その中のひとりの腹が膨らんでいるではないか。

四

弥四郎たちが番兵たちの前に投げだしたのは、銭の入った袋だ。忠利から与えられた資金であり、銀の粒や小判もある。

「なんだ、これは」

番兵が袋の中身をあらためるや顔色を変えた。

「これだけあれば足りるだろう。女たちを解放してやれ」

「貴様は何者だ」

槍《やり》を突きつけられた。役人の半分は、横にいる春日を警戒している。

「旅のものだ」

「旅人がこれだけの財を持って歩くか。さては他国の間諜《かんちょう》か」

「いいから、女たちを川から上げろ」

「そりゃ、できかねるな」

銭袋を槍の柄で持ち上げつつ番兵が笑う。そのまま後ろへと放り投げた。

「お役人、銭をどうする気だ」

春日がゆっくりと近づく。刀には手をかけていないが、剣呑《けんのん》の気が滲《にじ》みでていた。

「銭とはなんだ」

「そうだ。まるでお前たちが大金を持っていたような口ぶりではないか」

弥四郎は拳《こぶし》を握りしめて、込み上げる怒りをこらえた。

「それは……あまりにも非道では」

春日の声も低くなる。

「なんだ、その態度は。まさか、力ずくで女たちを取り返す気か」

槍の穂先で、弥四郎の頬を叩いた。女たちを救うことは容易《たやす》い。番兵たちを亡き者にするなど造作もないことだ。

だが、村はそれでは救えない。きっと、藩兵がやってきて村が巻き添えを喰《く》う。女だけでなく、全員が磔にされるだろう。

「やりたければやればいい。女も銭も力ずくで取り返せ。ただ、その時は村もただではすまぬぞ」

「俺たちは、村とは関係ない」

「上はそうはとらぬのだ」

春日が弥四郎の肩に手を置いた。ひとまず退《ひ》くべきだ。村人に一部始終を伝え、実力行使に出ていいかを訊《たず》ねる。よいといえば、容赦はしない。だが、否といえば――

掌《てのひら》に血が滲んだ。

弥四郎にできることは何もない。

何より、今、冷水の中にいる女が手遅れになるかもしれない。

気づけば、刀の柄《つか》に手をかけていた。鯉口《こいぐち》を切ろうとする己を自制できない。

これが正しいことか、間違ったことなのかはわからない。

「春日さん、すいません」

弥四郎の意志を伝えるには、それで十分だった。

「なるようになれ、だな」

背後の春日からも殺気がこぼれる。

「こやつら、抜くぞ」

嬉《うれ》しげに番兵が叫んだ時だった。喉に突き刺さったのは、矢だ。声なき苦悶をあげつつ、仰向《あおむ》けに倒れた。弓音がつづく。飛来する矢が、次々と番兵たちに刺さった。

「く、曲者《くせもの》だ」

「おのれ、賊め」

木立の向こうからなので数はわからない。確かなのは、恐るべき正確さで次々と射殺していることだ。村人たちが決起したのか。

「女を救う。春日さん、背中を守ってください」

弥四郎は川へと走った。体のすぐ近くを幾度も矢がかすった。女たちはうつ伏せになって浮いていた。ざぶざぶと水の中へと入り抱き起こしたが、冷たくなっている。息もしていない。うなじが強張《こわば》った。ゆっくりと振り向くと、番兵たちが全滅している。三十人ほどの襲撃者が、こちらに矢尻《やじり》を向けていた。皆、白木綿の筒袖《つつそで》を身につけている。

「よせ、敵ではない」

「村の者ではないのだろう。見られたからには殺す」

襲撃者たちが矢を引き絞る。

「女たちを救うのが先だろう」

弥四郎の声に、襲撃者の殺気が揺らいだ。何人かが目線を奥へとやる。

「水から上げてやれ」

若い声が響き、矢尻が完全に下を向いた。十人ほどが川へと分け入る。ひとりが弥四郎から奪うようにして、女を抱いた。

「おのれ」

あちこちから怒りの声が滲んだ。

「駄目です。皆、息をしておりません」

報告を聞いた何人かが、小さく胸の前で十字をきった。

女たちの骸《むくろ》が水辺に並び、さすがの弥四郎も正視するのが躊躇《ためら》われた。

「来い。お会いになるそうだ」

老いた牢人《ろうにん》が近づいてきた。襲撃者たちの長《おさ》と会えるということだろう。無言で歩き出した牢人に、弥四郎と春日は黙ってついていく。すこし離れたところに、十人ほどの人影がたまっている。まず見えたのは、旗だ。朱墨で「天帝」と書かれていた。

「五年ぶりですね、弥四郎様」

届いた若い声に、弥四郎の肌に粟《あわ》が生じる。声の主が近づいてくる。前髪が揺れていて、まだ少年だとわかった。年の頃は十代の半ば。

「ジェロニモか」

「今は、天草四郎と呼ばれています」

細い顎《あご》と切長の目をもつ美丈夫に、ジェロニモは成長していた。白いひだ襟が、顔立ちを引き立てている。微笑する唇に、かつての面影があった。そして、ジェロニモを守る屈強の男たちの腰には、苗刀がぶら下がっていた。隣の春日が体を強張らせるのが伝わってくる。いずれも首や腕、厚い胸に刺青《いれずみ》を入れている。

男たちはジェロニモにかしずく風だが、指示を待っているようには見えなかった。

「長はこの少年だが、采配《さいはい》は別の者がとっているはずだ」

春日が耳打ちした。年若いジェロニモに襲撃の采配ができるとは思えない。

「ジェロニモを守っているのが雲組か」

弥四郎は自身の苗刀を突き出した。武者たちの顔が険しくなる。

「そうですよ。よくご存じで」

「では、雲組の長はどこだ」

雲組の長が襲撃を采配したに違いない。

「ここだよ」

弥四郎と春日は同時に振り向いた。老いた男がいた。陽に焼けた肌は海での暮らしが長かったことを物語っている。刻まれた傷跡には、いくつか新しいものがある。

浜田弥兵衛――南蛮にも武名を轟かせる老海商が立っていた。

五

男たちが、がくりと膝をついた。水牢にいれられていた女たちの身内だという。手からこぼれ落ちた袋から銅銭や銀の粒がこぼれた。金策に奔走し、なんとか集めたのだろう。だが、それももう手遅れだった。目の前には、骸になった女たちが並んでいる。

「畜生っ」

血を吐くような叫びを発し、ひとりが無茶苦茶に地面を殴りつける。

弥四郎と春日は、無言で見つめるしかない。ジェロニモこと天草四郎と浜田が率いる一団も同様だった。

　ふらふらと立ち上がり、天草四郎へ顔をやる。

「我らが……間違っていました」

　そういって短刀を取り出した。

「我らは……今からキリシタンに立ち返ります。妻を殺された恨み……生まれてくるはずだった子の仇《かたき》……とらせてください」

　震える手でこめかみに短刀を持ってきて、傷をつけるようにして髪をそる。横一文字と縦一文字に刃を動かし、クルスを刻みつけた。

「俺もだ」

「わしも立ち返る」

　他の者も同じように頭を剃《そ》りはじめた。

「馬鹿はよせ」「公儀を敵に回すつもりか」

　弥四郎と春日が必死になって割ってはいる。

「キリシタンは禁制だぞ。磔にされてもいいのか」

　突然、頭に衝撃が走る。よろめいて、膝をついた。

　背後を振り返ると、棒を持った男がいた。

「何をする」

「うるせえ。お前らにわしらの苦しみがわかるのか」

　振り下ろされた棒を腕で払おうとしたら、脇に痛みが走った。見ると、別の男が鍬《くわ》を弥四郎の体にめり込ませていた。村人たちの打擲《ちょうちゃく》を、春日と背中合わせになって防戦する。それを冷静な目で見つめるのは、浜田と苗刀をもつ武者たちだ。

「わしらはパライソへいくんだ」

「キリシタンとして殉じる」

「ジェロニモ、止めろ」

弥四郎が叫ぶと、天草四郎はゆっくりと手を上げた。群衆たちの打擲が、それだけで止まる。皆の目差しをたっぷりと集めた後、天草四郎は静かにいった。

「信者として、正しき行いをなせ」

「正しき行い」と、誰かがつぶやいた。

「そうだ。正しき行いだ。我らを迫害する異教徒を葬り、デウスの教えをこの大地に満ちさせる」

高らかに宣したのは、浜田だ。

村人たちの目に再び敵意の火が灯《とも》る。

「俺がやってやる。こいつを殺して、パライソに行く資格をえる」

刀を持った男が背後から近づいてきた。弥四郎が向きなおろうとしたら、体が傾ぐ。右足が動かない。見れば、別の村人が弥四郎の足にしがみついている。

「馬鹿が、お主らの身内がどうなってもいいのか。無事ではすまんぞ」

叫んだのは、春日だ。弥四郎同様に、数人の男たちに組み伏せられていた。

化鳥を思わせる気合いの声を男があげた。鈍く光る刀が、弥四郎の首めがけて振り落とされる。

甲高い音が響いた。刀が地面に落ち、男は腕をおさえてうずくまる。銃弾が、弥四郎を襲う刀を射《う》ったのだ。

「誰だ」

村人たちが目をやると、ふたりの若い男女が立っていた。弥四郎とともに九州へ渡り、二手に分かれて探索していた景と喜内だ。

「弥四郎の親父、今のうちだ」

喜内が叫びつつ、持っていた火縄銃を姉に手渡した。景は白煙を噴き上げる火縄銃と素早く取り替え、躊躇《ちゅうちょ》することなく天草四郎へと向けた。

「解放しろ。この男を撃つぞ」

喜内の怒鳴り声に、牢人たちが狼狽《うろた》える。

村人に取り押さえられていた春日が、よろよろと立ち上がった。弥四郎を押さえていた男たちも、一人二人と体から離れていく。

「包囲を解く必要はない。私は奇跡の子だ。異教徒の弾は当たらない」

歌うようにいったのは、天草四郎だ。身を隠すどころか、両手を広げ景へと一歩二歩と近づいていく。一瞬、景が弥四郎を見た。瞳《ひとみ》が揺れている。躊躇しているのだ。それを見越して、天草四郎は大胆に間合いを詰める。

「女、躊躇うな、射て」

春日が怒鳴りつけるが、景は顔を歪《ゆが》めるだけだ。

天草四郎の歩みが突然止まった。喜内が短筒を天草四郎に向けて構えていた。

「俺は姉貴のように甘くない」

しばし、場が硬直した。

ひとりの男が動いた。先ほど髪をクルスの形に剃った男だ。両手を広げ、短筒の前に立ち塞《ふさ》がる。ひとりふたりと村人がつづき、たちまち厚い人の壁ができた。

「弥四郎、春日、ここは引き分けだな」

浜田が首を叩きつついった。

村人のほとんどが天草四郎を守っているおかげで、弥四郎たちの逃げる道ができた。

「天草四郎様もそれでよろしいか」

慇懃《いんぎん》だが、どこか強制するような声で浜田はいう。

「いいでしょう。また、あなたたちとは出会えそうだ」

天草四郎は微笑を深める。景と喜内に銃を構えさせたまま、弥四郎たちはじりじりと後退した。

十分に間合いをとってから背を向ける。

六

天草の地には、黒煙が何本も上がっていた。銃声もけたたましく聞こえてくる。クルスをかたどった旗があちこちでひるがえり、讃美歌《さんびか》とともに寺社や奉行所が焼かれている。天草四郎と別れた直後、キリシタンたちは一斉に蜂起《ほうき》した。その勢いは凄まじく、一揆《いっき》勢が島原城を囲んだほどだ。さらに海を隔てた天草でもキリシタンたちが蜂起した。両地での決起は二日ちがい。天草と島原のキリシタンが結託している何よりの証《あかし》だ。

そして、弥四郎たちは今、天草の地にいる。噂で、天草四郎が島原から天草へ渡ったと聞いたからだ。喜内の先導で、弥四郎たちは必死に街道を走った。途中で何度も一揆の軍勢とすれちがい、そのたびに草むらや木立の中に身を隠す。急がねばならないのに、弥四郎の足は遅れがちだ。

頭によぎるのは、松倉家の苛政である。ここ天草でも同様だという。松倉家や寺沢家に正義があるように思えない。一揆に加わらざるをえなかった者たちのことを考えると余計に、だ。果たして、弥四郎が行わんとしていることは正しいのか。

風が吹いて、嫌な臭いが運ばれてくる。カラスが上空で群れをなしていた。弥四郎の胸に不穏の気が満ちる。

まず見えたのは、道に並ぶ地蔵だ。異様なのは首が全て取り外され、かわりに据えられているのは血を流す生首であることだ。大人だけでなく、女子供の首もある。

だけではない。磔台が林立し、神主や仏僧たちが磔にされていた。その下には、槍で刺し殺された女子供の骸もある。寺や社が火にまかれており、仏像や神像にまじって人が黒焦げになっていた。

「これは、キリシタンたちがやったのか」

弥四郎は立ちつくした。春日や先日合流した宇多丸は、景と喜内の姉弟に鋭い目を向けている。

「他宗を認めぬキリシタンは多い。もちろん、そうじゃない者も大勢いるが……」

喜内の語尾が濁る。景は悔しげに唇を嚙《か》んでいた。キリシタンであるふたりは、どこかでこのことを予感していたのかもしれない。

「村の大きさにしては死体が少ないな。残りは逃げたのか」

険しい顔の春日がきいた。

「一揆に組み込まれたはずだ。キリシタンに入信するか、殺されるかを選ばせるのが奴らの手口だ。島原でも同じ手を使ったらしい」

喜内の声は穏やかだが、表情は苦しげでさえあった。弥四郎は磔にされた民たちを見た。躊躇い傷のような浅い刺突の痕《あと》がいくつもある。

「まさか、入信させた民たちに殺させたのか」

「僧や神主にいいやつもいれば悪いやつもいるように、キリシタンも同様だ。俺たちは善良なキリシタンを守る。そのためならば、悪しきキリシタンを討つことに躊躇はない」

喜内は刀を握りしめて、そういった。

春日がじっと弥四郎を見ている。決断を待っているのだ。

「ここに極まればやることはひとつ。あたう限り、この乱を早く終わらせる」

弥四郎の決意に皆が点頭する。

「なら、二手に分かれるべきだと思う。寺沢家は軍を率いて城を出たそうだ」

先日まで天草を探索させていた宇多丸がいうには、キリシタンは本渡《ほんど》という漁村に兵を集結しはじめているらしい。

一方、天草を治めるのは寺沢家の家老の三宅重利《みやけしげとし》で、忠利の母方の従弟《いとこ》にあたる。母が明智光秀の娘で、父は明智秀満《ひでみつ》。本能寺《ほんのうじ》の変後、叔母《おば》であるガラシヤ夫人に匿《かくま》われ、後に細川家に仕官し、何年か前に寺沢家に転仕した経緯がある。宇多丸の話では、富岡《とみおか》城を出てキリシタンたちに野戦を挑まんとしているという。

弥四郎は、春日と景、宇多丸と別れた。三人は戦よりも探索の方が向いている。富岡城で落ち合うことだけを決め、喜内とともに弥四郎は三宅の軍を目指した。

半日も歩くと、三宅勢の旗指物が見えてきた。陣幕を申し訳程度にはった陣で、兵の数は一千。数ではキリシタンが凌駕《りようが》している。

「忠利公からの書を持参した。三宅様にお取り次ぎ願いたい」

喜内が紹介状を掲げて怒鳴る。侍大将が出てきて、紹介状をあらためた。

「よろしい、こちらへどうぞ」

案内された先にいたのは、悲壮な覚悟をたたえた将だった。三宅重利は、従兄《いとこ》の細川忠利と歳格好はほぼ同じだろうか。弥四郎が持参した紹介状に無言で目を通す。鎧兜《よろいかぶと》に身を包んだ武者たちが、周囲を厳重に警戒していた。齢《よわい》は二十代や三十代ばかりで、みな過剰に気負っている。無理もない。皆、初陣なのだ。

「弥四郎と申したか。忠利様の文を読むに、相当に信頼されておるようだな」

「兵法御伽《へいほうおとぎ》の過分な知遇を得ています。島原や天草の立ち返りの動きを探っておりました」

「キリシタンたちの様子を教えてくれるか」

「一揆の総数は、天草だけで三千を超えます。改宗を強いて、日を追うごとに数を増やしております。さらに、天草四郎が島原からここ天草に入ったという噂もあります」

弥四郎の報告に、武者たちがどよめいた。

「いかほど一揆勢は集結しておる」

「まだ半分ほどかと。間違いないのは、日を追うごとに数が増えることです」

弥四郎の言葉に、三宅は眉間《みけん》に深いしわをうがつ。

「ご注進、本渡の一揆勢が動きました。各地の村を焼いております」

使い番が駆け込んできた。

どよめく旗本や近習たちとちがい、三宅は冷静だった。

「天草四郎め、焦ったな」

悲壮な顔はもうない。三宅重利の目が輝いている。

「戦の好機だ。煙が我らの姿を隠してくれる。敵の本陣に奇襲をかける」

三宅の指示に、若い武者たちが「応」と声を揃えた。三宅が弥四郎に目をやる。

「来るか」

「無論のこと」

弥四郎たちも用意してくれた馬に乗る。三宅重利率いる手勢が動きだす。眼前には黒煙が風に棚引き、その下をかするようにして行軍していく。

「危険じゃないか。一揆の数は多いんだろう」

並走する喜内が険しい顔で問うた。

「いや、数で負けるからこそ、集まりきる前に一勝して味方の士気を上げるべきだ」

旗指物の隙間から三宅重利の背中が見えた。明智光秀を祖父に持つだけあり、堂々たる采配《さいはい》ぶりだ。

先へ先へと進むほど、敵の喚声が大きくなる。前だけでなく、左右からも聞こえた。

突然、手勢が止まった。旗を振る一団が現れたのだ。鎧兜を身につけているが、針山のように矢が刺さり、目庇《まびさし》の下の顔は血だらけだ。

「三宅様とお見受けしました。我らは志垣《しがき》村の代官、中林郷左衛門《なかばやしごうざえもん》と申します」

「一揆どもと戦ったのか」

三宅が傷ついた武者を見下ろした。

「衆寡敵せず、村を焼かれました。ぜひ、陣に加えていただきたくあります」

弥四郎がちらと見ると、武者たちの半数は鉄砲を持っていた。逆に、三宅勢の鉄砲の数は少ない。

「いいだろう。敵の位置はわかるか」

中林と名乗った武者が、厚く立ち込める黒煙の先を指さした。

「キリシタンの旗が多くありました。百歩ほどいったところです。その数は一千ほど。天帝の旗指物が林立しております。さらには、盃《さかずき》と天使を描いた旗も」

「盃と天使だと、それこそが天草四郎の馬印ぞ」

三宅が大きな声をあげた。

「知っているのですか」

「イエスが最後の晩餐《ばんさん》に使った聖杯の絵だ。余人が旗にしていいものではない。間違いなく天草四郎はいる。鉄砲を持つ者は下馬しろ、わが右手につけ。旗本の半数も下馬して、左翼で抜刀隊をつくれ」

弥四郎と喜内は抜刀隊に加わった。三宅が馬の腹に蹴りをいれる。軍勢が一斉に動きだした。黒煙を裂くようにして突撃を開始する。煙の壁を抜けると、はたして一千ほどの一揆勢が布陣していた。砂塵《さじん》の先に、聖杯と天使が描かれた旗が見える。

「鉄砲はまだ討つな。抜刀隊、道を斬り開け」

弥四郎が参加する部隊が果敢に切り込んでいく。予期せぬ攻撃だったとみえ、たちまち一揆勢が崩れだした。馬印の下に、騎馬に乗った少年がいる。

「ジェロニモォ」

弥四郎は叫んだ。立ちはだかる一揆勢には鎧を着ている者は少ない。白木綿の筒袖を身につけ、筑紫《つくし》薙刀《なぎなた》や片刃槍と呼ばれる粗末な武器を握っている。皆、頭のどこかを十文字に剃り上げていた。弥四郎は躊躇しなかった。次々とキリシタンを刃にかける。彼らの腰に首級がくくりつけられていたからだ。キリシタンに転ばなかった民たちのものである。

怒りが太刀を加速させた。

一方、馬上の天草四郎は、まるで弥四郎たちの襲撃を知っていたかのように泰然としている。甲冑《かっちゅう》ではなく、白い綾織《あやおり》の服を身につけている。額にクルスを縛りつけていた。

「まだ、射つな。天草四郎に近づくのだ。抜刀隊、援護しろ」

三宅が必死に指示を出す。させじとキリシタンたちの壁も厚くなる。血が霧となって立ち込めた。死を恐れぬキリシタンたちに、弥四郎も苦戦する。近づくほど、敵の数が多くなる。

その時だった。するすると、キリシタンの壁を抜ける武者たちの姿があった。矢があちこちに刺さった甲冑を着ている。

「我こそは中林権左衛門なり。志垣村を焼いた報いを受けよ」

鉄砲を天草四郎へと突きつけた。天草四郎に動揺はない。刀を抜こうともしない。両の手を突き出した。銃声が轟き、白煙が弥四郎の視界を覆った。

戦っていた敵味方が殺し合いの手を止める。みなが、白煙が晴れるのを注視していた。

煙の中から、馬上で屹立《きつりつ》する天草四郎が現れた。銃撃を受ける前と体勢はまったく変わっていない。突き出していた掌をゆっくりと開いた。ぽろぽろと落ちたのは、五つの銃弾だ。

「おおお」と、喚声が湧きあがった。

「き、奇跡だ」

「四郎様は傷ひとつ負っておらぬぞ」

キリシタンたちが刀や筑紫薙刀を天に突き上げて喜ぶ。一方で崩れ出したのは、三宅の手勢だった。

七

負傷した武者に肩をかしながら、弥四郎たちは必死に城へと逃げる。あちこちで悲鳴が上がっていた。

「弥四郎の親父、ダメだ。どこもかしこも敵だらけだ」

返り血をいっぱいに浴びた喜内がいう。木々の隙間から見えるのは、キリシタンの旗ばかりだ。味方の旗はない。讃美歌は、天草の地を覆わんばかりに響いている。

あれから一方的な負け戦になった。キリシタンの追撃は激しく、とうとう総大将の三宅重利も討ち取られた。弥四郎たちは残された敗兵をかきあつめて、富岡城へと戻らんと必死だ。しかし、本街道を使うことができず、間道では伏兵に何度も襲われた。

「おい、あれは何だ」

喜内が指さす先に、真新しい旗指物がある。九曜紋は、細川家の紋だ。

「まさか、細川家が動いたのか」

幕府の命なく大名が領外に兵を動かすのは禁忌だ。忠利がそんな愚を犯すわけがない。だが、弥四郎たちにとっては好機だ。キリシタンも突然現れた敵に注意を引きつけられている。

「きっと跳ね返りの家臣たちの仕業だろう。余計なことをしやがって」

「けど、血路は開けそうだ」

「喜内は富岡城に戻れ。俺は、細川家の将が誰かを見極めてくる」

もし面識のある侍大将だったら、説得して兵を退かせなければならない。弥四郎は走った。火縄銃の斉射の音が聞こえ、キリシタンの旗が次々と倒れていく。突然、現れた細川家の軍勢に対応できていない。五百人ほどの細川勢が、キリシタンたちを駆逐していた。

弥四郎は目を細め、馬印を探す。総大将は誰だ。

弥四郎の目が戦場の一角へと吸い込まれる。そこにいたのは、黒衣の剣士だ。凄《すさ》まじい剣撃で次々とキリシタンたちを死体に変えている。さながら風車のようだった。腕だけでなく、体全体を回転させ斬りつけていく。剣士が斬撃の手をとめ、弥四郎の目差しを受け止めた。

「弥四郎さんじゃないですか」

西山左京が目を細めた。歳は三十代の半ばになったはずだが、まだ二十代のように肌は瑞々《みずみず》しい。血で濡《ぬ》れた顔は化粧をしているかのようだ。

「凄まじい斬り方だな」

「最近は斬ることが楽しくなってね」

左京の目が弥四郎の体をはう。どこを斬らんとしているか想像する目だ。散らばる骸を見ると、ひとりとして同じ斬り方はしていない。そもそも左京ほどの男が、どうして一回転までして斬る必要があるのか。

「いつか、弥四郎さんを斬ると決めたんだ。そのための稽古《けいこ》だよ。どんな斬り方がいいか色々と試しているんだ」

左京の表情は無垢《むく》だ。キリシタンたちを斬った時も同じ顔をしていた。童が悪意なく虫の四肢をもぐように、左京の剣には一切の邪気がこめられていない。ただ、己の太刀筋と斬れ味を確かめたいだけなのだ。

「それよりも、今すぐ総大将のもとへ連れていけ」

「いいけど、どうして」

「軍勢を退かせる」

「けど勝ち戦だよ」

「これっぽっちの数で、キリシタンに勝てると思っているのか。深入りすれば、全滅だ。そうなれば、細川家も責を負うぞ。今ならまだ間に合う」

「連れていくのはいいけど、軍勢は退かないと思うけどなあ」

「どうしてだ」

「軍を発することを決めたのは、忠興様だ」

弥四郎の眉間が強張る。

「総大将は、京にいる忠興様だよ。今、この軍を率いているのは名代の立孝《たつたか》様だ」

立孝は忠利の異母弟で、忠興がその勇猛さを愛していることで知られている。

「そこまでして功が欲しいのか」

「当然でしょう。戦国を生き抜いた忠興様が、この好機を逃すはずがないじゃないですか。まあ、キリシタンを斬るのも飽きてきたところです。立孝様のところへご案内しましょう」

弥四郎は、左京の背中についていく。

「左京よ、なぜ戻ってきた。キリシタンどもはまだ戦場にいるぞ」

甲高い声で怒鳴るのは、ひとりの若武者だ。歳のころは二十代の前半で、太い顎が苛烈な性格を物語るかのようだ。

「立孝様、こちらにいるのは雲林院弥四郎殿です。忠利様の密命を受けて、天草や島原を探索していたそうです」

はたして、左京は立孝と呼んだ。忠利と似ていないのは、異母弟だからだろう。

「ほう、兄に飼われる間者か」

「これ以上の攻めはお控えください。ここは敵地であります。深追いすれば、逆に全滅の憂き目にあいます」

「このわしに意見するのか」

「だけではありません。軽々に軍を発するのは、武家諸法度で禁じられております」

「武家諸法度か。臆病者どもにとっては、良い言い訳ができたな」

臆病者の中には、忠利のことも含まれているようだった。

「弥四郎とやら、キリシタンの布陣はわかるか」

割ってはいったのは、老練さが滲みでる侍大将だ。忠興からつけられた家老であろう。弥四郎は知っている限りのことを教えた。老練の侍大将の顔が苦いものに変わった。

「立孝様、今が潮時です。軍勢を退かせましょう」

「なんだと、みすみす勝ち戦を逃すのか」

「十分に勝ちを拾いました。深追いは危険です」

さらに、他の侍大将も賛意を示した。たちまち立孝の顔が不機嫌になる。

「ふん、臆病者は兄だけではなかったか。勝手にしろ。退き戦の采配などわしは取らぬぞ」

とはいえ、立孝の乱入で少なくない三宅勢が命拾いしたのは確かだ。

「私は、富岡の城に入ります。寺沢家も救援には感謝しているはずです」

すでに戦場に背を向けている立孝からは返事はない。さっさと去れといわんばかりだ。

「弥四郎さん、送っていきますよ」

左京が笑顔で近づいてきた。

「大丈夫だ。そっちも忙しかろう」

「私の仕事は斬ることですよ。退却の雑事は、他の者に任せればいい。あそこの丘までお見送りしますよ」

散歩に誘うかのような口調で、左京はいう。敵味方の骸をよけつつ、弥四郎は歩いた。

もうすぐ丘につこうかという時だった。

殺気を感じた。

振り向くと、左京が跳んでいた。宙返りしながら刀をひるがえす。

受け止めたが、回転を利した斬撃に弥四郎の体が吹き飛ぶ。いや、力を逃すためにあえて後ろへと跳んだのだが、予想していたよりもずっと遠くに着地していた。

「どういう――」

問いただすより速く、左京の剣が襲ってくる。必死に刀で受け止めた。充実した気力が嫌でも伝わってきた。左京は、弥四郎を斬り刻むことを何ら躊躇していない。

十数度目の斬撃を受け止めたとき、左京が白い歯を見せた。

「驚いた。弥四郎さん、まさか不意打ちを防がれるとは思っていませんでした。いい具合に力が抜けましたね。嬉しい誤算ですよ。そのお歳になっても、まだ強くなっている」

まるで年長者のようにいってくるのが忌々しい。

「ふん、昔のように力も速さもないが、剣ってのはそれだけじゃないんだよ」

そういう弥四郎の口に苦いものがにじむ。この歳になってわかるのは、左京の剣の術理が老齢の弥四郎よりも上だということだ。その上で、左京は戯れるように剣を振る。

何事もなかったかのように左京が納刀した。
「まだ、弥四郎さんを斬るのは難しいみたいだ」
「どういう意味だ」
「いずれ、最高の舞台で弥四郎さんを斬ろうと思って。まあ、その挨拶《あいさつ》がわりだよ」

八

三宅重利が討ち取られてから、情勢は激しく動いた。敗北した寺沢家の軍勢は富岡城に籠《こも》った。二日にわたる一揆勢の苛烈な攻めを凌《しの》ぐ。戦況が変わったのは、幕府の命を受けた鍋島《なべしま》家の軍勢が島原に到着してからだ。一揆勢は富岡城の包囲を解き、島原にある原城《はらじょう》へと兵力を集結させた。天草と島原に兵を分けるのは愚策と考えたのだろう。

原城はもともと有馬家の居城であるが、松倉家が入ってから廃城となっていた。破却されたとはいえ石垣や堀は健在で、三方を海に囲まれた要害の地である。

その原城を、幕府軍が厚く囲っていた。三方を囲む海は、軍船がびっしりと埋めている。ただ、浅瀬が沖までつづくため、水軍は遠くからしか原城を囲めていない。

一方の陸はちがった。細川、立花《たちばな》、小笠原らの軍勢が隙間なく陣をしいている。槌音《つちおと》が木霊しているのは、陣地を前へ前へと動かしているからだ。柵や堀を年輪を刻むように城へと迫らせている。無論、敵からの反撃はある。陣は幾度もの前進と後退を繰り返しつつ、原城へと近づいていた。

陣の内側には、櫓《やぐら》や築山《つきやま》がいくつも建ち並んでいた。弥四郎たちがいるのも、そんな櫓の上だ。

「弥四郎様、見えました。凧《たこ》です」

景が陣の一角を指さした。赤い凧が翻っている。戦場といっても一日中、気をはっているわけではない。無聊《ぶりよう》を慰めるために博打《ばくち》や狩り、釣りに興じる。凧もそのひとつだ。先ほど上がった赤い凧以外にも、あちこちで上がっていた。

「よし、いくぞ」

宇多丸、景、喜内を先導するように、弥四郎は櫓を降りた。凧の下まで走っていく。はたして、寺沢家の武者たちが凧揚げに興じていた。

「楽しそうだな」

弥四郎は笑顔を絶やさずに近づく。

「あんたもやりたいのか。ご覧の通り人数は足りてる。他のとこに混ぜてもらいな」

寺沢家の武者は手をふって追い払おうとする。

「久しぶりにあったんだ。つれないことをいうなよ」

ぴくりと武者たちの眉《まゆ》が吊《つ》り上がる。

「久しぶりだと」

「そうだよ。俺たちも本渡の合戦に参加していた」

本渡の合戦とは、三宅重利が戦死した戦いだ。

「ひどい負け戦だったな」

弥四郎がねぎらうように声をかけた。

「ああ、そうだな。俺たちも手傷を負った」

武者のひとりが首元の傷をかいた。

「あんたらも勇敢だったよなあ。あの天草四郎に鉄砲を突きつけたんだから。えーと、名前は中林郷左衛門だっけ」

傷をかく武者の指が止まる。

「しかし、まさか、四郎め、鉄砲の弾を受け止めるとはな。中林殿も驚いたろう」

男たちは、途中で合流した志垣村の武者たちだ。

「本渡での戦いの中林殿の活躍は鉄砲だけじゃないよな。三宅様を、四郎の本陣までおびきよせた」

「おびきよせたとは、どういう意味だ」

中林が険しい目を向ける。

「そのままの意味だ。三宅様をたぶらかし、敵の本陣へとおびきだし、お前たちは四郎に向かって空砲を放った」

武者たちから殺気がたちこめる。

「何を根拠に」

弥四郎は宇多丸に目配《めくば》せする。宇多丸は、丸めていた旗を広げてみせた。そこには、朱墨で〝天帝〟と書かれている。

「こいつは忍びの端くれでな。原城に潜入していた。これは、その時に奪ったものだ」

「それは大した働きだな。きっと褒美をもらえるだろうさ」

この期に及んでもしらを切ろうとするようだ。

「で、こいつは城の中であることを知った。キリシタンは、凧を使って城外の内通者と連絡をとっているとな。赤い凧らしい」

内通者の協力をえて、原城は陣を構築する幕府軍に反撃を繰り返していた。おかげで、城に近づけば近づくほど死者や怪我人がでる有様だ。

「馬鹿らしい。それが俺たちだというのか」

中林たちは半笑いで応じていた。

「そうだ。しかも、よく見れば本渡の戦いで見た顔だったから驚いた。実は本渡で四郎に鉄砲を放った奴らも捜していたからな。つまらない詐術なのは、最初からわかっていた」

「嘘つけ、詐術の謎解きは春日様がしたんじゃねえか」

背後で毒づく宇多丸は無視した。

「一石二鳥ってことになったわけだ。捜す手間をひとつ省かせてくれたことは礼をいう」

「証拠もなく、言いがかりをつけるな」

「あまりこういうことはしたくないが」

いったのは宇多丸だ。原城に潜入した時に奪った、天帝の旗を指さした。

「踏んでみろ。お前らがキリシタンでないならできるはずだ」

凧をつなぐ糸を、中林たちは手放した。すでに両手に刀を握っている。襲いくる中林らを防いだのは、景だ。抜刀して弥四郎の前に立ちはだかり、武者たちの攻めをことごとく撥《は》ね返す。村田のもとで鍛えさせただけはあり、堂々とした立ち回りだ。そこに喜内が飛び込む。刃が鞘を走る音と納刀の鍔《つば》鳴りがひとつに重なって聞こえるほど居合の早業で、次々と武者たちを倒していく。

残ったのは、中林郷左衛門だけだ。

「もはや、ここまでだ」

中林の叫びに、傷ついた仲間たちが立ち上がった。景や弥四郎たちの動きが遅れたのは、彼らが攻撃してこなかったからだ。互いの刀でその身を刺し合う。気づいた時には遅かった。半分ほどは即死しており、残りの半分は息こそはあるがすでに絶命間近だった。

弥四郎は空を見た。赤い凧が空を舞っている。

強い風を受けて、空の彼方《かなた》へと流されていった。

九

弥四郎のいる櫓の上から、九曜紋の旗指物をかかげた軍勢がこちらへとやってくるのがわかった。数は百に満たぬが精兵ぞろいなのは威容からもあきらかだ。

戦況は、さらに動かんとしていた。幕府は九州の藩主に江戸在府は義務づけたまま、キリシタン討伐を命じていた。万が一、藩主がキリシタンに同調することを恐れたのだ。大軍を派遣する細川家も、忠利は戦場に不在だった。しかし、膠着《こうちゃく》した戦況に業を煮やした幕府は、とうとう藩主にも出陣を命じたのだ。

「兄貴、いたよ。忠利様だ」

目を細めた宇多丸が教えてくれた。忠利が、とうとう戦場に到着した。足下の細川勢から歓声が上がる。忠利の手勢が細川家の本陣へと入っていった。

「よし、降りて出迎えよう」

梯子《はしご》を伝って地面につくと、春日や景と喜内の姉弟も待っていた。

「春日さん、忠利公がご到着しました。どうします」

春日も、忠利が光であることは知っている。

「俺はよしておく。光殿とわかっていても、会ってしまうと身分の垣根ができてしまう」

弥四郎は宇多丸と姉弟をつれて本陣へ急いだ。急造りの屋敷には、指示を待つ者や伝令を持ってきた者たちで人垣ができていた。

「兵法御伽の雲林院弥四郎なり。忠利公にご面会を所望する」

「そういうことならば、お入りください。弥四郎様が来れば、すぐにお通しするように言われております」

旅塵をまとわりつかせた近習がそういってくれた。奥の間にいる忠利は、小具足姿のままだった。次々と訪れる使者や武者に忙《せわ》しなく指示を送っている。隣では文机《ふづくえ》に右筆《ゆうひつ》がかじりつき、書状を次々としたためていた。時折、忠利が花押を書きこむ。

「弥四郎殿、ご来所されました」

案内の声を受けて弥四郎ら一行は平伏した。

「おお、ご苦労。よし、そなたらはしばし休め。弥四郎たちを別室へ。人払いも忘れるな」

必死に筆を握っていた右筆が安堵《あんど》の表情を浮かべた。家臣が手配した別室へ入るなり、忠利は大きなため息をついた。大儀そうに腰を落とす。聞けば、熊本にはよらず直接、島原に急行したという。強くはない忠利の体を疲労が蝕《むしば》んでいるのは、弥四郎でなくともわかる。

「春日さんは」と、忠利がきいた。

「外で待っている。大名の姿を見てしまうと、昔のようには接することはできない、と」

「そうか」と、さらに忠利の疲労が濃くなったような気がした。

「忠利様、無理なりの者は無実です。なんとか、救ってもらえないでしょうか」

切実な声でいったのは、景だ。無理なりの者とは、キリシタンを強制された者たちだ。

「城攻めがはじまれば、救うのは無理だろう。ほとんどの者は生きては帰れまい」

自身に言い聞かせるかのような、忠利の声だった。

「手があるとすれば、民たちが自らの意志で城を脱《ぬ》けることだ」

「城内を探ったからわかります。脱出は難しくあります」

宇多丸は渋い声でいう。

「その理由は、みなが天草四郎の奇跡を信じているからだな」

忠利の問いに、みながうなずいた。鉄砲弾をつかんだ詐術は暴いたが、それを城内の一揆が見たわけではない。天草四郎の奇跡への信仰はいまだゆるぎない。無理なりの者も、裏切ればキリシタンの呪いにかかると信じている。

「天草四郎が奇跡の子でないと白日のもとにさらす。そうすれば、民たちの呪縛《じゅばく》は解けるはずだ」

「ですが、どうやって天草四郎が奇跡の子でないと証《あか》すのでしょうか」

宇多丸が上目遣いで聞く。

「手はひとつだ。キリシタンたちは、天草四郎には鉄砲の弾は当たらぬと信じている」

ここでひとつ間をとった。

「ならば、天草四郎に鉄砲の弾を当ててやればよい。弾丸で傷ついた姿を見せれば、嫌でも奇跡が詐術だったと悟るはずだ」

十

陣内の広場に、細川家が誇る鉄砲名人たちが集められていた。

「天草四郎が本丸にいるのはわかっている」

侍大将が大きな声を出す。

「陣は十分に原城に肉薄している。大鉄砲を使えば、本丸に弾丸を届かせることも可能だ。我らは天草四郎に弾を当てる」

ひとりが、おずおずと手を挙げた。

「ですが、本丸は死角で天草四郎の姿は見えませぬ。どうやって狙うのですか」

原城にも急造の櫓や築山、石塀があちこちにあり、本丸の前に立ちはだかっていた。侍大将が弥四郎たちに目をやる。

「この者たちが城内に侵入し、本丸のどの場所に天草四郎がいるかを調べる。凧を使って合図を送る手筈《てはず》になっている」

男たちがざわつき出す。

「無論、それでも死角にはかわりない。だから、山なりの弾道で狙い撃つ」

忍びこんで邪魔になる敵の櫓を燃やすという手もあるが、天草四郎の居場所を見つけた後、障害となる櫓を割りだし燃やすのは時がかかりすぎる。山なりの弾道でうつのは遠町といって、実際にある火縄銃の技だ。そのための器具も、鉄砲の巧者ならば持っている。問題は——

「凧の指示だけで、見えぬ敵に当てるのは至難です。原城は風がきつくありますれば」

鉄砲巧者たちが、空を恨めしげに見つめた。雲の流れは、川のように激しい。天草四郎の場所がわかったからといって、当てられるわけではない。

「それは承知の上だ。ゆえに、今から本物の手練れを見つけるために選抜をする」

侍大将が指さしたのは、細川家の陣の一角だ。丘の上に陣幕が張り巡らされていた。

「幕の中に的を用意した。この絵図の印の場所にある」

侍大将が絵図を高々と掲げる。張り巡らせた陣幕のやや左寄りに印がつけられ、中央から何歩の距離にあるかを記されていた。

「幕に隠れた的を、見事に撃ち抜いてみせよ。その者に、天草四郎の狙撃《そげき》の役目を託す」

鉄砲巧者たちが、次々と狙いを定める。使うのは三十匁《もんめ》の大鉄砲だ。強い風を意識して、かなり銃口を横にずらしていた。弥四郎らから見れば、明後日《あさって》の方に行くように思えたが、弾丸は鋭い曲を描き陣幕の向こうに吸い込まれていく。陣幕の横には足軽がおり、身振りで前後左右にどれほど外れたかを教えてくれる。

「的より前に五歩、右に十七歩」

身振りを読んだ近習が叫んだ。次々に挑むが、みな十歩のうちに収まらない。中には陣幕を大きく外し、身振りで教える足軽たちの足元に着弾させる者もいた。すでに二巡目になっていた。当たる気配は一向にない。みなの顔に疲労の色が滲んだ時だ。

「私がやっていいですか」

景が一歩、前へと出た。

「おい、姉ちゃん、短筒と大鉄砲を一緒にすんじゃねえよ」

宇多丸が目を吊り上げるが、「いいじゃないか」と鉄砲巧者たちが後押しした。命中させることを半ば諦《あきら》めているようで、いい退屈しのぎが現れたという顔をしている。景は大鉄砲を受け取るが、構えようにも女の身では難しいようだ。鉄砲巧者たちが笑うなか、最初に足軽の足元に打ち込んだ男を景が指さした。

「わ、わしか」

どうやら何の用かはわかっているようだ。景の前に膝をつき、その肩に大鉄砲の銃身がのせられた。

「姉ちゃん、わしの肩は安くはないぞ」

大きく外したわりには、男の態度は横柄だ。両耳に綿をいれ、手で覆った。景の柔らかい頬に大鉄砲の台座がめりこむ。目当てをのぞいた。

音が消えたかと思った。銃声は大きかったが、どこか現《うつつ》ではない別の世のもののように聞こえた。弾丸が凄まじい曲を描く。絵師が描く線のように曲がり、陣幕の裏に吸い込まれた。

足軽たちは呆然《ぼうぜん》と立ち尽くしている。

「どうしたのだ。何歩外れた」

侍大将が怒鳴りつけた。足軽のひとりが陣幕の陰へいき、やがて戻ってきた。手に棒を持っている。その先にある菱形《ひしがた》の的は半分砕けていた。

「まさか、当たったのか」

侍大将の叫びに、足軽たちは両手で大きな輪をつくる。

十一

目を閉じ無理矢理に体を休めるが、なかなか眠れない。弥四郎の耳に己の鼓動がやけにうるさい。突然、凄まじい大音響がした。はじまったか、と弥四郎は目を開けた。

原城に向けて、砲撃が開始されていた。櫓の上からは大鉄砲が猛射され、海からは船にのせた大筒が火を噴く。一際、凄まじいのはオランダ船からの砲撃だ。幕府は、切り札としてオランダに援軍を要請したのだ。城の櫓や石塀を吹き飛ばしているが、遠浅の海に阻まれ弾丸は本丸には届いていない。

「おい、あんた、また眠るのかよ。斬り込むのを忘れたわけじゃあるまい」

そういったのは、喜内だ。白木綿の筒袖を身につけている。右のこめかみは十文字に剃り上げており、隣に立つ宇多丸、そして春日も同様の姿をしている。宇多丸は爪の入った籠《かご》をかつぎ、春日は原城の絵地図を何度も凝視していた。

今から弥四郎たちは、敵の本陣へと忍びこむ。そのためにキリシタンの姿に扮《ふん》している。

「そういうな。慣れぬキリシタンの服のせいか、眠りが浅いのよ」

そういって弥四郎は目を閉じた。

呼吸を落ち着けるが、なかなかうまくいかない。さすがの弥四郎も緊張しているようだ。

「弥四郎殿、もうすぐ、刻限だ。支度はできているか」

侍大将の声にまぶたを上げる。あくびをこぼしたのは芝居だ。いつもと変わらぬ姿であると、虚勢であっても喜内や宇多丸たちには見せつけたい。

「あまりに遅いから寝ちまったよ」

「今から原城前にある深田に弾丸を撃ち込みます」

侍大将が、泥色の大地を指さした。舞い上がる土砂を目眩《めくらま》しにして、原城に潜入する。

「にしても、えらい弾の数ですね。いつもの倍以上じゃないですか」

宇多丸が空を見上げていった。

「景がいうには、砂塵が上がっている方が風も読みやすいらしい」

その中を、弥四郎たちは探索しなければならない。覚悟はしていたが、あちこちが爆《は》ぜる原城を見ると気持ちいいものではない。

地響きがした。目の前の深田に砲弾が落ちたのだ。泥が飛散し、砂煙が濃く立ち込める。

「行くぞ」

弥四郎たちは飛び出した。時折、爆風が吹きつける中を駆ける。原城の塀が燃えており、そこに果敢に飛び込んだ。城の中は、悲鳴と祈りの声が耳を聾《ろう》するほどにうるさい。そこに砲撃の衝撃も加わる。荒い息を吐いているのは春日だ。足が悪いのに遅れなかったのは大したものだ。

本丸にも大鉄砲の弾が打ち込まれているが、ほとんどが手前の櫓に遮られている。

「兄貴、あそこに登れば、本丸の様子がわかるはずだ」

宇多丸が、指さしたのは火が飛び移った櫓だ。

「気をつけろよ」

弥四郎は宇多丸の背負っている爪を受け取った。

「そういうなら、兄貴が登ってくれよ」

愚痴を叫びつつも、するすると登っていく。懐から出したのは遠眼鏡——これもオランダから借りたものである。炎を受けて傾ぐ櫓の上で、宇多丸が必死に本丸の様子を探る。

「あちぃ」

悲鳴が聞こえた。宇多丸の着衣に火が移っている。櫓から飛び降りて、着地の寸前に回転して火と勢いを殺した。

「場所はわかった。天草四郎は——ジェロニモは確かにいたぞ」

籠から矢立と帳面を出して、本丸の絵図に書き加えていく。絵図には碁盤の目のように縦横の線がひかれている。

「ジェロニモがいるのは、鼠の六から右に三歩、前に四歩いったところだ。床几《しょうぎ》に座っている。能舞台のような台の上だ。普通に立つよりも、半尺ほど頭の位置は上になる」

それだけわかっていれば、遠町には十分なはずだ。

「よし、宇多丸は凧を上げてくれ。喜内はその護衛だ」

とはいえ、すぐに上げられるわけではない。キリシタンたちに見咎《みとが》められず、かつ味方には容易に視認できる場所を探さねばならない。

「弥四郎の親父たちはどうするんだ」

弥四郎は懐から短筒を取り出した。

「景殿に、お守りがわりに貸りた」

「親父が、お守りなんて欲しがるたまかよ。何を企んでいる」

喜内は、景よりは弥四郎のことをわかっているようだ。

「天草四郎を射つ。別に遠町でやる必要はないだろう」

「本丸に乗り込むのか。姉貴の腕を信用していないのか」

「策は何重にも張り巡らせるのが生き残るこつだ。覚えときな」

宇多丸が弥四郎に加勢した。遠町で致命傷を与えるのは難しいが、至近で短筒の弾を浴びせれば命を奪うことも十分にできる。一気に乱を終わらせられるかもしれない。

「そういうことだ。景殿に伝えなかったのは、余計な心配をさせぬためさ。その方が、心置きなく狙撃で――」

会話を遮ったのは、爆風だ。倒れることはなかったが、石や瓦礫《がれき》が体のあちこちに当たる。弥四郎は口の中に入った土砂を吐き出した。

「無駄話をしている暇はなさそうだな」

四人は同時にうなずき、それぞれの持ち場へと走りだした。

十二

まるで嵐の海のようだと、浜田弥兵衛は思った。天草四郎のいる本丸に敵の弾が次々と降り注ぐ。本丸に設《しつら》えた舞台の中央で、天草四郎は床几に座りただじっと虚空を見つめていた。舞台の周囲には信者たちが跪《ひざまず》き、祈りの歌を一心不乱に歌っている。時折、銃弾があたり信者が倒れることはあるが、今のところ天草四郎は無事だ。何度か着衣をかすっても、少年の表情には微塵《みじん》の変化もない。魔術を使って弾に当たらぬようにしているのではないか、と半ば本気で思った。

「浜田殿」と、天草四郎が声をかけた。声にも恐怖の色はない。大した肝だ、と感嘆の息をこぼしつつ舞台に登った。

「弥四郎さんが――雲林院弥四郎がきます」

最初は軽口かと思った。しかし、天草四郎の顔は真剣だ。

「なぜ、わかるのですか」

「奇跡の子だからです」

やはり軽口なのか。もし、本当に予知ができるならば、キリシタンの軍勢はもっと善戦しているはずだ。

「わかるんですよ。全てではありませんが、未来が視《み》える。原城に籠城《ろうじょう》し苦境に陥ることもわかった上で、私は挙兵しました」

浜田の眉宇《びう》が硬くなる。

「私の望みは、キリシタンの国を創ることではありません。そんなものは、三百年ほど待てば実現される」

見てきた芝居の演目を語るかのようだった。

「では、何が望みなのですか」

自然と浜田の声は小さくなる。

「松倉家です。あの家を滅ぼせればいい。すでに成就したも同然です」

確かにそうだろう。これほどの騒乱の引き金になったのだ。松倉家は取り潰《つぶ》しになる。そういえば、天草四郎はもともと島原の百姓の子だったと耳にした。本当に松倉家に復讐《ふくしゅう》するためだけに、挙兵したのだろうか。浜田の背がすっと冷たくなる。

「私はもういつ死んでもいいのです。けど、浜田殿はそうじゃないでしょう。逃げ道がない籠城戦になったとはいえ、ここまで私を導いてくれたのは浜田殿です。あなたの願いを聞き届けたい」

いつもなら一笑にふすところだが、この時はちがった。あるいは、銃弾に身をさらす天草四郎を、自身でも気づかぬうちに浜田は畏怖《いふ》していたのかもしれない。

「私の心残りは、一番売りたい商いの品を売り損ねたことです」

「商売熱心なのですね」

そんな言葉ではすまされない。売りたいものがあれば、船戦も辞さず手に入れた。タイオワンでオランダとも戦うことを辞さなかった。そして、費やした値の何倍にもして売った。それが海の商人の矜持《きょうじ》だ。が、最も売りたいものを売れなかった。

「それが雲組なのですか」

浜田のずっと後ろには、刺青を全身にいれた男たちが控えている。

「もう四十年以上前になります。ふたりの面白い剣士と会ったのです。ひとりは朝鮮、ひとりは日ノ本の若造です。技は未熟でしたが、私の見たことがない剣法を育《はぐく》んでいた。私はそいつらを、外つ国に売ってみたかった」

「けど、売れなかったのですね」

浜田の胸が軋《きし》むように痛んだ。

「ひとりは朝鮮の役で死にました。いま、ひとりは――ふられてしまいました。まあ、腕のたつ男たちを集めて雲組と名づけて、外つ国に送りはしましたが……」

「満足いく商いではなかった、と」

浜田は苦笑してみせた。その間も、銃弾が舞台のあちこちに孔《あな》を穿《うが》っている。

「浜田殿、あなたは私の望みをかなえるために尽力してくれました。何を望むか教えてください。お手伝いできるかもしれない」

浜田は老いた胸に自問した。じっくりと時をかけて口を開く。

「この歳になって恥ずかしい限りですが、雲組と喧嘩がしてみたいですな。ええ、今いる雲組でなく、本来の雲組とです」

ああ、そうか、そうだったのか、と浜田はひとりごちる。それが俺の望みだったのか。虎が戦うように稽古する弥四郎と朱子固、獅子《しし》と龍がたわむれるように戦う弥四郎や春日、六道、雨勘、清介たち。俺はあいつらとまじりあいたかったのだ。

天草四郎が目をすうと閉じる。

「浜田殿、弥四郎様がきます」

「なんですと」

「南の三の丸から侵入したようです。出丸にある櫓に登り、二手に分かれました。今、ここへ来んとしています。空堀の角を曲がったところですね」

天草四郎はまぶたを閉じたままだ。なぜか、嘘をいっているようには聞こえなかった。

「行かれたらどうですか。ご安心ください。喧嘩の邪魔はしません。逆にいえば、助太刀にもいきませんがね。ああ、私のことは心配無用です。死ぬのはもうすこし先です」

そういって天草四郎はまぶたを上げた。その瞳には、黒煙がたちこめる空が映っている。

十三

弥四郎は春日とともに走る。荒い息が後ろから聞こえたが、あえて気づかぬふりをした。砲撃で混乱する原城を駆けぬける。

「弥四郎、偽雲組を見つけたら俺はそちらを優先する」

「なら、俺は天草四郎の首を第一に動きます」

とはいえ、浜田は天草四郎の軍師だ。弥四郎も春日も本丸を目指すのは変わらない。

ふたりは倒れた櫓を迂回《うかい》する。銃声が響いた。それは遠くではなく至近だった。苦悶の声とともに春日が膝をつく。太ももが真っ赤に染まっていた。

「弥四郎、春日、遅かったな」

煙を吐き出す火縄銃を構えていたのは、浜田だ。左右には、刺青を全身にいれた武者たち。手には、苗刀を構えている。

「驚いた。浜田さんが出迎えてくれるとはね」

これは幸運なのか、それとも凶運なのか。確かなのは、浜田が他のキリシタンを呼ぶ様子がないことだ。無論、その理由など知るよしはないが……。

「浜田、雲組の名前をよくも使ってくれたな」

傷ついた春日が立ち上がり、刀を突きつける。

「若い頃のお前たちを養ったのは俺だ。雲組の名前をどう使おうが勝手だ」

「あんたじゃなく、末次屋の銭で、だろう。タイオワンの武名も末次屋の看板があったからできた。だから、初代末次平蔵が処刑された後、お前はくすぶるしかなかった」

春日の舌鋒《ぜつぽう》に、浜田の顔が一瞬ゆがんだ。

「そして、今はこの様だ。軍師面してキリシタンを扇動しても、ひとつの城も落としちゃいない。どころか、オランダの船まできて包囲されている」

浜田の顔から表情が消えた。図星だということだ。

「春日、お前が剣より弁の方がたつことを忘れていたよ」

背後から足音がした。苗刀をもつ男たちが道を塞いでいる。

「その上で、問答を挑んでくれて礼をいう。逃げ道を塞ぐ時を稼げた。けど、お前のいう通りだ。キリシタンに勝ち目はない。だから遊んでやるよ。喧嘩をしよう。雲組らしくていいだろう。負けた方が看板をおろす」

「弥四郎、血路を開け。ここは俺の喧嘩だ」

「わかった、といいたいところだけど、逃げるより戦った方が易き道のときもある」

それだけいうと、ふたりは互いに背中をあずけた。浜田が異国の言葉を叫ぶ。刺青をいれた武者たちが、雄叫《おたけ》びとともに斬りかかってきた。踊るかのような足取りは、かつての朱子固の動きと似ている。

弥四郎と春日の斬撃が交錯する。互いに素早く体をいれかえると同時に、太刀を繰り出した。刺青をいれた武者の首が、ふたつ地面に落ちた。弥四郎の苗刀は、刺青の武者たちのそれの敵ではない。切っ先を折り、あるいは曲げる。体をいれかえて正面にでた春日がとどめの斬撃を見舞う。

「この一振りに行き着くまでに、苗刀をいくつ無駄にしたか知っているか」

その弱点は知りつくしている。どの一点に力をいれれば、折れ曲がるかもだ。弥四郎が刀を制し、春日が命を断つ。ふたりの足元に血溜まりが広がり、骸が塁をなすように積み重なる。とうとう、武者たちが背をみせはじめた。武器を捨て、異国の言葉を発しつつ逃げていく。その首が飛んだ。頭を失った体は数歩進んでから、どさりと倒れる。

体だけでなく顔にも彫り物をいれた武者だ。一際大きい苗刀は血に染まっている。背後を見ると、春日が浜田と対峙《たいじ》していた。浜田もまた龍虎《りゅうこ》の彫がはいった苗刀を構えている。

背中ごしの春日の呼吸が荒い。さらに傷を負ったようだ。

前後から二振りの苗刀がゆっくりと近づいてくる。

「大丈夫か、春日さん」

「弥四郎、俺のことは気にするな」

「しちゃいませんよ。それとは別に策があります。俺がふたりの刀を引き受けます。どっちかひとり、やってください」

「いくらお前でも、ふたりの剣を受けるのは無理だ」

春日がそういったとき、前後からの挟撃が襲ってきた。刺青の武者の苗刀は鳥居の形で受けた。膝が揺れて、足が大地にめりこむ。力をいなすことはできない。耐えるだけで精一杯だ。がら空きになった腹に、浜田が体当たりのような姿勢で刺突を繰り出す。

苗刀の切っ先が凄まじい勢いで近づいてくる。

鈍い音がした。まるで、鉄と鉄が激しくぶつかったかのようだ。浜田が苗刀を取り落とした。浜田が刺したのは、弥四郎の肉ではない。懐に忍ばせていた、短筒だ。

「弥四郎、はかったな」

両手を震えさせる浜田がうめいた。

「いったろ、策がある、と」

弥四郎の返答と春日の剣は同時だった。刺青の武者の首に赤い輪が描かれる。半瞬遅れて、血が噴き出た。弥四郎が、倒れる骸を蹴る。浜田と一緒に後方へと吹き飛んだ。

骸を押しのけんとする浜田と対峙する。

春日はがくりと両膝をついていた。もう顔を上げる気力もなさそうだ。

「弥四郎、見事だよ。朱子固が見たら喜ぶだろうさ」

動揺を誘っているつもりだろうか。浜田からは、もう戦意は感じられない。

「なぜ、味方を呼ばなかった」

「お前らなど俺ひとりで十分だ。まだ、負けちゃいない」

よろよろと立ち上がり、苗刀を拾う。

「諦めが悪いな」

「潔さなんざ、母の胎内に忘れてきたさ」

苗刀の切っ先をつきつけた。意味が見出《みいだ》せない動きだった。何を企んでいる。龍虎の彫を見せているのか。

あっ、と声がでた。これは……石垣原の戦いで弥四郎に贈るといった苗刀だ。

化鳥を思わせる声を浜田が発する。跳躍し、苗刀の斬撃を地面にうずくまる春日へと見舞う。

なぜか刀は空を切る。弥四郎の一刺が、浜田の体を貫いていたからだ。浜田の体が地面につくのと、龍虎の彫が入った苗刀を取り落とすのは同時だった。

浜田の口が何かをいわんと動いている。「楽しかった」と、つぶやいたように聞こえたのは気のせいか。瞳から命の色が消えていくのをじっと待った。

感傷にひたっている暇はない。春日を見る。

「弥四郎、俺は細川の陣へ戻る」

「約束の場所で落ちあいましょう。終わったら一緒に帰ろう」

春日は首をふった。

「俺は俺の道で戻る。そのために敵陣の様子を覚えた。お前を待つつもりはない」

よろよろと足をひきずっている。落ちあってしまえば、春日の足では弥四郎たちは逃げきれない。だから、ひとりで戻るといっているのだ。声と足音が急速にこちらへと近づいてくる。キリシタンたちが銃声を聞きつけたのだ。この場を見られるとまずい。

「春日さん」

「弥四郎、お前が俺ならどうする。情けはかけるな」

そういわれれば、春日を見送るしかない。背をむけて、本丸を見る。浜田の骸と血溜まりに沈む龍虎の苗刀を飛び越えて駆けた。

十四

弥四郎の耳に、祈りの声が聞こえてきた。本丸に近づくほどに大きくなる。弥四郎を勇気付けるように感じられるのが皮肉だ。出鱈目《でたらめ》に射った一発が当たったのか、本丸の門は崩れていた。キリシタンたちが必死に瓦礫を運んでいる。手伝うふりをしてまぎれこみ、すぐに物陰に隠れて息をひそめる。人の流れが切れた時を見計らい、再び走りだす。

本丸が見えてきた。能舞台のようなものが本丸に設えられ、信者たちが輪になって跪いている。皆、高らかに祈りを歌っていた。その中央に座すのは、天草四郎だ。

ゆっくりとこちらへ顔を向ける。天草四郎が微笑を浮かべた。

「弥四郎様、遅かったですね」

天草四郎が立ち上がった。信者たちの何人かが祈りをやめ、ひとりふたりとこちらを見る。祈りの声が、潮をひくように小さくなる。先ほどから、流れ弾が幾度も本丸の地面にめりこんでいた。いつ、天草四郎に当たってもおかしくない。にもかかわらず、全く怯《ひる》む様子を見せない。それとも、天草四郎は本当に自分が奇跡の子だと信じているのか。

「ご用件はなんですか」

客人を招いたかのようにいう。

「ジェロニモよ、お前には弾が当たらないらしいな」

「見ての通りですよ」

天草四郎が両手を広げてみせた。

「じゃあ、俺にも奇跡を見せてくれないか」

弥四郎は短筒を向けた。囲む信者たちはざわついたが、やはり天草四郎の態度に変化はない。

空を見た。灰煙が立ち込め、しかとは見えぬが凧はまだ上がっていないようだ。ならば、弥四郎がやるだけだ。

「ジェロニモ、いや、天草四郎、まさか逃げたりはしないだろうな」

こういえば、動けないはずだ。逃げれば、奇跡が嘘だといったも同然だからだ。

「変わった短筒ですね。景が持っていたのとすこし違う」

いっている意味がわからなかった。なにが、すこし違うのだ。

引き金に指をかけようとして、血の気がひいた。嘘だろう、とつぶやく。

引き金がない。根元で折れている。こめかみから汗が大量に流れだす。

先ほどの浜田の一撃だ。短筒で受けた時に折れたのだ。

天を仰ぎたくなった。かつて、これほど間抜けな刺客がいたであろうか。

「私には当たらない。神が守ってくれている。さあ、弥四郎様、射ってください」

天草四郎は、引き金が折れていることを悟っている。その上で、悠々と芝居をしている。

「早く射たないと、弥四郎様の命はなくなりますよ」

槍や薙刀を持つ信者たちが、弥四郎にじりじりと近づいてくる。

手負いの今、これだけの人数と戦っても討ち死にするだけだ。

「ジェロニモ、お前の狙いは何だ」

突破口を見つけるために、あえて問答を挑む。

「幕府を潰すことか。それとも、キリシタンを認めさせることか」

「私の大望は半ば成就しましたよ」

「その口ぶりだと、一揆が成功したも同然のように聞こえるが」

弥四郎は今や完全に囲まれている。「どうします」と、信者のひとりが天草四郎に聞いた。

銃声が聞こえた。その音は大きくはなかった。海上から打つオランダの大砲に比べれば、蚊の鳴き声に等しい。それでもなお弥四郎の耳を打ったのは、銃声に確固たる意志がこめられていたからだ。海上や櫓からの出鱈目な発砲ではない。誰がどこにいるかわかった上での狙撃。煙の隙間から見えたのは、赤い凧だ。くくりつけた筒から、もうもうと三色の煙が吐き出されていた。

空を切り裂く音が近づいてくる。時がゆっくりと流れているのか、弾丸が鋭い曲を描き本丸を守る物見櫓をよけるのが見えた。

意思を持つかのように、舞台の中央へと吸い込まれていく。

そこに立っているのは、天草四郎だ。

石が砕けるような音がしたと思った次の刹那《せつな》、天草四郎が弾《はじ》け飛んだ。舞台の床に頭から叩きつけられる。あわてて信者たちが振り返った。

「あああ」と、悲鳴があがる。天草四郎が血を流していた。白い綾織の着物の腹の部分に孔が穿たれ、赤いしみがどんどんと広がっていく。

何人かが、慌てて弥四郎の短筒を見た。

はっと弥四郎は気づく。

「天草四郎、討ち取ったりぃ」

あらん限りの力を使って、弥四郎はつづける。

「奇跡はまやかしだ。この雲林院弥四郎の一弾が、確かに四郎の体を傷つけた」

短筒を振り上げた。それだけで悲鳴とともに信者たちが四散する。右往左往する信者の頭越しに、倒れている天草四郎の姿が見えた。四肢を激しく痙攣《けいれん》させている。

「惑わされるな。奴の短筒からは放たれていない。銃煙を吐き出さぬ銃などない」

牢人のひとりが叫ぶが、恐慌する信者の声にかき消されるだけだ。弥四郎は地面を蹴った。短筒を帯に挟み、刀を抜く。舞台の上めがけて駆ける。天草四郎の首をとる。そして、この乱を終わらせる。牢人たちが阻まんとするが、弥四郎の敵ではなかった。三人を、それぞれ一太刀で絶命させた。その間も、弥四郎の足は止まらない。

舞台の上で、仁王立ちした。両足の下には、天草四郎が倒れている。頭を打ったのか、四肢が激しく痙攣していた。焦点の定まらぬ視線が、幾度か弥四郎をかする。

刀を逆手に持ち替え、弥四郎は急所に狙いを定めた。

天草四郎が震える腕をあげる。そうまでして、生き残りたいのか。

「と……とうさん」

刹那、弥四郎の体が震えた。

口から血を流す天草四郎が、さらに何事かいわんとしている。

「かあさ……んは、ど、こ」

乱れた着衣から天草四郎の素肌が見えた。むごい火傷《やけど》の痕が視界にこびりつく。

「俺はお前の父じゃない」

思わずいってしまった。天草四郎の目が悲しげに垂れる。目尻に涙が盛り上がった。

「どうし……て、ま、松倉様は、こんなにむごいことをする……の」

刀を取り落としそうになった。

「ゆるして、ください。まつく、ら様、おねが……」

天草四郎は震える腕を弥四郎へと突き出した。

四郎が着衣をかきむしる。ただれた肌がさらに露《あら》わになった。

「痛い、熱い……たす、け……」

もう、これ以上は限界だった。

弥四郎は乱を鎮めねばならない。非情にならねばならない。

喉が潰れるほどの声で叫び、刀を繰り出す。

切っ先は、天草四郎のすぐ横に刺さっていた。

弥四郎は両肩で息をする。なぜ、外したと己自身を責めた。

天草四郎は完全に気を失っている。

刀を床から抜くだけで精一杯だった。足がひどく重い。

ふらふらと弥四郎は舞台を降りる。

「四郎様を救え」

正気を残した信者が駆け寄ってくる。衝撃が走った。本丸にある物見櫓に砲弾が命中したのだ。上にいた兵たちが、転がり落ちる。弥四郎と殺到しようとする信者目掛けて、櫓が倒壊した。

十五

弥四郎の全身が激しく痛んだ。口の中の唾には煤《すす》がいっぱい混じっている。

煙の向こうから宇多丸の声がした。返り血を浴びた喜内もいる。

「兄貴、無事か」

「どうだった。ジェロニモをやったか」

「弾は当てた。景殿の遠町だ。ジェロニモに傷を確かに負わせた。しかし――」

「姉貴がやりとげたのか」

「そうだ。だが、殺せなかった」

先ほどの天草四郎の様子を思い出し、弥四郎の手足が震えた。

「それで十分だよ。天草四郎に鉄砲弾が当たることを見せつけたんだ。上出来だぜ。さあ、早く戻ろう」

宇多丸がねぎらうようにいう。崩れた石塀を、喜内の肩をかりて越えていく。何度も足を踏み外し倒れそうになった。膝まで沈む深田の中を、必死に歩く。やがて、細川家の陣が見えてきた。その頃には、砲撃が止みつつあった。

「弥四郎殿、よく戻られた」

細川家の侍大将たちが、弥四郎たちを囲む。もう顔を上げる気力さえなかった。

「この者たちは敵ではない。さあ、早くこちらへ」

足を引きずりつつ、やっと陣へと戻った。ひどく疲れていた。体はもちろん心も、だ。板塀に背をあずけ、うずくまる。天草四郎の声が耳にこびりついていた。視界がぼやけてくる。駆け寄る人影が見えた。立派な陣羽織を着た忠利だった。

「忠利様、やりました。天草四郎を射ちました。弥四郎の兄貴が確かに見届けたそうです」

宇多丸が言上する様子を、弥四郎は他人事《ひとごと》のように聞いていた。

「弥四郎、よくやってくれた」

忠利の硬い声に、首を横にふって応《こた》える。

「光殿」

周囲がざわついた。

「なんだ」

気づかぬふりをして、忠利が顔を近づける。

「すまぬ」

「何がですか」

声を落として忠利がきく。

「ジェロニモを殺せなかった」

ぴくりと忠利の眉が動く。

「情けをかけるつもりはなかったが……」

さらに体から力が抜けてくる。

「俺は乱を終わらせられなかった」

あの時、殺していれば、一日とたたずに戦は終わるはずだった。

十六

原城は、死神の巣になったかのようだった。小心ではないはずの宮本伊織だが、目の前の惨状に身がすくみそうになる。炎が猛《たけ》り、原城のあちこちでキリシタンたちが焼かれている。傾いた太陽と火炎のせいで、異形の影が踊っていた。死体が城を埋め尽くし、海にも多くの骸が浮いている。海が朱に染まっているのは、夕日のせいばかりではあるまい。

寛永《かんえい》十五年二月二十七日――幕府軍の総攻撃によって原城に籠っていた民は全滅した。鉄の結束を誇っていた一揆勢に綻《ほころ》びが生じたのは、天草四郎が被弾してからだ。当たらぬはずの弾に当たり怪我を負ったことで、次々と内通者が現れた。その中には、一揆の侍大将も大勢いた。細川家が地下に坑道を掘り、少なくない一揆勢を助けたという。

それにしても、恐るべき惨状なのはいうまでもない。

骸をよけつつ歩く。もう鼻は麻痺《まひ》し、何も匂ってこない。ひとりの武者が立っていた。鎧は着ていない。南蛮袴《ばかま》のカルサンを身につけ、腰には刀ではなく木刀を佩《は》いている。

伊織の養父、宮本武蔵だ。こたびは小笠原家の藩主の甥《おい》、長次《ながつぐ》を守る旗本として従軍していた。

嫌でも、武蔵の戦場での在り方を思い出す。総攻撃に参加したが、武蔵は木刀を構えなかった。一揆勢からの矢玉や礫《つぶて》が飛来するなかを歩いた。よけることも防ぐこともせず、顔を朱に染めても止まらぬ足は、生ける屍《しかばね》を思わせた。

「伊織様」

背後で声がした。二天一流の弟子たちが控えている。

「武蔵先生は大丈夫でしょうか」

一行の中で一番年長の弟子が聞く。

「わからない。ただ、怪我はされたが命に別状なかった。それだけでもよしとしよう」

「なんとか、剣をとっていただくよう説得できませぬか。こたび、武蔵先生がいつ討ち死にされてもおかしくありませんでした」

武蔵の養子の三木之助が殉死してから十二年がたっている。以来、武蔵は剣を取っていない。

「このままでは二天一流は滅びてしまいます」

伊織は頬の内側を噛んだ。伊織は武蔵の養子だが、剣の手ほどきを一切受けていない。武蔵は多才多芸の人だ。剣以外にも画工や能にも明るい。さらには明石の町割をするなどの行政の才もある。

武蔵にとって、伊織は剣の養子ではなかった。能楽や行政の技を伝えるための養子だ。

「三木之助殿さえ健在ならば」

誰かが呟《つぶや》いた。剣の養子は、三木之助しかいなかった。水野家家臣で槍猛者《もさ》と呼ばれた中川志《し》摩之助《まのすけ》の三男は、武蔵の技を乾いた大地のように吸収した。神明二刀流《しんめいにとうりゅう》という流派を立ち上げることを武蔵が許したほどだ。しかし、十二年前に主君の本多忠刻が早逝し、その墓前で腹を切った。さすがは剣豪の養子と世間は称賛したが、武蔵はそれ以来剣をとらなくなった。

伊織は重い息を吐き出した。あるいは、戦場の空気が武蔵を蘇《よみがえ》らせるかと思ったが、案に相違した。死にきれなかったことを悔やむように、今も骸で埋まる城内を徘徊《はいかい》している。

「二天一流は、もう終わりやもしれん」

誰かの声は小さかったが、伊織の背に突き刺さるようだった。ひとりふたりと伊織のもとから離れていく。やがて、誰もいなくなった。夕闇は黒く塗りつぶされんとしている。

夕日を背負うように、長身の男が近づいてきた。

宮本武蔵だ。何かを抱いている。

「義父上《ちちうえ》――」

両手に抱えているのは、赤子ではないか。小さく細い腕がぐったりと垂れ下がっている。気が触れたのか、と思った時、赤子のまぶたがぴくりと動いた。

「まだ、息がある」

武蔵がぽつりといった。童の首には小さなクルスがかけられている。

「粥《かゆ》はあるか」

「は、はい」

伊織が慌てて従者たちに指示を出す。柔らかくなった粥を童の口元に持っていくが、溢《こぼ》れるだけだ。外傷はない。どこかに隠されたまま、打ち捨てられたのだろう。

「この子には、生きる気力がありませぬ」

水も粥も受け付けようとしない。無理に口の中に入れれば窒息するかもしれない。

「生きる気力」

武蔵がつぶやいた。武蔵自らが粥をすくい、匙《さじ》を近づけるが口の中に入ることはなかった。ただ唇を汚しただけだ。伊織は目をこすった。赤子とそれを抱く武蔵に、影が濃く落ちている――ように見える。まるで、死神に取り憑《つ》かれているかのようだ。

「武蔵様、どうか、この子に力を分け与えてください」

ひとりの武士が突然、平伏した。武蔵が怪訝《けげん》そうに男を見る。

「私めもキリシタンでした。小さい頃に、父や母は転びました。転ばなければ、私はこの世にはおりませんでした。私には、この子が他人とは思えませせぬ。どうか、武蔵様の力をお与えください。そうすれば、この子は――」

武蔵は「力」と呟いた。懇願する武士に赤子を抱かせ立ち上がる。木刀を腰から抜く。伊織は胸に手をやった。呼吸ができない。義兄三木之助の死以来、初めて武蔵は自らの意思で木刀を握ったのだ。

夕日に向かい、武蔵は木刀をゆっくりと頭上に構えた。

最初は、遠くで鉄砲が爆ぜたかと思った。武蔵が木刀を振り下ろしたのだ。空を切る音は、火薬が爆ぜる音とよく似ていた。風を切る音がたてつづけに聞こえた。二天一流こそは学ばなかったが、伊織も剣や槍の技は身につけている。決して人に劣るとは思っていない。にもかかわらず、武蔵の太刀筋を目で追うことができない。

武蔵はひたすらに木刀を振る。あるいは過去の立ち合いを思い出しているのか。有馬喜兵衛《ありまきへえ》か、鎖鎌のシシドか、あるいは吉岡憲法か、それとも巌流小次郎か。過去に武蔵が立ち合った男たちの名前が、伊織の脳裏に次々と浮かぶ。

武蔵の戦気があたりを圧する。死臭が鼻についたのは、伊織の嗅覚《きゅうかく》が戻ってきたのだ。

武士が抱く赤子の首からクルスがほどけ落ちる。

「あ」と、武士が声をあげた。

赤子が、小さな口が開けていた。まぶたの下からは涙が満ち、溢れんとしている。

武士が目をすがらせたので、伊織は恐る恐る匙を運ぶ。小さな喉が鳴って粥が口の中に吸い込まれた。その間も、武蔵はただ木刀を振る。神を憑依《ひょうい》させる巫女《みこ》を思わせた。ふと、人影が見えた。武蔵が戦う誰かの姿が一瞬だけ見えたのだ。

二本の刀をあやつる剣士はきっと——

武蔵が夕日を一刀両断した時、赤子は高らかに泣き声を上げた。

天には一番星が瞬いている。

七章

剣果

一

その報《しら》せは、柳生宗矩にとって小さくない衝撃があった。

「まことに、忠興様がそんなことをいわれたのか」

大目付、秋山正重《あきやままさしげ》を問いただす。すでに宗矩は大目付の役を辞してはいたが、将軍家剣術指南役の存在は小さくない。幕閣から、様々な報せがもたらされる。今がそうだ。

「はい。上様に謁見し、隠居領の八代を四男の立孝様に相続する願いを言上いたしました」

退位した忠興には、隠居城として八代が与えられていた。隠居領の八代は三万七千石で、それとは別に忠興につけられた家臣や奉行の封土は細川家から出ていた。あわせるとおよそ十万石に相当する。肥後国熊本五十五万石の中に、十万石相当の藩が存在することと同義だ。その領地を、忠興は立孝に継承させるという。

「忠利様はご存じなのか」

秋山は首を振った。尋常の出来事ではない。確かに、八代領は忠興に与えられた。しかし、れきとした細川藩の封土である。その継承には忠利の許しがいる。いかに忠興が忠利の父親とはいえ、一言の相談もなく幕府に裁可を求めるなどあってはならない。

「八代の忠興様のご家来衆と忠利様のご家来衆は、ただでさえ険悪な仲であります」

秋山は心配そうな声でつけ足した。

忠興は、公儀夫役《こうぎぶやく》を免除する口約束を家康から得ていた。ゆえに、細川家は五十五万石分の夫役を幕府から言いつかっていながら、忠興はそれを拒否できる理不尽がまかり通っている。当然、その分の負担は忠利やその家臣に上乗せされる。公儀普請役《こうぎふしんやく》を免除された忠興は豊かな財源を持ち、それをもとに忠利や家臣に借しつけもしている。結果、忠興と忠利の家臣は反発しあい、何年か前には忠興派家臣が忠利派家臣を暗殺する血腥《ちなまぐさ》い事件も起こっている。

「将軍様は、お許しになったのか」

「願いを受け取っただけです。しかし、先の島原の乱で、立孝殿の采配《さいはい》ぶりは水際立っておると評判でした。それに相応《ふさわ》しい封土は与えるべきだとおっしゃったそうです」

島原の乱では、他藩が援軍を躊躇《ちゅうちょ》するなか、忠興は四男の立孝に命じ、いち早く軍勢を渡海させた。宗矩らから見れば迂闊《うかつ》な行動だが、将軍家光には武人の鑑《かがみ》と映ったようだ。

「では、三万七千石の細川家の支藩が将来できるということなのか」

秋山は即答しなかった。

「まさか、三万七千石では満足していないのか」

「八代の石高は三万七千石ですが、それにつけられた家老や奉行衆の石高をあわせますと十万石近くになります」

よりにもよって、十万石の領地を欲したのか。それは、細川藩が十万石の減封になることを意味する。そんなことを、忠利が呑《の》むはずがない。

「さすがに、上様はこれに関しては即答しませんでした。忠利様のご意見も吟味してから沙汰《さた》を下す、と。忠利様は、柳生新陰流の高弟でありますれば、いち早く宗矩殿のお耳にいれておきたいと思いました」

恩着せがましくいって、秋山は退室していった。

剣の弟子として、宗矩は忠利のことを高くかっている。島原の乱が起こった年、印可状を与えた。この時、白紙の印可状を渡した。忠利には教えることは何もないという意味をこめてである。大名でなければ、と幾度思ったことか。

今も諸大名の改易は相次いでいる。大名の失策や御家騒動を、幕府は喉から手が出るほど欲している。細川家で不穏な動きがあれば、すぐさま大目付が介入するはずだ。先ほど聞いた話は、まだ御家騒動といえるほどのものではない。だが、火種にはちがいない。果たして、火事に育つか。それとも小火《ぼや》ですむのか。

宗矩に判断などできようはずもなかった。

二

八代の城は、美しい石垣と深い堀が編み込まれるようにめぐらされていた。戦国の古雄である細川忠興の隠居城にふさわしい、そう西山左京はひとりごちた。本来ならば一国一城の制により、八代城は破却されるはずだった。しかし、忠興の功績が認められ特別に八代城は破却をまぬがれた。もっとも石垣が美しいのは、それだけが理由ではない。前年の大雨で石垣が大きく崩れ、幕府の許しをえて美しく堅牢《けんろう》に建て直したのだ。

感嘆の息と一緒に漏れたのは、咳《せき》だった。左京は懐紙を口にあてて必死に咳《せ》き込む。案内の武士の足が止まった。「失礼」と何でもない風を装い、歩みを再開する。

左京が案内された控えの間では、怒号が響きわたっていた。

「ふざけるな。なぜ、上様はわしに十万石のお墨つきを与えぬのだ。島原でのわしの働きを見なかったのか。誰よりも早く軍勢を動かしたのだぞ」

悲鳴が聞こえてきたのは、小姓を打擲《ちようちやく》したのだろうか。

「随分と荒れているな」

そういって、左京は襖《ふすま》に手をかけようとした。

「お待ちください。お取り込み中です」

取次役の坊主がたしなめるが、構わずに開けた。肩を怒らせた細川立孝がいる。足元には頬をはらした小姓がうずくまっていた。

「左京か」と、立孝が吐き捨てる。歳は数えで二十五。たくましい体と不敵な面構えを持つ男だ。忠利とは母がちがうせいか、顔のつくりは剛毅《ごうき》さの色が濃くでている。

「随分とご立腹のご様子で」

「平静でいられるはずがあるまい。わしが十万石の器でないと断じられたのだぞ」

八代の次代の領主となることが決まった立孝に、どの程度の所領を分け与えるかで激しい対立が起きていた。忠利側は八代領の三万七千石でも過分だと思っている。そこを折衝の末、三万石を追加し約七万石を継承することを忠利に妥協させたらしい。

忠利にとっては敗北に等しい妥協だが、立孝はそうは思っていないようだ。

「島原の乱を見てもわかるであろう。慎重居士の兄は、君主の器ではない。もし、わしが細川家五十五万石の藩主だったならば、一揆《いつき》勢など十日のうちに討ち滅ぼしてくれたわ」

立孝は床の間にあった花瓶を摑《つか》み、畳に投げつけた。

ほこりがたち、左京は咳き込んだ。しばし、胸を押さえる。肋骨《あばらぼね》にひびく痛みがあった。

「このままでよろしいのですか」

咳がおさまってから、左京は挑発するようにいう。

「無論のことといいわけがない。わしは、実力にふさわしい所領を手にいれる」

「そのための策はおありか」

たちまち、立孝の顔がゆがむ。

「ならば貴様はあるのか」

「お人払いを」

小姓たちが出ていく。静かになってから、左京は膝《ひざ》をつかってにじりよった。

「手はひとつかと」

「はやく申せ」

「立孝様も同じ考えかと思いましたが」

しばし、立孝は無言で睨《にら》みつける。立孝が望みのものを得る手は、ひとつしかない。あとは、それを実行するだけの覚悟があるかどうか。

「七万石の継承の約束も果たして履行されますでしょうか。忠興様が亡くなった後、遵守される保証はありますまい」

この言葉がとどめになった。

「いいだろう。わしが望みのものを得るためだ。兄を屠《ほふ》れ。手段は選ばぬ」

手段を選ばぬ、とは噴飯ものだ。暗殺に綺麗《きれい》な手段があるとでも思っているのか。

「お覚悟のほど確かに拝聴しました。この左京めが、一命をもって見事に大願を成就してみせましょう」

「見事に謀《はかりごと》がなった暁には、そうだな――お主に足利の苗字《みょうじ》を名乗らせ、相応しい所領をくれてやる」

胸をそらしていう姿は、必死に大人の風格を醸そうとしているようで滑稽《こっけい》に思えた。左京が欲しいのは足利の苗字でも所領でもない。

床に置いた刀を見た。ただ、愉快な斬り合いができればいいだけだ。

そのためには――

思考を遮ったのは、咳だった。胸を手で押さえるがうまくいかない。顔をしかめる立孝から逃げるようにして、左京は退室した。

三

道場で忠利が剣を構えているのを、弥四郎はじっと見ていた。火を灯《とも》した蠟燭《ろうそく》が十本並んでいる。柳生の灯《あか》り稽古である。十歩の間合いをとり、一振りごとに剣風で消していく。

一本目は、火が爆《は》ぜるようにして消えた。

二本目も、一瞬だった。

三本目、四本目、五本目、六本目とつづけていく。

十本目――

炎は激しく踊った。一瞬、消えたかと思ったが、小さく火が残っている。やがてもとの大きさに戻った。忠利の顔が固まる。弥四郎が知る限り、十本の火を全部消せなかったのはこれが初めてだ。体調が悪い時は幾度もあった。それでも、火を消せないことはなかった。疲労困憊《こんぱい》しなが

ら も、必ず消し切った。

「何か悪いところはあったか」

小姓に刀をあずけつつ聞いてきたので、弥四郎は首をふった。

忠利はなんどか病床に伏している。剣の素質はあるが、壮健とは言い難い。鍛錬では克服しきれない衰えが、とうとうやってきたのだ。

汗を拭《ふ》き終わってから、忠利は人払いを命じた。弥四郎とふたりきりになる。

「何か思い悩んでいるのかい」

かつての口調に戻って弥四郎がきく。

「家のことです」

家とは細川家のことだ。

「立孝様に七万石を譲ることで話がついたのだろう」

「立孝は無論、父も満足はしていない。細川家のためにも禍根は残しておきたくない」

「そなたの父が、諦《あきら》めてくれるかな」

忠利は苦笑を浮かべた。

「家臣と領民のためにも、私が生きている間に決着をつけねばなりません。父は英傑ですが、あの考え方は太平の世にはそぐわない」

「まるで、老い先が短いみたいな口ぶりだな」

忠利の苦笑がすうと消える。もう五十の半ばだ。後のことを考えねばならない。

「なるほど、これは壮大な親子喧嘩《げんか》になりそうだな。で、どうやるんだ」

「十日ほど後、父は山鹿《やまが》へ湯治へ行くそうです。そこを訪れ、直談判《じかだんぱん》します」

「家臣たちは連れていくのか」

「そうすれば角がたつ。少人数のお忍びで私はいきます」

「それは危険ではないか」

「きっと立孝もそう考えているでしょう」

弥四郎は腕を組んだ。立孝を罠《わな》にはめるというのか。わざと襲わせて、立孝の弱みを握る。その上で、湯治場の忠興と対決する。

「やはり危険だな」

「だからこそ、人払いして弥四郎殿と二人きりで密談しているのですよ」

消えなかった蠟燭が不穏に燃えている。

四

山中で息を潜めるのは、西山左京たちだ。牢人たちが二十人ほどはいようか。今、忠興は山鹿の湯治場におり、忠利がお忍びで訪れようとしている。内通する忠利の小姓からもたらされた情報だ。左京たちは、その道中を襲う手筈《てはず》になっている。

ひとりの忍びが足音を消しつつ走り込んできた。

「目当ての一行がやって参ります。駕籠《かご》の中に、忠利公がいるようです」

人数などを確かめると、内通している小姓の報告通りだった。

咳がこみあげてきた。刺客たちが険しい目で睨みつけてくる。

「勘弁してくれ、これで見つかったらどうするんだ」

「そうだ。病人が討ち手にいるなんて縁起でもねえぜ」

左京はうすく笑ってやりすごす。こたび、新当流の剣士は父の腹心ひとりだけだ。あとは腕のたつ牢人を雇った。忠利亡き後、口封じで刺客を処分することを求められたからだが、もともとこの程度の仕事で新当流の剣士を使うつもりもない。左京ひとりで十分だと思っているし、それは決して過信ではない。

「来たぞ」

誰かが低い声でいった。山の中の街道を、駕籠を守る十人ほどの一行が歩いている。弓鉄砲は持っていない。槍《やり》持ちがひとり。ほとんどが刀である。

じゃらりと、討ち手たちが鎖帷子《かたびら》を鳴らした。

「左京さんよ、あんたが長《おさ》だ」

討ち手たちは合図を要求した。

「やれ」

左京が手を上げると、前後を塞《ふさ》ぐようにして男たちが街道に躍りでた。

「曲者《くせもの》だ」

駕籠を守る男たちが一斉に刀を抜く。

「まずは囲め」

左京は、気負いたつ討ち手たちに冷静に指示を出す。手柄に貪欲《どんよく》な牢人たちは素直に従った。

あっという間もなく、駕籠とそれを守る武者たちが囲まれた。

「忠利公のお駕籠に相違ないか」

討ち手のひとりが舌なめずりした。

「いかにも」

駕籠の中から声がした。左京はにやりと笑う。

戸がすうと開く。出てきたのは——忠利ではない。

柄《つか》と刃が長い、苗刀をもつ剣士、雲林院弥四郎だ。

何人かが目を見合わせる。聞いていた忠利の風貌《ふうぼう》とちがうことを訝《いぶか》しんでいる。何より、服装が藩主のものではない。雲林院弥四郎は、ゆうゆうと囲む男たちを見渡した。

「もっと大勢いると思ったのにな。それとも全員が手練《てだ》れ揃いと考えてよいのかな」

視線が左京にぶつかった。

「どうなんだ、左京」

駕籠を守る男たちの足捌《あしさば》きに覚えがある。船帆を思わせる歩調は、柳生の剣士たちだ。

「おい、誰だ、こやつは」

「忠利公ではないのか」

「忠利公が兵法御伽《へいほうおとぎ》、雲林院弥四郎だよ」

動揺する討ち手たちに左京が教えてやる。あちこちで驚きの声が上がった。いつのまにか、包囲の輪が数歩広くなっている。

「左京、お前は驚かないのだな」

弥四郎が目を細めて聞いた。当たり前だ。忠利が替え玉を使うことは知っていた。わかっていて、騙《だま》されてやった。手をすうと上げる。それだけで、討ち手たちが無言になる。

「やるのか」

「そのために、ここで待っていたんですよ」

左京が手を振り下ろすと、刺客たちが一斉に襲いかかった。

五

駕籠から出た弥四郎は、斬りかかる敵たちを冷静に見つめる。銃声が二発した。背後からだ。景であろう。目の前では、喜内が居合で刺客を斬り伏せていた。数は多いが、敵の手を読んでいたゆえに弥四郎側は冷静だ。一方の敵は気負いを隠しきれない。そんな中、悠然と立っているのは西山左京だ。懐紙を持つ手を口にやり、咳き込んでいる。

弥四郎が一歩近づくと、懐紙を懐にねじこんだ。

左京と弥四郎は同時に刀を構える。凄《すさ》まじい一撃を放ったのは左京だ。それを、弥四郎は霞《かすみ》の型で受け止めた。左京の勢いを利して、反撃の一刀を繰り出す。

大きな火花が散った。左京もまた、霞の型で受け止めていた。弥四郎の倍の力の一撃が返ってくる。それを弥四郎は、またも霞の型で受け止める。

千日手のような応酬がつづく。将棋とちがうのは、起伏のある大地で戦っていることだ。足場のちがいによって、時に弥四郎が押し、時に左京が圧倒した。

千日手が終わったのは、斜面へといたったからだ。

弥四郎の剣を受け止めた左京は、坂を滑り落ちるようにして後退する。

「お前にしては、珍しく新当流らしい戦い方じゃないか」

そう挑発しつつも、弥四郎は己もな、と内心で苦笑した。

「これでも道鑑様の息子ですからね。新当流は一通りできますよ。それにしても、弥四郎さんも見事なものです。新陰流に弟子入りしたと聞きましたが、霞の型は錆《さ》びついていませんね」

斜面の上にいる弥四郎に、左京が笑いかける。全く動揺する素振りが見えない。

「何を企《たくら》んでいる」

「弥四郎さん、私の謀は半ば成就している。忠利公は別の街道から湯治場を目指しているんだろう。知らないとでも思ったのかい」

弥四郎の眉宇《びう》が硬くなる。

「ほら、すぐに顔にでる。豊前《ぶぜん》街道だね。そちらには、今の倍の人数を仕込んでいる」

「はめたのか」

「そんな言い方はないだろう。狐と狸の化かし合いだ」

銃声が聞こえてきた。戦っている景たちではない。もっと遠くだ。

「忠利公の護衛の鉄砲だね。私たちは人を呼ばれたくないから、鉄砲は持っていない」

見れば、左京は忠利たちへの道を塞ぐようにして立っている。

「弥四郎さん、忠利公を助けたければ私を倒すことだね」

弥四郎は毛髪が立ち上がるのを自覚した。

「なぜ、光を巻き込む。戦いたいなら、俺はいつでも受けてたつ」

「最高の舞台が必要なのですよ。窮鼠《きゅうそ》猫を嚙《か》む、というでしょう。追い詰められた弥四郎さんは、きっといつも以上の力で私と戦ってくれるはずです。そう思ったんですよ」

まさか、左京の謀というのは——

「困ったね。弥四郎さん、早くいかないと忠利様は死んじゃうよ」

凄まじい咆哮《ほうこう》を弥四郎は発していた。霞の型で左京が受け止めるが、それを一気に押し込んだ。

左京の顔が、美しく破顔している。

「すごいよ。霞の型で反撃できなかったのは初めてだ」

押し込む弥四郎の剣が、左京の額へと近づく。雷のような剣光がひるがえり、左京が体を外した。前につんのめる弥四郎のうなじに、刀が振り下ろされる。断頭の一刀を、転がってよけた。互いの剣が全力で応酬される。刀では受けない。頭をふり、身をねじり、互いに刃をよける。衣が裂ける音がした。着衣が湿りだす。汗と血が、弥四郎の肌でまじりあう。

上半身をのけぞらせる左京の胸を、弥四郎の剣がかすった。懐紙が弾《はじ》けるようにして飛んだ。いくつかには血の跡がある。

まっぷたつになった懐紙から左京の刀が襲ってくる。身を低くしてよけると同時に、下から上に剣を薙《な》ぐ。左京の衣を斬り裂いたが、肌には傷ひとつついていない。

青眼に構える。切っ先には偶然だが、血のついた懐紙が突き刺さっている。

ごほりと、左京が咳き込んだ。

「肺の病か」

左京が赤い唾《つば》を吐き捨てた。

「無粋なことをいう人だ。折角、こんなに楽しい斬り合いをしているのに」

すうと左京が腰を落とす。

また銃声が聞こえてきた。

忠利の一行からだろう。

弥四郎は大きく息を吐いた。

怒りが体に満ちている。早く、忠利のもとに向かいたい。それが尋常でない力を生み出しているが、怒りにかられている技は長くは続かない。

苗刀を顔の前に持ってきた。刃を己に向ける。鹿島新当流の御剣の構え。心の内にある邪念を払うための構えだ。

荒かった呼吸が落ち着いてくる。

苗刀をだらりと下げた。悠々と歩きだす。左京のもとへではない。左京のさらに先にある忠利のもとへだ。

「弥四郎さん、見事だ。この切所において、無形の構えをとるとはね」

ぐにゃりと左京の体が歪《ゆが》んだ。その疾《はや》さは、弥四郎の目で追うことは不可能だった。本能が体を動かす。刀は動かさない。ぎりぎりまで引きつける。

刀を振り抜いた左京が弥四郎と交差して、走り抜ける。地面には点々と赤いものが落ちていた。

弥四郎は刀を振らなかった。斬撃が襲う刹那《せつな》、体を半身にしてよけた。踊るように足を踏み、刀を逆手に持ちかえる。

あとは刀を水平に構えるだけでよかった。

すれちがい様に、左京が体を苗刀の刃に吸い込ませていた。川の中に刀をおき、上流から流れる藁《わら》を断つかのような剣だった。

「弥四郎さん、あんたはやっぱり面白い人だ」

背後から声がした。

「振り向かなくていいよ。私が助からないのは、あなたがよく知っているはずだ」

左京が膝をつく音がした。水が撒《ま》かれるような音がするのは、血飛沫《ちしぶき》だろう。

刀が転がり落ちる音がした時、弥四郎は刀を鞘《さや》に納め走っていた。

目指すは豊前街道だ。

六

横腹が痛くなるのもかまわずに、弥四郎は駆けた。もう鉄砲の音はしない。恐ろしいほどに行手は静かだった。血の臭いが風に乗ってやってきた。

「兄貴」

声がしたのは、宇多丸だ。豊前街道の忠利の護衛にやっていた。汗をびっしょりとかいている。ところどころに返り血と思《おぼ》しきものも浴びていた。

「光殿は無事か」

「あれを見てくれ」

宇多丸が指さす先を見て息を呑んだ。

刺客と思しき男たちが、五十人ほどはいるだろうか。みな、地面に折り伏していた。うめき声が聞こえてきた。ゆっくりと近づくと、刺客たちは腕や足を折られているのがわかる。何人かは頭に一撃を受けたようで、昏倒《こんとう》している。

「これは誰がやったのだ」

武器はなんなのだ。刀ではない。誰も斬られていないからだ。

「あの人だよ」

宇多丸が顎《あご》をしゃくった。弥四郎は思わず目を細める。

白髪混じりの髪を後ろで縛る武芸者だ。歳のころは、四十代か。いや、引き締まった体躯《たいく》がそう思わせるだけで、五十を越しているのかもしれない。南蛮袴《ばかま》のカルサンをはき、腰には脇差と太く長い木刀を差している。

「宮本武蔵、どうしてここに」

弥四郎の声に、武芸者は反応した。こちらを見る。

「私が呼んだのだよ」

駕籠の陰から現れたのは、忠利だった。

「念には念をいれておこうと思った。もし、こちらを襲うようなら、万全の手を打ちたい。そこで義弟に頼んで、密《ひそ》かに武蔵に護衛を頼むことにした。申し訳ないが、弥四郎殿にも明かさなかった」

忠利の正室は小笠原藩主の妹で、武蔵は小笠原家の食客だ。それが縁で、昨年は武蔵と江戸で対面することができたという。

「なぜ教えてくれなかったのですか」

「お主にいえば、武蔵のことを気に掛けるであろう。それに思い付いたのは数日前だ。飛脚を飛ばしても間に合わないかもしれぬしな」

弥四郎は武蔵へと近づいていく。忠利や宇多丸が身を硬くするのがわかった。

「武蔵……殿、覚えているか」

「石垣原であっているらしいな」

こくりとうなずいた。

「あとは、国替えの時の宿でもだ」

「雲林院弥四郎殿というらしいな。伊織から聞いている」

「あんたにいいたいことがある」

「兄貴、何もこんなところで――」

宇多丸の制止を無視し、弥四郎はすぐさま行動に移した。両膝をつき、両手を大地につける。

「武蔵殿、感謝する。もう少しで大切な人を傷つけるところだった」

そして深々と頭を下げた。

七

山鹿の湯治場は豊前街道に沿って、旅籠《はたご》や店がひしめいていた。忠利たちを先導する弥四郎の目の前に、大きな山門をもつ古刹《こさつ》が現れた。何頭もの馬や駕籠が止められている。訪《おとな》いを告げて、中へと入っていく。案内された書院で、庭を眺めていたのは入道姿の老人だ。

「忠利か」

老人は庭に目をやったままいった。御歳七十七のはずだが、背はまっすぐに伸びている。忠利が、老人の前で膝をつき頭を下げる。弥四郎はその背後に護衛のために控える。

「父上におかれましては、ご機嫌も麗しいようで安心しました」

入道姿の老人は、細川忠興である。織田信長の小姓をつとめ、その薫陶を受けた。武将としても活躍し、舅《しゅうと》の明智光秀とともに多くの難敵を撃ち破った。千利休《せんのりきゅう》が秀吉の命で粛清された時、見送りに出た数少ない弟子だ。志を曲げぬ硬骨漢だが、反面、融通がきかぬ欠点の裏返しでもあった。ガラシヤ夫人など、被害にあった身内や家臣は少なくない。

「湯にあたると逆に疲れるようになったわ。戦の後の湯治が懐かしい」

忠興が、忠利に鋭い目をくれた。

「して、何用でまいった」

「ご用件の前に、お人払いを」

忠興が目配《めくば》せすると、小姓や近習たちが部屋の外へと出ていく。忠興が不審な目を向けたのは、弥四郎が残っていたからだ。

「この者は」

「雲林院弥四郎です。元大目付、柳生宗矩殿の名代としてこの場にいてもらいます」

「柳生が絡む話か。ここは細川家の領内ぞ」

「実は、ここにくる道中に刺客に襲われました」

忠興の眦《まなじり》が吊《つ》りあがった。

「誰が、そのようなことをした。まさか、公儀か」

「いえ、私を襲ったのは身内です」

「わしがやったといいたいのか」

「ある意味では、父上が私を襲ったといっても過言ではないかと」

持って回った言い方だったが、忠興は眉間《みけん》に指をやり苛立《いらだ》たしげに肉をもんだ。

「立孝めがやったのか。わかった。こちらの奉行で調べさせる。大方、奸臣《かんしん》の口車に乗ったのであろう」

「素早い裁可を決断していただき感謝いたします。しかし、根を絶たねばまた同じことが繰り返されます」

「立孝を処断せよというのか――」

「根というのは、父上、あなたのことです」

忠興の額に血管が浮くのがわかった。

「無論のこと、私もお父上のお考えはよくわかっております。分家をたてるは細川家百年の大計。いかにわが弟が愚かであったとしても、分家の主としては必要でしょう」

「では、根を絶つとはいかなる意味か。わしが元凶であるかのようにいうのはなぜだ」

「分家をたてるまではよいでしょう。しかし、父上は立孝を増長させた。その罪は軽くはありませぬ」

「わしに非があるというのか」

忠利は躊躇することなくうなずいた。窓から吹き込んだ風とともにやってきたのは、殺気であろうか。凄まじい怒気を、忠興が発している。

「八代分家に七万石を継承の件、お取り下げ願います。分家として立藩できるのは、せいぜい三万石までです」

「それは……今のわしの封土よりも少ないではないか」

「さらに、父上の死後は八代ではなく宇土《うと》に転封していただきます」

とうとう忠興が立ち上がった。

「八代はわしが丹誠こめて育てた城と町ぞ。それを捨てろというのか」

一方の宇土に城はない。過去に小西行長が築いた城は破却され、石垣の残骸《ざんがい》がかろうじてある程度だ。

「捨てろとはいっておりませぬ。次代に託す時、手放していただきます」

「呑めるわけがあるまい。どうしてもというならば、兵を持ってわしを従わせてみよ」

これが戦国の生き残りなのか、と弥四郎は思った。所領に対して貪欲すぎる。無論、そうでなければ乱世を生き抜けなかったのは理解できるが、今となってはあまりにも頑迷だ。

「父上、私をみくびらぬことです」

「ほう、戦をろくに知らぬお主がわしに敵《かな》うとでも。戦は数でするものではないぞ」

「父上をのぞくのに兵はいりませぬ」

「まさか、この場で」

忠興が反射的に見たのは弥四郎だ。

「刺客も必要ありませぬ。父上、昨年、八代の城の石垣を修復されましたな」

「それがどうした。公儀に届けを出し、許しを得ておる。何らやましいことはないぞ」

徳川の世になってから、城のどんなささいな修復にも届けが必要になった。特に石垣については不用意に修復や増築をすれば、反乱の意思ありとみなされる。

「確かに修復については、幕府もよく承知しておりましょう。ですが、なぜ破損したかまでは知っていないのでは」

忠興の顔が一瞬だけ歪んだ。

「父上は、八代の城を修復できないことを気に病んでおりましたな」

「当たり前だ。武士にとって石垣は身を守る鎧《よろい》だ。その鎧が破損しているのを直さずして、何が武士だ」

八代に入封してから、忠興はたびたび石垣の増築を幕府に願い出ていたという。

「ですが幕府からの許可は出ませんでした。そこで、父上は一計を案じられた。昨年の大雨の日、わざと石垣を大破させた。その上で幕府に届け出をだし、これを認めさせた」

忠興の顔からすうと表情が消える。

「よくぞ考えたものですな。小さな改修では許しがでない。ならば、もっと大きな改修が必要な状況を作ればいい。その上で石垣を大破させ、幕府に許可をもらい、父上好みの石垣を新しく造った。これは最早、城を新しく造るに等しい行いです。さて、このことをもし幕府が知れば、何と思うでしょうか」

忠興と忠利はしばし無言で睨みあう。

「武家諸法度の禁を犯したと間違いなく判断するでしょうな。そうなれば、父上はよくて閉門、まあ普通に改易、悪ければ――」

忠利はわざとらしく語尾を濁した。

しばし、忠利は無言で間をとった。

「さて、父上、いかがでしょうか。立孝が跡を継ぐのは、譲歩いたしましょう。ですが、八代の地は手放していただく。宇土三万石にて、我慢していただきたい」

ゆっくりと忠興が腰を落とした。天井をじっと睨みつけている。

長い息を吐き出した。

「わかった。幕府には、宇土三万石の継承願いを出す」

忠利は深々と頭を下げた。

八

忠興の逗留《とうりゆう》する寺を出た後、弥四郎は忠利と別れた。旅籠の一室に泊まり、文を熊本へと送った。

数日後、返書が来た。

日の出の直後、山鹿の地を流れる菊池川《きくちがわ》のほとりへ足を運ぶ。

隻腕の老剣士——足利道鑑が川縁《かわべり》に立っていた。弥四郎が驚いたのは、体が一回り以上も小さくなっていたことだ。弥四郎は前へと出て、両膝をついた。

「書状でお知らせしましたように、御子息、西山左京殿と尋常に立ち合いました。そして、これを討ちました」

道鑑の表情に変化はない。果たして聞こえているのであろうか。

「左京殿は、胸の病を患っておりました」

こくりと道鑑がうなずいた。どうやら知っていたようだ。

「剣の天稟《てんぴん》は申し分なかった。左京ほどの天才は、もう生まれてこないだろう」

その左京が胸の病に冒された。死病であるのはいうまでもない。あるいは、あと十年あればどれほどの絶技にいたったであろうか。しかし、天命がそれを許さなかった。

「あいつは、お主の剣を好いておった。きっと、最後に剣を交えて死にたかったのであろうな」

衰えるだけとわかった左京が選んだのが、剣士として最高の相手と戦うことだった。弥四郎が選ばれたのは光栄だったかもしれないが、そのせいで大切な人を失うところだった。

「忠利様も大変、心を痛めております。できることがあれば何でもする、と」

しばし、道鑑は考えていた。

「源氏の血をひく誰かを養子にもらいうけたい」

「わかりました。細川家にとっても、足利の家を途絶えさせるのは本意ではないはず。きっと承諾してくれるでしょう」

「最後に、どんな立ち合いだったか聞かせてくれるか」

弥四郎は詳《つまび》らかに語る。

道鑑は目をつむり、時折うなずきつつ聞きいっていた。

「弥四郎よ、最後に左京を斬った剣は、新当流の一《ひとつ》の太刀だ」

「なんですって」

「斬ることなく斬る。これが剣の理想だ。この一の太刀でもって、わが父の義輝公は三好勢に囲まれた中でも多くの敵を屠った」

「ですが、左京殿は若年の時、すでにあの剣を習得しておりました」

「いったであろう、左京の天稟は申し分ないと。わしが奴に教えたのは、霞の型だけだ。あとは、自らが修行の中で——いやちがうな、剣と戯れる中でたどりついた」

道鑑は懐から取り出した帛紗《ふくさ》の包みを弥四郎に押しつけた。

「受け取れ。新当流免許皆伝の証《あかし》と思ってくれていい」

「しかし——」

弥四郎は首を横にふった。もう新当流の剣士ではない。形だけではあるが、柳生に弟子入りする身だ。

「松軒からの遺言だ。お主が免許皆伝にふさわしいと思ったら、渡してくれといった」

そう言われれば、受けとらざるをえない。帛紗の封を慎重に解いた。出てきたのは、刀の切っ先だ。

日ノ本の刀ではない。これは苗刀か。半ばで折れたものを、なぜ父が持っていたのだ。

心臓が爆ぜたかと思った。この苗刀を、弥四郎は知っている。

これは朱子固の刀だ。文禄《ぶんろく》の役のおり朝鮮を守るために祖国に帰り大友軍と戦い、父の一の太刀によって屠られた。そして、切っ先を喪った苗刀を、帰国した父から形見として少年の弥四郎は受け取った。

そんなことが、昨日のことのように思い出された。

「左京とお主の立ち合いの様子は、聞いている。得物がちがうせいか、とどめの技――一の太刀は、まるで踊るかのような足捌きだったそうだな」

あるいは、朱子固の体捌きであったのかもしれない。先の先をとる新当流、後の先をとる新陰流、それらとはちがう波濤《はとう》でも船帆でもない足捌き。見ている者が音曲を聴くかのような朱子固の動きが、脳裏によみがえる。

「道楽《どうぎょう》という言葉は知っているか」

道楽――本来は仏教の言葉だ。苦しい修行を経て得られる悦びのことで、これを仏教では理想とする。

「左京は天稟こそは人に優れていたが、道楽にはいたることができなかった」

あるいは、左京は剣に愛されすぎたのかもしれない。剣から無限の快楽を与えられたが、苦しみは教えられなかった。甘やかすだけの親の愛が、時に子を誤って育《はぐく》むように、左京は剣で道楽の境地に達することができなかった。

「剣の才器だけが強さではない。この歳にならねばわしはわからなかった。いや、わかってはいたが左京に伝えられなかった。お前ならば、同じ過ちを犯さぬであろう」

道鑑が川縁から体を引き剝《は》がした。

疲れた足取りで去っていく。

道鑑の姿が見えなくなってもなお、弥四郎はいつまでも頭を下げつづけた。

九

細川家の家臣たちがささやきあっている。

「とうとう、殿はご決断されたのだな」

「そうだ。人払いしたうえで、だ。立ち合いの結果は完全に秘密にされるそうだ」

「弥四郎殿と武蔵殿、一体、どちらが強いのであろうか」

「柳生か二天一流か」

「いや、弥四郎殿は柳生では客分。内実は我流の剣と聞くぞ」

「我流では宮本武蔵には勝てまい」

忠利のいる屋敷にいくまでの道中で、そんな声が幾度となく聞こえた。なかには弥四郎に向かって「ご武運を」という者までいる。

俺が武蔵とやるのか、と弥四郎はひとりごちた。もし、それが本当ならば先に忠利から一報があるはずだ。今日は、いつもの兵法御伽として侍《はべ》るだけのはず。そのための稽古道具一式を持っているが、それがまた町ですれちがう人々をざわつかせた。

「あんな、普段ななりで戦うのか」

「いや、弘法《こうぼう》は筆を選ばずという。あれこそが達人のお姿」

「よく見ろ、弥四郎殿の苗刀が腰にあろう。あれは真剣勝負の装いよ」

最後は足早に歩いて、人々の声を引き剝がした。屋敷にある稽古場で待っていたのは、ひとりの剣士だった。南蛮袴のカルサンを身につけた宮本武蔵である。

「これは、どういう趣向ですか」

弥四郎が忠利に問いかけた。いつもならふたりきりの稽古場は弥四郎殿、光殿の仲だが、武蔵がいる前ではそうはいかない。

「武蔵殿と決着をつけさせるおつもりですか」

まさか、噂が真《まこと》だったとは思わなかった。

「弥四郎殿、そうではないよ」

忠利が微笑した。弥四郎はそれだけで忠利の思惑を読み取ることができた。一方の武蔵は、怪《け》訝《げん》そうに眉《まゆ》を歪めている。忠利が、弥四郎を敬称で呼んだことを訝しんでいる。

「武蔵殿、足労だった」

「忠利様、私のような剣客に過分な言葉遣いは無用」

武蔵が頭を下げた。

「武蔵殿、今よりここにいる三人は対等だ」

忠利の言葉に、武蔵が目を丸くする。

「かつて、私が先の上様の小姓をしている時、身分を偽り河原に集う剣士たちの仲間に混じったことがあった。様々な者がいた。牢人や武士、百姓、流民、商家の後継ぎ。ただ、剣や武芸が好きというだけで集まった。上下も尊卑もなかった」

弥四郎の耳に、川のせせらぎが聞こえたような気がした。誰かが談笑している声がすぐそばでする。無論、本当に聞こえるわけではない。

「藩主になど、なりたいと思ったことなどなかったよ。ただ、そう生きざるをえなかった」

「ご心中、お察しします」

武蔵の慰めの言葉は硬く、忠利は苦笑した。

「沢庵和尚《たくあんおしよう》が、かつてこんなことをおっしゃった。すぐに行くならひとりで旅をしろ、と。遠くへ行くならみんなで旅をしろ、と。河原に集まった仲間たちと一緒にいれば、私はどこか遠くへ行くことができると思っていた。細川忠利でない何かになれる場所にたどりつけると思っていた」

「けど、光殿は細川忠利としてもうまくやっているよ」

「弥四郎殿、それは慰めですか」

「いや、事実をありのままにいっただけだ。弟君のように大国の藩主になりたいが、そうでない器の者もいる。左京のように器を備えていても、天命が許さぬ時もある。ただ、残酷なことをいうようだが――」

ここで弥四郎は間をとった。

武蔵は、藩主に友人のような口をきく弥四郎をただ驚いて見ている。

「本当に好きならば、大切な人を捨ててでも――不幸にしてでも行く奴は行く。光殿の執着は、その程度だったともいえる」

「耳が痛いですな」

「貶《けな》しているんじゃない。人には持って生まれた業がある。別に強い業を持つものが、正しい人間というわけじゃない。ただ、光殿がそんな人間だっただけだ」

「弥四郎殿とは長い付き合いですが、こんな話をするのは初めてですね」

「もしや、忠利様が若き頃に河原で研鑽《けんさん》した仲間というのは」

武蔵が口を挟んだ。

「そうだ。ここにいる弥四郎殿がそのひとりだ」

照れる必要もないはずだが、弥四郎は己の鼻をかいて表情を取り繕った。

「あとは、旗本の教育役になった人が江戸に残っているだけだな。けど、もう剣は振れない体になった」

島原の乱で春日はなんとか一命をとりとめ細川家の陣へと戻ってきたが、深い傷を負ってしまった。

「武蔵殿、そういうことだ。あの時の仲間は、もう私と弥四郎殿しか残っていない。そして、私は弥四郎殿から納得のいく一本をとったことがないのだ」

忠利が子供っぽく頭をかいた。

「それはわかりましたが、なぜ己をここに呼ぶのですか」

武蔵も、弥四郎と手合わせするといって呼ばれたのだろう。

「俺から一本取り忘れただけでなく、新たに一本取りたい相手を見つけたのだよ。そうだろう、光殿」

弥四郎がいうと、忠利が昔のようにはにかんだ。

「武蔵殿、生きるか死ぬかだけが剣ではないだろう。剣で語り、剣で遊ぶ。どうだ、仲間に入らんか」

弥四郎の言葉に、武蔵が目を瞬かせた。魚と思って食べたものが、野菜だったと聞かされたかのような顔だ。弥四郎は壁にかけてあった木刀をとり、ずいと武蔵に突き出す。

「ただし、その時は忠利様ではなく光殿と呼ばなきゃならんがな。それが難しいなら、光でもいいぞ」

　武蔵の目が木刀に落ちる。

　しばし、沈思していた。

「弥四郎殿……剣で語り、剣で遊ぶ、というのは、つまり剣で伝えるということか」

「そうだよ。剣で伝えるんだ」

　どっちでも同じだろうと思っていたが、武蔵を仲間に引きいれるために明るく断言した。

　武蔵が半眼で弥四郎を見つめた。

「己は、剣を正しく伝えることができなかった」

　声は苦渋に満ちていた。殉死した宮本三木之助のことをいっているのだろう。

「己が、江戸で忠利様をお訪ねしたのは、剣を正しく伝える術《すべ》を教えてもらうため。柳生宗矩公から白紙印可状をもらったほどのお方であれば、得るものがあると思いました。剣を遊びという本意ではあらねど、おふたりの紐帯《ちゅうたい》を見れば、剣を伝える奥義があることは容易にわかります。ならば、己も志を曲げましょう」

　弥四郎は忠利を見た。どういう意味だと、目で問う。

「つまり、一緒に遊んでくれるということですよ」

「宮本武蔵掾玄信《むさしのじょうはるのぶ》と申します。こたび、おふたりの仲間に入れていただきます。よろしくお願いいたす」

「硬いなぁ」と弥四郎がいうと、光が笑った。いつのまにか、差し出された木刀を武蔵が握っていた。恐ろしく強い力が、木刀ごしに伝わってくる。

「では、さっそく剣を使って伝えあいましょう」

いうやいなや、武蔵が木刀を構えた。光が困ったように弥四郎を見る。

「俺と光殿と、どっちとまず戦いたい。ああ、名前の呼び方は気をつけられよ。この場には、上下尊卑はないからな。でないと仲間に入れてやらんぞ」

弥四郎が挑発するようにいうと、ぐっと武蔵の喉がつまった。

「どちらでも結構。弥四郎殿でも光殿でも、お好きな方からかかってきなされ」

おもしれえ、と誰かが腕をぶす声が聞こえた。新入りをいじめてやるなよ、と茶化す言葉も蘇《よみがえ》る。まずは弥四郎が相手をしてみろ、と誰かがけしかける。

あれから随分と時がたった。

今、三人が立っている地が、遠くなのか近くなのかはわからない。

ただ、何物にも代えがたい場所なことだけは確かだった。

初出

一章　剣禍　小説 野性時代二〇二三年六月号
二章　剣離　小説 野性時代二〇二三年七月号～八月号
三章　剣哭　～　七章　剣果　書き下ろし

木下昌輝（きのした　まさき）
1974年奈良県生まれ。近畿大学理工学部建築学科卒業。2012年に「宇喜多の捨て嫁」で第92回オール讀物新人賞を受賞、14年『宇喜多の捨て嫁』で単行本デビュー。同作は第152回直木賞候補となり、第4回歴史時代作家クラブ賞新人賞、第9回舟橋聖一文学賞、第2回高校生直木賞を受賞した。著書に『応仁悪童伝』『まむし三代記』『金剛の塔』『孤剣の涯て』『人魚ノ肉』『敵の名は、宮本武蔵』など。

剣《けん》、花《はな》に殉《じゅん》ず

2023年9月26日　初版発行

著者／木下《きのした》昌輝《まさき》

発行者／山下直久

発行／株式会社KADOKAWA
〒102-8177　東京都千代田区富士見2-13-3
電話　0570-002-301（ナビダイヤル）

印刷所／大日本印刷株式会社

製本所／本間製本株式会社

ISBN 978-4-04-114047-5　C0093